鬼哭の銃弾

深町秋生

双葉文庫

鬼哭の銃弾

プロローグ

男はセダンを降りた。

そこは小さなスーパーの駐車場だ。もともと照明の類《たぐい》が設置されておらず、夜九時を過ぎた今は深い闇に包まれている。

スーパーが閉店時間を迎えた。駐車場に停まっているのは男のセダンと、店長の愛車であるシルビア、それにアルバイトの自転車のみだ。

ほんの一時間前まで、スーパーは賑《にぎ》わっていた。ひどい不況のうえ、消費税も五パーセントに上がったが、週末恒例の特売セールは客に好評で、ちょっとしたお祭り騒ぎのようだった。移動販売の焼き鳥を肴《さかな》に、スーパーのベンチに陣取り、酒盛りを始める若者までいたほどだ。

スーパーを見張っていた男は苛立《いらだ》ちを覚えながらも、一方で胸をなで下ろしてもいた。人が多すぎて強盗などできないと、ひとまず言い訳ができるからだ。

しかし、閉店時間が近づくと、舞台はみるみるできあがっていった。スーパーは一転して火が消えたように静かになり、移動販売車は店じまいをすばやく済ませて去っていった。ベンチにいた若者もだらだらと留まらず、きちんと空き缶をゴミ箱に捨て、焼き鳥のパックや串を袋に入れて持ち帰っていた。

駐車場の車はみるみる減り、年配のパート店員も先に帰った。店内に残っているのは、店長を含めて三人だけになった。

男はスーパーの警備がずさんなのを知っていた。万引きや事務所荒らし対策として、防犯カメラを設置してはいるが、映像を記録しておく装置まではない。店員が現金入りの袋を抱えながら、この暗闇のなかを行き来し、事務所の金庫に売上金をしまう。

「バカが。お前らが悪い」

男は小さく呟《つぶや》き、額の汗を拭った。

外はまだまだ蒸し暑く、マスクのせいで顔が火照っていた。

男はスーパーの事務所があるほうへと駆け、裏の外階段にたどり着いた。一転して猫のようにゆっくりと上ると、外階段の半ばで足を止め、スーパーの壁に背中をつけた。

周りは住宅街でふだんは静かだ。だが、真夏の金曜の夜のためか、遠くで暴走族が派手に騒音を轟《とどろ》かせていた。

ウエストポーチのチャックを開け、なかからリボルバーを抜いた。フィリピン製のスカイヤーズビンガム――サタデーナイトスペシャルと呼ばれる安物の拳銃だ。

二階の事務所から声がした。若い女ふたりの声だ。安いPHS《ピッチ》で我慢すべきか、いっそ携帯電話に乗り換えるべきか話し合っている。それも暴走族の騒音でかき消される。

男は何度も瞬きをした。汗が目にしみた。心臓が破裂しそうな勢いで鳴っている。口内がカラカラに渇く。

やがて、ドア越しに合成音声が聞こえた。店の人間がセキュリティシステムを作動させ、事務所の電灯も消える。

アルミ製のドアが開き、若い女性店員ふたりと中年の男性店長が姿を現した。彼らは外に出てからも、お喋《しゃべ》りに夢中だった。暗闇に目が慣れていないようで、約二メートル下にいる男に気づかない。

男は決断し、外階段を駆け上がった。三人の男女が目を見張る。

「マネー！　カネをよこせ、急いで」

男は不良外国人を装って、片言《かたこと》の日本語と英語で迫った。

若い女性店員ふたりが短く悲鳴を上げ、店長は鍵を手にしたまま凍りついた。男は三人を突き飛ばし、事務所のなかへ押しこんだ。

「な、なんだ、お前は！」

店長が拳《こぶし》を固めて怒鳴った。

男はリボルバーを天井に向け、トリガーを引いた。轟音《ごうおん》が事務所内に鳴り響き、天井から埃《ほこり》や砂がパラパラと落ちてくる。三人に強盗がやって来たのを理解させる。

耳鳴りがするほどの音量だったが、暴走族がスーパーの近くを走ってきているらしく、外も同様に騒がしかった。周りに銃声を気づかれるリスクが減った。

男はドアを閉めて内鍵をかけた。店長は怯《おび》えた顔つきになって両手を高く挙げた。

「セキュリティ！」

男は声を張り上げて威嚇《いかく》した。壁のセキュリティコントローラーを左手で指す。

店長は発砲音で萎縮《いしゅく》したのか、ぴんと両手を天に向けたまま動こうとしない。モタモタしていると、セキュリティシステムに異変を知られてしまう。

「セキュリティ、切る！　グズグズしない。殺す、ぶっ殺す」

店長の頬を拳銃のグリップで殴りつけた。

「イエス、イエス！　撃たないで」

店長はパニック状態に陥ったのか、男の口調が乗り移っていた。彼はコントローラーに飛びつき、テンキーをすばやく打つ。

合成音声がセキュリティを解除したと知らせると、男は店長の襟首を掴《つか》んで、事務所の隅に置かれてある金庫へと押しやった。

「マネー！　急いで」

店長は何度もうなずき、金庫のダイヤルを回し始めた。彼が金庫を解錠している隙に、男は銃口を女性店員に向けた。

「止《や》めて、撃たないで！」

彼女たちは身を寄せ合って、ガタガタと震えていた。

どちらも若い。ひとりは二十歳くらいで、化粧っ気はなく、ワンピースに白のカーデイガンと品のよさそうな恰好《かっこう》だ。もうひとりは制服姿の高校生だ。いわゆるコギャルというやつで、長い茶髪に小麦色の肌をしていた。

男はウエストポーチから粘着テープを取り出した。ふたりに向かって放り投げる。粘着テープは彼女たちの足元を転がる。

「両手、縛れ」

男は命じた。彼女たちは涙をこぼしながら、お互いの顔を見合わせる。

「ボヤボヤしない。殺すよ！」

リボルバーの撃鉄を起こし、ガチリと音を立てると、若い女性店員が慌てて粘着テープを拾った。

彼女は女子高生に渡し、自分を縛るように指示した。女子高生がためらうと、男は店長の顔を再びグリップで殴りつけた。血が噴き出る。

「や、やります。やるから殴らないで」

女子高生は泣きながら女性店員の両手首を巻いた。

店長が痛みにうなりながら、金庫のレバーハンドルをひねった。分厚い扉を開ける。なかには書類や封筒とともに、パンパンに膨らんだ集金袋がふたつあった。

男は女子高生に指示した。声を張り上げる。

「この男も縛って。早く、早く！」

スーパーを襲う前は、周りに銃声や怒声を聞かれる心配をしていた。暴走族の騒音がさらにやかましくなり、むしろ大声を出さなければならない。

女子高生が店長の両手首を巻いた。店長と女性店員の両手が縛《いまし》められているのを確かめ、女子高生から粘着テープを奪い取る。

「殺さないで」

男はリボルバーをデスクに置いた。奪い取られないよう注意を払いつつ、女子高生の両手首を縛った。

「じっとしてればなにもしない。安心して」

三人の身体の自由を奪うと、粘着テープをウエストポーチにしまった。再びリボルバーを握る。

暴走族がスーパーの前を通りかかり、複数のバイクがエンジン音を派手に吹かした。ミュージックホーンで『ゴッドファーザー　愛のテーマ』を鳴らす。

男は店長に近づいてトリガーを引いた。

銃声が鳴り、店長の眉間《みけん》に穴が空いた。後ろの壁に血が飛び散り、壁が鮮血で赤く染まる。女たちが悲鳴を上げ、その場にへたりこむ。

「なんで……なんでよ」

男は隙を与えなかった。

ワンピースの女性店員に銃口を向け、至近距離から撃った。銃弾が女性店員の額を貫き、糸の切れた操り人形のようにぐにゃりと床に倒れこみ、絶命した。

女子高生が涙と鼻水で顔を濡らしていた。

「あんた……も、も、もしかして」

男はなにも言わずに拳銃で答えた。四発目を発射した。銃弾が女子高生の鼻を壊し、延髄のあたりを突き抜けた。女性店員が作った血の池に沈み、びちゃりと音を立てた。

男はリボルバーをウエストポーチにしまった。金庫の集金袋を抱え、事務所のドアを開けて外に出る。

平和な金曜日の夜のスーパーは刹那にして凄惨な殺戮《さつりく》現場と化した。

暴走族の騒音が遠ざかっていく。男は外階段を下りて、自分のセダンへと駆けた。

1

死臭のたとえかたは人それぞれだ。

生ゴミやチーズを腐らせたような。淀《よど》んだドブみたいな。真夏のくみ取り式の便所だという者もいる。ベテランのなかには、イカを焼いた臭いに似ていて、から警察官になってから、はイカ焼きが食えなくなったという者もいる。

日向直幸《ひゅうがなおゆき》は思わず顔をそむけた。鼻腔《びくう》を刺すような、ひどいアンモニア臭が一帯に漂いだしたからだ。出動服の男たちがマスクで顔を覆う。明らかに死臭だった。

日向はシャベルを握り直した。ホトケが眠っている場所を、まさか自分が当てるとは。

「クサっ」

容疑者の河田美由宇《かわだみゆう》が短い悲鳴をあげ、手錠を鳴らして鼻をつまんだ。

腰縄を摑んでいた若手の彦坂《ひこさか》が、日向に目で尋ねてきた。小さくうなずき返すと、彦坂は美由宇にマスクを渡した。

美由宇がマスクをつけながら声をかけてきた。

「あの、刑事さん。あたし臭《くさ》いのとかダメで、バスに戻ってちゃダメですかね……」

捜査員らがぎょっとしたように美由宇を見やった。露骨に眉をひそめる者もいる。

埋まってんのは、てめえの息子だろうが。

日向はタオルで汗を拭って答えた。

「いいよ。休んでるといい」

あっさりと許可を与えた日向に、今度は非難の目が向けられた。当惑気味の彦坂に、早く連れて行けと顎《あご》で命じる。

ベテラン鑑識課員の一場《いちば》が訊いてきた。

「おい、いいのかよ」

「美由宇《ホシ》にはこれからたんと喋ってもらわなきゃいけないんです。腐乱した息子と無理やりに対面させて、ヘソでも曲げられたらかなわない」

「それにしても、クセえだなんてよく言えるよな。自分の倅《せがれ》なのに。どうかしてるぜ」

「殺して埋めた時点で、とっくにどうかしてますよ」

腕に止まった藪蚊《やぶか》を払いのけた。

捜査員のひとりが、べたついた夏の湿気と鼻が曲がるような死臭に耐えかねたのか、青い顔をして現場から離れていった。

「息子を犬みてえに外で飼って、メシはバナナ一本しかやらなかったんだってな」

「こっちの常識は通じないということです」

日向ら警視庁の捜査員は、埼玉県小鹿野町《おがのまち》の山林にいた。

西武秩父《ちちぶ》駅から約二十二キロの位置だ。秩父の秘湯として知られる千鹿谷《ちがや》鉱泉を通り過ぎ、さらに群馬県境の奥地へとやって来た。ここに埋めたと美由宇が自供したためだ。

共犯で美由宇の夫である河田英治《えいじ》は、今も事件についてダンマリを決めこんでいる。

東京都北区のアパートに住む河田夫妻が夜中に、息子の翔空哉《かぐや》がいなくなったと、王子署に行方不明者届を出したのが、事件の始まりだった。

翔空哉はまだ五歳の男児であることから、警視庁は特異行方不明者に認定し、多くの警察官を捜索に動員。近隣住人への聞き込みにより、翔空哉が河田夫妻から日常的に虐待を受けていたことが判明した。

複数の近隣住人が、河田夫妻の部屋のベランダに、翔空哉が放置されているのを目撃していた。隣の部屋の住人は、翔空哉の激しい泣き声を毎日のように耳にしていた。河田夫妻の息子に対する怒号や罵声《ばせい》も。

しかし、翔空哉が行方不明となる約一か月前からは、泣き声はぴたりと聞こえなくなり、姿も見かけなくなったという。

河田夫妻は行方不明者届を出したさい、赤羽《あかばね》駅近くのショッピングモールで買い物をしている最中に、翔空哉の姿が見えなくなったと証言した。

王子署員がショッピングモールとその周辺に設置された防犯カメラの映像を調べたところ、河田夫妻の姿こそ確認できたものの、翔空哉を連れている様子はなかった。警視庁は河田夫妻の届出を狂言と見なし、王子署に特別捜査本部を立ち上げ、日向が属する捜査一課殺人犯捜査三係を投入した。

河田夫妻を重要参考人として事情聴取を連日にわたって行い、届出を出すまでの行動を洗った。王子署に届出が出される二日前、ふたりが埼玉県のこの山奥にミニバンで向かうところを、公道に設置された防犯カメラが捉えていた。

河田夫妻は悲劇の両親を演じ、メディアに露出して息子の無事を祈ってみせたが、虐待や狂言の事実を突きつけると、事情聴取に応じなくなり、弁護士の知恵を借りて黙秘を続けた。

河田夫妻の部屋を家宅捜索し、リビングやベランダを調べると、床や壁に視認できるほどの血痕があった。ペットを飼ってもいないのに、靴棚から犬用の首輪とリードが見つかり、それら証拠品にはルミノール反応が検出された。

またリビングには、血が付着した電気ゴタツの脚が一本あり、河田夫妻が翔空哉の行動を日ごろから制限し、凶器を用いて殴打していたこともわかった。

主任の日向が美由宇の事情聴取を担当。状況証拠を根気強く積み重ね、美由宇の口を十日かけてこじ開け、逮捕にまで到ったのだった。

彼女の自白によれば、夜中に翔空哉が失禁したため、折檻《せっかん》のためにベランダに放置したところ、早朝にぐったりと倒れていたのだという。

――ただの躾《しつけ》だよ。学校でよくあるでしょ。悪いことしたんだから、しばらく廊下に立ってなさいって。あんな感じなだけで。殺すとか、ありえないっしょ。

――殺す気はなかったけれど、助ける気もなかったわけだ。

――だって仕方ないっしょ。もう息してなかったし。

美由宇は不服そうに口を尖らせた。彼らは救急車を呼ばず、病院にも運ばず、翔空哉を消す方法を選んだ。

取り調べ室での攻防が大詰めに入ると、取調官は情に訴えて被疑者の完落ちを目指すものだ。

翔空哉ちゃんをここらで成仏させてあげたらどうだ。今からでも遅くはないから、親らしいことをしてやれ。

日向はその手を選ばなかった。河田夫妻には、そもそも親としての自覚が欠落していた。育て方を間違えたペット。息子をその程度の存在としか思っていなかった。そんな相手に浪花節《なにわぶし》をうなっても響きはしないのを、経験からよく知っていた。日向の父もまさにそんな男だったからだ。

ひたすら理詰めで追いこんでいくと、美由宇はゲームに飽きたといわんばかりに、息子を埋めた事実を認め、面倒臭そうに遺棄した場所についても自供した。

埋めた場所を指定したのは英治であるらしく、美由宇に地図などを見せても要領を得なかったため、日向は引き当たりの話を上に持っていった。

引き当たりとは、容疑者や参考人を現場に連れていき、供述内容を確かめる作業だ。

上司たちはいい顔をしなかった。この手の穴掘り案件では、犯人自身がどこに埋めたのかを忘れているケースが多いからだ。従犯で地図が読めない美由宇が、正確に記憶しているとは思えなかった。

とはいえ、英治は少年時代から窃盗や恐喝を繰り返してきた札つきで、取り調べにも慣れており、固く口を閉ざしたままだった。黙秘さえ続けていれば、翔空哉の死体は発見されず、罪は立証されずに済むと高をくっていた。美由宇が自白したと知らせても諦めずにいる。

死体が出ずに空振りで終われば、捜査一課のメンツは丸つぶれだ。一種の賭けにも等しかったが、特捜本部は日向らと鑑識課の一個班に、引き当たりをさせると決定した。マスコミに嗅《か》ぎつかれないようにひっそり動き、関越自動車道の練馬インター付近で鑑識課員と合流すると、美由宇に遺棄現場へと案内させた。

容疑者は総じて気まぐれだ。取り調べの詰めが甘ければ、土壇場で供述内容をひっくり返される。現場へ連れていっても、美由宇にシラを切られたらそこまでなのだ。捜査員は不安を抱いたまま、秩父の山中に向かい、日向が死体を掘り当てたのだった。

美由宇の記憶力は意外にもしっかりしていた。林道の脇に外れ、ゆるやかな傾斜地に出ると、彼女はとくに目印もない林の一角を指さした。こうも正確となると、遺棄した場所を決めたのは彼女ではないかと疑いたくなるほどだ。

ただし、彼女に情はない。サシで長いこと向き合って抱いた印象だ。ただ日向との根《こん》くらべに音《ね》をあげただけの話だ。

虐待死を扱うことが多くなった。河田夫妻のような子供へのＤＶも初めてではない。つらい介護に耐えかねて、親や配偶者を殺した事件も手がけている。

心をすり減らした結果、思い余って手にかけた場合が大半で、逮捕後は悔悛《かいしゅん》の情を示し、己が犯した罪の重さに慄《おのの》いていたものだが、例外もある。

ごくたまにではあるが、罪の意識などまるでどこ吹く風で、人間らしい感情が欠落している者と出くわす。人生そのものに対して投げやりで、自分にも他人にも無関心という連中だ。保身に走ろうとすらせず、被害者にもなんの感情も抱かない。生きること自体が退屈なゲームみたいなもので、いつ投げ出しても構わないとすら思っている。

河田夫妻の家宅捜索を行ったさい、部屋はゴミ屋敷の様相を呈しており、ゴミの捨て方や騒音などでも、アパートの住民とトラブルを起こしていた。

美由宇の半生を洗ったが、両親は彼女が幼いうちに離婚し、母親の手で育てられた。給食費を学校に納められないほどの貧困を味わい、キャバクラで働く母親からは、タバコの火を押しつけられるといった虐待を日常的に受けていた。

川口市に暮らす美由宇の母親には、日向自身が聞き込みを行った。美由宇は中学生になってから援助交際で荒稼ぎしたが、十代のうちからホストクラブに出入りするようになった。派手に遊んだうえで、ツケを踏み倒したために、母親のところに掛け取りのヤクザが押し寄せたという。

――あの売女《ばいた》のおかげで、どんだけ苦労させられたか。

母親が娘を売女呼ばわりするのを聞き、翔空哉の死は起こるべくして起こってしまったのだとわかった。

一場に背中を叩かれた。彼は鑑識課員に言った。

「あの鬼ママの考えてることなんかわかりゃしねえが、ひとつ言えるのは、日向主任がきっちり追いこんでくれたってことだ」

地面にシャベルを突き立てた。

「まだ、わかりませんよ。これで動物の死体だったら、目もあてられない」

「やっぱり血は争えないな。タイプこそ違うが、あんたは親父さんと似てる」

鑑識課員が目を丸くした。

「日向さん、親父さんも刑事だったんですか?」

「同じ捜査一課《ソウイチ》の大先輩さ。おそろしくデキる人だったよ」

一場はまるで我が事のように胸を張った。ふいに父の話題を持ち出され、喉元《のどもと》まで胃液が逆流したが、無理やり飲み下した。

「早くホトケを出してやりましょう」

「おっと、そうだな」

穴掘りを再開して話を打ち切った。

日向ら殺人班と鑑識課員が、集中的に穴を掘りだすと、衣服の生地が見え、目が痛くなるほど臭いが強烈になった。シャベルの土に大量のミミズやアリが交ざる。

捜査員たちが声をあげた。慎重に掘り進めると、子供の遺体が見え始めた。

2

日向はキャリーケースを引いて家路を急いだ。王子署での泊まりこみが続き、十日ぶりに府中市の自宅に戻る。

決め手となる被害者の遺体が見つかり、特捜本部にも余裕が生まれた。

主犯の河田英治は未だに貝の如《ごと》く口を閉ざしているが、美由宇が自白しただけでなく、埼玉の山奥に隠した息子も掘り起こされたと知り、動揺は隠せないでいるという。一方の美由宇は連日の厳しい取り調べから解放され、留置場で出される官弁をきれいに平らげた。

JRと京王線に揺られ、府中駅で降りると、駅前のサウナに寄って身体を洗った。王子署でシャワーを浴びているが、死臭が身体に染みついて取れなかったためだ。穴掘りのさいに着ていた出動服は、すぐにクリーニングに出している。

帰宅中の電車では、他の乗客が臭いを気にする様子は見られなかった。すでに臭いなど消えており、ただの幻臭であるのはわかっていた。自分を納得させるため、ボディシャンプーを身体に塗りたくった。

百貨店の洋菓子店に寄り、ケーキをいくつか買った。土産でも買っていかなければ、渚紗《なぎさ》に合わせる顔がない。

旧甲州街道を西へと歩いた。大きめのキャリーケースには十日分の衣服、それに電気髭剃りやエチケットカッターなどの日用品がぎっしりつまっており、持ち帰るのには骨が折れた。途中でマッサージ店があるのを見かけ、全身を念入りにほぐしてもらいたいという誘惑に駆られた。

自宅は駅から歩いて十五分ほどの場所にあった。通勤にはだいぶ時間がかかるものの、東京とは思えぬほど自然にあふれ、昼間も静かな住宅街だ。

部屋は広めの2LDKで、生まれる予定の子供と渚紗の身体を考え、半年前に中野区から引っ越した。以前はエレベーターのないオンボロマンションで、着替えを入れた荷物を運ぶのにも苦労したものだ。

五階にある部屋のドアを開けると、鶏肉のさっぱり煮の匂いがした。

「おかえりなさい。早かったね」

キッチンにいた渚紗が、手にお玉を持って玄関まで迎えてくれた。十日ぶりに見る彼女の腹は、さらに大きくなったように思える。

「おかげさんで」

抱擁を軽く交わした。

リビングの壁時計は夜八時を示していた。早かったのは帰宅時間ではなく、十日程度で帰宅できたことを指す。一期のうちに帰れるのは幸運といえた。

捜査本部が立ってからの三十日間を一期として、捜査員は原則として捜査本部に泊まりこむ。その間に休みはない。昼夜を問わず、徹底して事件を追いかける。

捜査は時間との勝負だ。時とともに人の記憶は薄れていき、証拠は散逸してしまう。美由宇の証言がデタラメで、引き当たりに失敗していたとしたら、果たして家に戻れるのはいつになっていただろうか。

「ニュース、見たよ」

「これでひと息つける」

詳しくは語らなかった。たとえ相手が妻であっても、捜査一課という部署で働いていれば、捜査内容を安易に話したりはしなかった。

とはいえ、捜査の進み具合はメディアを通じて知れ渡る。テレビや新聞各社は、捜査一課にもっとも多くの警察担当記者を割き、動きをつねに注視している。殺人捜査に対する市民の注目度は高い。夕方のニュースでも、記者会見に応じる捜査一課長の姿を映し、翔空哉の遺体発見をトップで伝えていた。

ダイニングテーブルには日向の好物が並んでいた。鶏肉のさっぱり煮とポテトサラダ、みょうがと白ごまをたっぷりかけた揚げ出しナス。コンビニのおにぎりや弁当の食事が続いていただけに、野菜が豊富でありがたかった。

渚紗が冷蔵庫から缶ビールを取り出した。

「飲む？」

うなずいて受け取った。

小ぶりのグラスに注いで、ビールをひと口で飲み干した。疲労が積み重なっていたうえに空腹のためか、気分がほぐれていくのがわかった。

「すまないな」

「大丈夫、大丈夫」

渚紗は微笑《ほほえ》むと、アルコールフリーのサワーを口にした。

缶ビール二本ほどで充分な日向に対し、彼女は酒好きの酒豪でもある。妊娠がわかってからは大好きな酒を断っている。自分だけ酒にありつくのが申し訳なく思えた。

渚紗は腹をなでた。

「この子が産まれて授乳が終わったら、たらふく飲《や》らせてもらうし」

「それまではこいつでしのいでくれ。店員さんにカフェインと洋酒を使ってないのを選んでもらった」

ケーキの箱を渡すと、彼女が歓声をあげた。

渚紗には感謝してもしきれない。同じ警視庁の元警官で、夫の仕事にも理解がある。捜査一課員の仕事はとりわけ過酷だ。休みが満足に取れる職場ではない。

警察組織にも働き方改革の波が押し寄せてはいる。警視庁も例外ではなく、職場環境の改善や意識改革が叫ばれている。職員が仕事と子育ての両立を図れるよう、男性職員の育児参画を推し進め、女性警官が活躍できる組織作りが行われている。

日向もその流れを歓迎していた。警察組織は未だに男性社会であり、警視庁における女性警官の数は一割ほどしかいない。

ドラマでこそ女性警官の姿を目にするが、日向自身は机を並べて働いた経験はほとんどなかった。刑事となってからはなおさらだ。いくら有能であっても、男性ばかりが仕切る職場では存分に実力を発揮できず、けっきょく男性警官の妻候補としか見なされずに警察人生を終えていく。

所轄で働いていた渚紗がまさにそんなひとりだった。器量がよく、社交性にも富んでいた彼女は、幹部たちの飲み会にひんぱんに呼び出された。ホステスのような扱いにうんざりし、胸や尻をなで回されるといったセクハラに耐えきれず、上司の地域課長に被害を訴えた。その情報は署の幹部たちに漏れ、和を乱す異端者の烙印《らくいん》を押され、署での居場所を失った。

そんな過去があるだけに、渚紗とともに育児に汗を掻き、子育てが一段落すれば、彼女が実力を存分に発揮できる職場を見つけてやりたいと思っていた。

しかし、働き方改革とは程遠い捜査一課に在籍し、渚紗にも負担を強いているのが現状だ。このままでは育児に汗を流すどころか、出産に立ち会えるかすら怪しい。彼女が文句ひとつ言わないのをいいことに、日向は仕事にのめりこんでいた。

洗面所で顔を洗ってから、渚紗に隠れて胃薬を呑んだ。身体は穴掘りでくたくたに疲れていたが、食欲はなかなか湧いてこない。

彼女が好物ばかり揃えてくれたのは、少しでも食事が喉を通るように配慮してくれたからだ。仕事の内容はメディアが伝えている。穴掘りのおかげで、メシが喉を通らないのを見抜いていたのだろう。

テーブルについて箸《はし》を手に取った。

「こいつはうまそうだ。野菜不足だったから嬉しいよ」

渚紗が小さく笑った。日向は尋ねた。

「どうかした?」

「ここ」

彼女が口元を指さした。

日向は口の周りを指でなでた。胃薬の茶色い粉末がつき、思わず目を見張る。

「まいったな」

「慣れるものじゃないもん、ああいうのは。とくに夏場」

「殺しを扱う刑事《デカ》なんて、ホトケの横でハンバーガーをむさぼり食うようなタフガイがなるんだと思ってた」

「なにそれ」

「昔のドラマで見たんだ。小説だったかな」

「タフガイというか、ただの変態だと思うけど。だいたい、そんな豪傑よりも、念入りに身体を洗ってくる人のほうが好きだよ」

「臭うかい?」

シャツの袖の匂いを嗅いだ。

「事情にうとい奥さんだったら、風俗に行ってきたんじゃないかと疑りそうなくらい」

ふたりで笑いあった。渚紗が優しく言った。

「無理は禁物。すごく疲れてるみたいだし、早めに寝たほうがいいよ」

「ああ」

揚げ出しナスと鶏肉をつまんだ。どちらも味がしっかり染みている。翌朝に改めていただくと約束し、料理の残りを皿ごとラップで包んでもらった。

渚紗はなにも言わないが、彼女は夫がバテて帰ってくるのを予想していたようだった。王子署の道場に泊まりこんでいるときも、体調やメンタルを気遣うメールをくれた。

今回の虐待死事件には、ひときわ力を入れて臨んだ。今後は河田夫妻を殺人罪で起訴できるかが勝負どころだ。被害者の遺体の解剖結果を待つしかないが、ふたりが息子を邪魔者として扱っていたのは明白だった。

土のなかから発見された翔空哉は五歳児とは思えぬほど小さく、出血するほどの激しい暴行を加えられていたことも判明している。息子をこの世から排除しようという邪悪な意図が、積み重ねられた証拠から読み取れた。

鬼の所業に違いなかったが、殺人罪に問えるかはまだ不明だ。翔空哉を雨に濡れたベランダへと追い出したが、一本のバナナを与えてもいるからだ。

のちに鑑識がゴミ溜めと化したベランダから、朽ちたバナナを見つけている。弱り切った幼子は、皮を剝く力もなかったのか、手つかずのまま放置されていた。

このバナナ一本のおかげで、検察が河田夫妻に殺意があったとは認定できず、保護責任者遺棄致死罪でしか起訴できないかもしれなかった。そうなれば量刑も大きく変わってくる。

美由宇の取り調べで尋ねた。

――どうして、バナナをあげたんだ。

――あたしが？　全然覚えてない。いや、ホントに。

すでに彼女は取り調べにうんざりしていたころだった。日向の尋問に耐えきれなくなり、狭い密室から一刻も早く出たがっていた。

罪が軽くなるかどうかの重要な局面であるのにも気づかず、彼女は与えた覚えはないと答えている。

――だったら、英治があげたのかな。

――んなわけないよ。あたしがぶん殴られるもん。勝手にエサやったら……。

――エサだと？

美由宇はペロッと舌を出した。

――冗談、冗談。ご飯に決まってんじゃん。

日向は取り調べを一旦止《や》めた。

部屋の外で聞き耳を立てていた管理官らの目を無視して、トイレへと駆けこんでいた。

取り調べに耐えきれなかったのは、美由宇だけではなかったのだ。こみあげるものがあり、トイレの洗面台で顔を何度も洗った。

美由宇が事件について語るたびに、古傷がうずき、翔空哉が味わった苦しみが身体に重くのしかかった。美由宇が父に見え、油断すると絞め殺しそうになる。

少年時代は父に怯えて生きた。難事件を手がけていた時期があり、ずっと特捜本部に泊まりっぱなしだったことが多かった。捜査一課員の父は、今の日向と同じで家を空けることが多かった。家に戻るのは、月に数度だったが、そのたびに地獄を見せつけた。

夕食は家族そろって摂《と》っていたが、そのたびに母と日向は制裁を受けた。

父は通信簿とテストの結果を逐一チェックし、少しでも成績が悪ければ、息子を被疑者のように問いつめた。現役の鬼刑事から責められて、小学生が耐えられるわけがない。ベソを掻いて許しを乞《こ》えば、返ってくるのは鉄拳で、強い男に育てるためという口実で、無理やり柔道の指導もされてきた。

秋雨が降る寒い夜に、外へと追い出されたこともある。縁の下に潜りこんで雨を避けたが、湿った土に身体の熱を奪われて肺炎にかかった。

現代であれば、近所の誰かが児童相談所に通報していただろう。翔空哉のように死なずに済んだのは、母がサンドバッグになってくれたからだ。

日向が寒空に追い出されても、父の目を盗んで毛布と握り飯を縁の下まで運んできてくれた。そして父から殴る蹴るの暴行を受けた。

――おれの目を盗んで、勝手にエサやりやがって。

父と河田夫妻はそっくりだった。血を分けた息子だろうと、死ぬまで手を緩めたりはしない。

父の暴力癖を知る者は少ない。母も身内の秘密を他人に明かしたりはしなかった。そんな母も長年にわたって殴打され続け、四十代半ばで腰が曲がり、杖なしでは歩けなくなった。晩年は心も病んで、日向が大学生のときに死んだ。四十九歳という若さだったが、最期は七十過ぎの老婆に見えた。渚紗はその秘密を知る数少ない人のうちのひとりだ。プロポーズしたさいにすべて打ち明けた。

今度の虐待死事件が日向にとってきついヤマになりそうなのを、彼女はよくわかっていた。好物ばかり用意してくれたのは、彼が精神的にもくたびれきって戻ってくるのを予想していたからだろう。

グラスのビールを空にした。缶にはたっぷり入っていたものの、新たに注ぐ気にはなれなかった。彼女に訊いた。

「君は大丈夫か？」

「なにが？」

「無理してないかってことさ」

渚紗が考えこむように首をひねった。

「今のところは全然。無理どころか、こんなにゆっくり過ごすのなんて、人生で初めてかもしれない。今日だってワイドショーばかり見てたら日が暮れたって感じだもん。こっちこそ申し訳ないくらい」

「それならいいんだ」

渚紗がサワーを口にした。

「でも、てんやわんやになる日もじきに来るとは思う。ここらへんも保育園の激戦区だから。それこそ妊娠中から保活に励んでる人もいるし」

渚紗は警察を辞めたのち、大学時代の友人が開いたカレー店を手伝っていた。日向と結婚してからは、カレー店の手伝いと在宅ワークで家計を支えてくれている。出版社のデータ入力やテープ起こしといった作業だ。

警察官の賃金は低くはない。職務に危険がともなうために、公務員のなかでもとりわけ高めに設定されている。とはいえ、生まれてくる子供にきちんとした環境を与え、教育を受けさせるには、日向の給料だけでは心もとない。

署に泊まりこんで働いているが、予算には限界があり、超過勤務手当が全額で支払われることはない。官舎は家賃が安いため、どこも人気があって常に満室だ。

いかれた家庭で育っただけに、子供には愛情を注ぎたかった。そんな思いとは正反対に、十日も自宅を空けるような仕事をしている。手強い事件となれば、さらに長期にわたって泊まりこむか、終電で帰宅する日々が続く。本人はもとより、家族にも重い負担を強いる。

殺人捜査にかまけているうちは、渚紗を家庭に閉じこめ、子供に構ってやれる時間もひどく限られる。父や河田夫妻を人でなしと見なしながら、自分も妻に苦労を押しつけようとしている。彼らと自分は似た者同士ではないか。美由宇と対峙《たいじ》しながら思ったものだ。

渚紗にそれを打ち明けると、彼女は首を横に振った。

「えー、全然似てないでしょ」

「そうかな」

「あなたは私の夢。刑事になりたがってたのは知ってるでしょう?」

渚紗は優れた警官だった。

警察学校でこそ大した成績を残せなかったが、所轄に配属されてからはめきめきと頭角を現した。交番で勤務していたころは、薬物所持者や自転車泥棒を次々に捕らえて表彰されている。刑事に抜擢されてもおかしくはなかった。

彼女はグラスのサワーをひと息で飲み干すと、火酒でも空けたかのように荒っぽく息を吐いた。

「そりゃ私だって外で働きたいし、そのためには旦那に休暇を取って、育児に汗を掻いてもらいたいのが本音だけどね。毎日きちんと帰ってきてくれて、夜泣きする赤ん坊をあやしてくれたり、いっしょに食卓を囲んでほしいとは思う」

「そこでなんだが――」

渚紗が掌《てのひら》を向けた。

「デスクワークに就く気でいるのなら、答えはノーよ」

「すごいな。全部お見通しだ」

彼女が目を丸くした。

「カマをかけてみただけ。まさか、本当に考えてたなんて」

「迷ってるんだ」

彼女は腕を伸ばした。日向の手を握る。

「気持ちだけ受け取っておくけど、やっぱり答えはノー。イクメンがほしかったら、そもそも刑事なんかと結婚しないもん」

「今のままでいいのか？」

「ベストではないけど」

彼女がテーブルの隅にあった新聞を手に取った。

社会面を日向に見せる。河田夫妻の死体遺棄事件の記事が載っていた。

「楽しみにしてるの。こういうのを子供に見せるのを。『お前の父ちゃんは、こうやって悪いやつを捕まえてるんだ』って。こんなに胸を張れる仕事ってそうそうないでしょ。父親が帰ってこなくて寂しがるときは、刑事ドラマを見せるつもり。赤いバッジをつけて、さっそうと活躍している姿をね。本当は私がやりたかったんだから。誰にでもできる仕事でもないし、誰かがやらなきゃならない。今の仕事、好きでしょ？」

「なにもふたりして、刑事の道から外れることはないでしょ。子供のほうはきっとなんとかなる。お母さんにも来てもらってるし。あなたの役割は全力で人殺しを捕まえて、家に戻ったらお母さんの嫌味に我慢強く耐えること。中村主水《なかむらもんど》みたいに」

「それならやれる」

「そうみたいだ」

深々とうなずいてみせた。

迷いが吹っ切れたわけではない。もっとも不安と戦っているのは、出産を控えている渚紗だった。夫の自分がくよくよしている場合ではない。

渚紗の両親は手強かった。とくに義母は日向を快く思っていない。ふたりの結婚にも最後まで反対していた。

義母は警察組織に強い不信感を抱いていた。娘が青雲の志を抱いて警視庁に入庁したが、不本意な形で組織を追われたからだ。

職場でひどい仕打ちを受けたというのに、家庭も顧みない刑事なんかを相手に選ぶなんて。結婚の話を娘から聞かされたとき、義母はショックで寝こんでしまったという。日向は義父母が住む東京都町田市に足を運んだが、何度も門前払いを受けている。

日向は義母宛てに約二十通の手紙を書き、渚紗が辛抱強く説得し、ついには義母を折れさせ、結婚を承諾させた。しかし、結婚してから二年が経ったが、未だに日向を息子だとは思っていない。妊娠した愛娘のため、ひんぱんに会いにやって来るが、日向には手厳しい言葉を投げつけてくる。

義母の気持ちは痛いほどわかった。かりに自分が義母の立場であれば、結婚を許す気には到底ならないだろう。日向が現職の刑事であるうえ、その父親も警官だったのだ。さらに、その警官父子は絶縁状態にあり、十年以上も顔を合わせていない。そんな怪しげな家族関係にある男に、娘を託したいとは思わないだろう。嫌味ぐらい言われて当然なのだ。

渚紗と忌憚《きたん》なく話せたのが嬉しかった。彼女の忠告に従い、早々に寝る準備に入った。洗面所で歯を磨いている最中、玄関のチャイムが鳴った。時刻は十時近くだ。こんな夜に人が訪れることなどめったにない。

渚紗はリビングのソファに座っていた。彼女も怪訝な顔をしていた。

立ち上がろうとしていた彼女を制して玄関に向かう。マンションの正面玄関はオートロック式で、住人以外は入ってこられない仕組みだ。鳴ったのは、部屋の玄関に設置されたチャイムだった。

ドアスコープを覗くと、背広姿のふたりの男が立っていた。初めて見る顔だったが、ガタイのよさと雰囲気からして、同業者だと推測した。ひとりは白髪交じりの中年で、もうひとりはニキビ面の若者だ。

ドアガードをしたまま玄関を開けると、ふたりの男らは直立して頭を下げた。やはり、警官特有のキビキビとした仕草だ。

中年が丁寧な調子で言った。

「夜分、失礼します。組対五課の阿藤《あとう》です。この若いのは府中署の今田《いまだ》。お休みのところ申し訳ありません」

今田が緊張した面持ちで再び頭を下げた。

ふたりとは面識がなかったが、日向が身内なのを知っているようだった。地元交番の巡回連絡によって、地域住民の素性はおおむね把握されている。

ふたりは名を名乗ったばかりだが、日向に所属先を明かしたことで多くの情報を与えてくれた。

阿藤がいる組織犯罪対策部第五課は、銃器と違法薬物を捜査する部署だ。若い今田のほうは背広がいかにも板についていない。ふだんは制服を着て仕事に勤《いそ》しんでいるものと思われた。本庁の刑事の案内役だ。

記憶のファイルを漁《あさ》った。府中市内の多摩川の河川敷で発砲事件が起きた。そんなニュースを三日前の新聞で知った。

メールで渚紗とも事件についてやり取りはしていたが、自分の事件に追われ、発砲事件を完全に忘れていた。

何者かが深夜三時を回った時刻に河川敷にて発砲。近くで犬を連れて散歩していた老人が銃声に気づき、河川敷に出てみたところ、銃弾のようなものが土手にめりこんでいたという。弾の種類は記されておらず、実銃かどうかも不明だった。

河川敷から自宅マンションまでは約二キロの距離だ。銃という武器が使われたのは気になったが、ケガ人が出たわけではなく、弾が住宅に飛んだわけでもない。続報の記事もなかった。

「河川敷の発砲の件ですか?」

「そうなんです」

日向が尋ねると、ふたりはうなずいた。

彼らはペアを組んで地取り捜査を行っていた。地取りとは事件が発生したさい、担当地域を決めて行う聞き込み捜査を指す。とくに日向に用があるわけではなく、このマンションを含めたエリアをしらみ潰しで当たっているという。住民の多くは共働きで、昼間は家を空けているため、聞き込みはもっぱら夜に行われていた。

阿藤が尋ねてきた。

「なにか心当たりは」

「じつは、十日ほど家を空けていたもので」

日向はうつむいて答えた。

発砲事件が発生した当日はもちろん、今夜まで河田夫妻の事件に忙殺されていた。協力したいのは山々だったが、できることがあるとすれば、迅速かつ正直に答えるぐらいしかない。王子署の特捜本部にいたことを告げると、阿藤は納得したように相槌《あいづち》を打った。

渚紗を玄関に呼んだが、彼女も情報を持っていなかった。事件が発生した時刻は熟睡していて、テレビのニュースで事件を知ったという。不審人物や怪しい車の類も見かけてはいない。彼女が答えると、ふたりは礼を述べて辞去し、隣の部屋へ移動した。

玄関のドアを閉めると、渚紗がアクビをした。

「そういえば、すっかり忘れてた。近くで起きたっていうのに」

「おれもだ」

「せめて、銃の種類くらい訊いておきたかったなあ」

「そういうわけにはいかないさ」

日向も捜査の進捗《しんちょく》状況が気にはなったが、よその事件にやすやすと首を突っこむわけにもいかない。

彼女の頬に口づけをした。

「同僚の伝手《ツテ》を頼って、情報を仕入れてみるよ。気味が悪いことには違いない」

「ありがとう」

先に寝室のベッドに潜った。

渚紗は東京ヤクルトスワローズのファンで、夜のニュースのスポーツコーナーを見てから寝るのを習慣としていた。先に床に入る日向に気を遣って、テレビの音量を下げてくれた。

マットレスに横たわると、その柔らかさに思わず声が漏れる。王子署に詰めているときは、道場のせんべい布団で夜を過ごし続けたためか、筋肉がカチカチに強張《こわば》っていた。体内に溜まった疲労が布団にじわじわと溶けだしていく。

寝返りを打った。頭の隅で発砲事件が引っかかっていた。やはり、父の拳や怒鳴り声が勝手に蘇《よみがえ》ってくる。

——このガキ、おれをナメてるのか。

父の暴力がよりひどくなったのは、日向が小学生のときに起きたスーパーの強盗殺人事件がきっかけだった。犯行には拳銃が用いられ、三名もの犠牲者が出ている。父ら捜査員の努力は実らず、現在まで未解決のままだった。憂さを晴らすために、母と日向を標的にした。

雑念を振り払って心を無にした。疲労の大波に呑まれ、深い眠りへと誘《いざな》われた。

3

秩父での穴掘りから十日が経ち、特捜本部は解散となった。日向班は桜田門の警視庁本部に帰庁した。六階にある捜査一課のフロアに戻ると、同僚たちから労《ねぎら》いの声をかけられた。

だが、幸せの時間はきわめて短かった。課長の喜多嶋修司《きたじましゅうじ》からミーティングルームに呼び出されたからだ。

課長直々の呼び出しに、祝福ムードが日向班から消え失せた。彦坂がうろたえた。

「なにか、やらかしましたかね」

「どうだろうな」

日向は平静を装ったが、部下たちと同じく、心は穏やかではいられなかった。約四百名を統《す》べる捜査一課長が、主任風情を密室に呼ぶとは。ただならぬ予感がした。

ミーティングルームのドアをノックしてから入った。室内にいたのは課長の喜多嶋と、直属の上司である岳晃史《たけあきふみ》係長だ。

学生相撲出身の喜多嶋は相変わらずごつかった。岩のような顔つきで、眉も太い。がっちりとした肩の持ち主だ。身長が一八〇センチを超える大男で、小部屋で向き合うと独特の圧を感じる。

喜多嶋は落としの名人といわれ、捜査一課に通算で十六年も籍を置く叩き上げだ。殺人捜査のスペシャリストで課員から絶大な信頼を得ている一方、先輩だろうとキャリアだろうと、相手を選ばずに叱り飛ばす厳格な男としても知られている。

「王子の件はよくやってくれた」

喜多嶋は笑いかけながら対面《トイメン》に座るよう促した。

日向は雲行きが怪しくなっているのを感じた。喜多嶋は顔に笑みを貼りつかせているものの、大きな眼は少しも笑っていない。係長の岳も微笑を湛《たた》えていたが、どこか居心地が悪そうだった。椅子に腰かけると、喜多嶋に尋ねられた。

「奥さんは元気か」

「はい」

「もうじきだったな」

「九か月になります」

しばらく雑談を続けた。

府中での暮らしには慣れたか、子供の名前は決めたのか。他愛もない質問を投げかけられ、いささか面食らった。叱責をも覚悟して部屋を訪れたのだが、喜多嶋の意図が読み取れない。

彼は下町出身の江戸っ子気質で、取り調べ以外ではまだるっこしい話は好まないはずだ。ふだんは口数の多い岳もじっと押し黙っている。

「それで……なにか」

「戻ったばかりで済まんが、新しい事件《ヤマ》に取りかかってもらいたい」

「わかりました」

ふたつ返事で答えた。ひとつ片づけたとしても、休みなく別の事件が待ち受けている。大都市東京で殺人捜査を手がけるとはそういうことだ。とくに珍しくはない。

「よほど面倒な事件《ヤマ》のようですね」

水を向けると、喜多嶋が片頰を歪めた。

「わかるか？」

「課長直々というのも珍しいですし、これほど歯切れの悪い課長を見るのは初めてです」

「こんなものを見せられたんでな」

喜多嶋に書類を渡された。日向が部屋に入るまで、喜多嶋が読んでいたものだ。

「科警研……」

書類は科学警察研究所が作成したものだった。

略称は科警研。千葉県柏《かしわ》市にある警察庁の附属機関で、科学捜査や犯罪防止に関する研究や実験を行っており、裁判所や検察といった警察以外の関係機関から依頼された証拠物の鑑識や検査も請け負う。

岳が口を開いた。

「家が府中なら、発砲事件のことは知ってるよな」

「ええ」

上司の問いにうなずいた。

この瞬間まで、約二週間前の発砲事件などすっかり忘れていたが。犯人が捕まったという話を耳にしてもいなければ、捜査の進捗状況も知らない。組対の刑事と府中署の警察官が自宅に聞きこみにやっては来たが、河田夫妻の虐待死事件に忙殺されていた。

書類には弾道検査の鑑定結果が、ひしゃげた弾丸の写真とともに記されていた。犯罪に使用された銃や銃弾は、全国から科警研へと送られる。府中の発砲事件も例外ではなく、多摩川の土手から見つかった弾丸を調べたらしい。

「まさか……」

思わず声が漏れた。岳もうなる。

「そのまさかってやつだ」

科警研の鑑定によれば、使用されたのはフィリピンのスカイヤーズビンガム社製の回転拳銃だ。コルト社のコピー品であり、安物拳銃の代名詞的な存在である。おもに暴力団のルートを通じて、現在も同社の拳銃が日本国内でも流通しているという。

目を引いたのは弾丸の線条痕についての項目だ。銃身の内側にはらせん状のライフリングが施されている。弾丸を回転させ、まっすぐに飛ばすためのもので、このときにつく傷が線条痕だ。銃によってひとつひとつ異なるために〝銃の指紋〟と言われる。銃身に工作機械でライフリングを刻むさいに、工具の刃にこぼれなどが発生するため、一丁ごとに特徴が出るからだ。過去に押収された銃器や弾丸のデータは、科警研が〝発射痕跡識別《BIRI》システム〟として管理。全国の警察で照会できるようになっていた。

科警研はフィリピン製の回転拳銃と断定したうえで、線条痕には前科があると指摘した。二十二年前に府中市で発生したスーパー「いちまつ」強盗殺人事件に使用された拳銃の線条痕と酷似しているという。

「因縁の事件《ヤマ》だ。おれにとっても、お前にとっても」

喜多嶋がうなった。日向は眉をひそめた。

「にわかには信じられません」

「おれだってそうだ。あっちの法科学二部長には何度も念押ししたよ。本当に本当なのかとな。あんまりしつこく聞かれて、最後はあっちも意地になりやがった。『科警研七十年にわたる研究の積み重ねを愚弄する気か！』だとさ」

書類には、二十二年前の事件で見つかった弾丸の写真も添付されていた。三名もの命を無慈悲に奪った凶弾だ。今回の発砲事件の弾丸の線条痕と比較した結果が、専門用語を交えて長々と書かれてある。

ポケットからハンカチを取り出して顔の汗を拭った。ハンカチからは渚紗と柔軟剤の香りがし、まっ白になりそうな頭に活を入れてくれた。

「この事件《ヤマ》を私たちに？」

「しばらく府中署通いになると思え。嫁さんが急に産気づいたとしても、すぐに病院にも駆けつけられるだろう」

「あ、ありがとうございます」

思わず立ち上がって最敬礼をした。喜多嶋が座るよう手を下に向ける。

「勘違いするな。おれは私情を持ちこまん。〝三大〟と取っ組み合うんだ。覚悟しておけよ」

岳と日向は深々とうなずいた。

警視庁は〝三大未解決事件〟と呼ばれる難件を抱えている。亀戸《かめいど》で発生した女子大生放火殺人事件。杉並区の一家四人が殺害された事件。それにこのスーパーいちまつ強盗殺人事件だ。

どれも一九九〇年代に起きたもので、日向はまだ子供だった。二〇一〇年に施行された改正刑事訴訟法により、殺人事件などの重大犯罪については公訴時効が廃止されたため、二十年の時を経た現在でも捜査中だ。所轄にはそれぞれ特別捜査本部が置かれたままで、捜査一課の特命捜査対策室が、この未解決事件の継続捜査を今も行っている。

喜多嶋はペットボトルの水を勢いよく飲んだ。冷静沈着で知られる彼も、銃弾の思いがけぬ正体に当惑しているのだとわかった。

「お前にこの大事な事件《ヤマ》を任せるのは、これまでの手腕を評価しているからだ。とくに日向、お前はあの事件に対する思い入れも強い。違うか？」

「確かにそうです」

率直にうなずいた。あの事件には特別な想いを抱いているのは確かだ。

ふいに尋ねられた。

「……親父さんとは。今もか」

「はい」

「そうか」

喜多嶋はそれ以上、訊いてはこなかった。

上司たちは日向親子の関係を知っている。とくに喜多嶋は捜査一課員だった父親の繁《しげる》とともに、かつて殺人事件を捜査した仲でもあった。二十二年前の事件でも、ともに府中署に長いこと寝泊まりして犯人を追い続けている。鬼刑事と呼ばれた父の性格も熟知していた。

　喜多嶋がため息をついた。

「課長になんてなったのを、初めて後悔してるよ。抱えてる案件全部放り捨てて、府中に乗りこみたいくらいだ」

「気持ちをお察しします。この好機を逃す気はありません。必ずや結果を出してみせます」

　自分でも驚くほど強気な発言が出た。言ってから顔が火照ったものの、吐いた唾を呑みこむ気はなかった。

　喜多嶋が腕を組んだ。

「お前は親父さんと違って、どちらかというと慎重派だと思ったがな」

「ですが――」

「いいんだよ。それだけお前が鼻息荒くなるのを期待して、こっちも起用を決めた。その意気込みを買おうじゃないか。おれやお前が捜査一課にいるこの時期、奇《く》しくも疑惑の弾丸が飛んできやがった。私情を持ちこまんと口にはしたが、一方で奇縁を感じているのは確かだ」

「私もです」

喜多嶋が背もたれに身体を預けた。遠い目になって中空を睨《にら》む。

「言うまでもないが、あの事件《ヤマ》は危うい魔物だ。呑みこまれないように注意しろ。二十二年もの間、被害者《ガイシャ》や遺族はもちろん、数えきれんほどの捜査員を翻弄してきた。人生を狂わされた者だっている。お前もそのひとりだろうが」

ふいに子供時代の記憶が蘇《よみがえ》った。日向が十一歳のころだ。

父が府中の特捜本部に詰めていたころが、母や日向にとって穏やかに過ごせた時代だった。父はめったに家に戻らず、捜査に没頭していた。たまに帰宅したといっても夜遅くであって、布団に倒れこんでは死んだように眠りこけていた。

事件発生から約二年後だ。夕方の早い時間に父が前触れもなく帰宅し、日向らをひどく驚かせた。まだ日があるうちに現れたばかりか、ひどく酒に酔っていた。

日向は自宅で友人たちとゲームボーイで遊んでいた。父はのんきにゲームに興じている息子が気に入らず、首根っこを摑んで自宅の居間に引っ張りこむと、校歌を全力で歌うように強要した。

父の剣幕に怯えて友人たちは逃げ出し、ベソを搔きながら歌う日向に父は鉄拳を喰らわせた。

特捜本部の大幅縮小が決まり、父は捜査から外されたのだ。父の狂気がいよいよひどくなったのは、このころからだったと思う。

「肝に銘じます」

喜多嶋が人差し指を立てた。

「もうひとつある。今まで以上に汗を掻いてもらうことになるが、それでも女房の出産にはなにがなんでも立ち会え。でないと、死ぬまで恨みを買うことになる。これはおれの実体験だ」

喜多嶋は自嘲的な笑みを浮かべた。

泣く子も黙る捜査一課長として名を轟かせているが、婿養子の身のため、家では妻に頭が上がらないという噂がある。

喜多嶋は岳を指さした。

「岳係長はまだ事後処理がある。いわば係長の代理として、特捜本部に行ってほしい」

「おれはもう少し河田英治を叩く。まだ埃が出てきそうなんだ」

河田英治を取り調べたのは岳だった。息子殺しだけでなく、足立区の資材置き場から銅線を盗むといった余罪も出てきた。窃盗事件を担当している竹の塚警察署の捜査員と情報共有をする必要があり、もう少し河田とつき合わなければならないという。

喜多嶋流の激励を受け、ミーティングルームを辞した。河田夫妻の事件で疲労が溜まっていたものの、青天の霹靂《へきれき》ともいうべき事態のおかげで、疲れは完全に吹き飛んでいた。

新しい事件を受け持ったびに、義憤や緊張で一種の昂揚《こうよう》に包まれるものだが、今回は膝が震えていた。頼りになる上司もいない。武者震いというものを初めて体験した。

刑事部屋に戻ると、日向班の男たちが不安げな顔で待ち受けていた。

彦坂に書類のコピーを命じ、班員に内容を告げると、歴戦の強者《つわもの》たちも顔を強張らせた。

4

その事件の正式な呼称は、「美好町《みよしちょう》スーパー事務所内けん銃使用強盗殺人事件」という。

二十二年前の七月十八日の午後九時過ぎ。府中市美好町の旧甲州街道沿いにあるスーパー〝いちまつ美好店〟の事務所で、フィリピン製回転拳銃スカイヤーズビンガムを持った何者かに、男性店長と女性従業員ふたりの計三名が射殺された。

被害者は四十二歳の男性店長、それにパートで働いていたフリーターの二十一歳女性とアルバイトの十七歳の女子高生で、犯行時間は十分前後だという。犯人は店長に金庫を開けさせると、週末の売上金六七八万円を奪った。

女性従業員ふたりは粘着テープで両手を縛られた状態にあり、ともに頭部を撃たれて即死した。ふたりの顔の皮膚には、拳銃の発火炎によって焼けた痕跡が残っていたため、至近距離で発砲されたことがわかっている。

店長の桑畑信行《くわはたのぶゆき》は顔を拳銃のグリップで数回殴打され、眉間に銃弾を撃ちこまれた。

犯人からカネを要求され、金庫の鍵を外したところで撃たれたと見られている。

午後九時二十分、殺されたフリーターの倉貫有紀子《くらぬきゆきこ》の恋人が車で迎えに来ており、駐車場で十五分ほど待機していた。有紀子がいつまでも退勤しないのを不審に思い、事務所に様子をうかがいに行き、撃たれた三人を発見した。

事務所内の足あとの数から、犯人は単独で、被害者三名をそれぞれ一発で正確に射貫いているため、銃の扱いに慣れた人物と思われた。

特別捜査本部は、売上金目的の強盗として捜査していたが、一方で怨恨《えんこん》説も囁かれた。店長の桑畑には調布の暴走族に所属していた経歴があり、調布署刑事課の一九七〇年代の記録に、地元暴力団の準構成員として名を連ねていた時期があったからだ。

また、被害者の女子高生の北尾理佐《きたおりさ》は、高校に籍こそ置いていたものの、当時は不登校の状態にあり、いちまつ以外でも年齢をごまかして、府中市内のスナックで働いていたことが判明している。北尾家は父親不在の母子家庭で、母親の目を盗んで渋谷や原宿に通っていた。当時で言う〝コギャル〟で、他校の女子グループとつるんで深夜まで遊ぶなど、問題行動を起こしてたびたび補導されている。

フリーターの倉貫有紀子には、黒い人間関係こそ見つからなかったものの、父親は大手都市銀行の新宿支店長として難題を抱えていた。新宿支店はパチンコ業者や水商売との取引が多く、暴力団のフロント企業の口座も多数抱えていた。

事件当時、勤務先の都市銀行はバブルの巨額不良債権の処理に直面し、田園調布にあった頭取の自宅に銃弾が撃ちこまれている。

支店長の父親は債権回収のエキスパートとして、闇社会の住人と対峙しなければならない立場にあり、府中駅近くにあった自宅近くを暴力団風の男がうろついていたという証言もある。

被害者の経歴や人間関係は、雑誌やテレビでも報じられ、無責任な憶測を呼んでは遺族を傷つけた。被害者の名前をネットで検索すれば、現在でも陰謀論まがいの情報が山ほど出てくる。なかには被害者に非があったかのように書かれたものまである。

当時の捜査員らは怨恨説をひとつひとつ潰していった。桑畑が暴走族にいたのは少年時代までであり、準構成員だったのもごくわずかな期間でしかない。本人はもとより当時の暴走族仲間も足を洗ってまともな社会生活を歩んでいる。同年代の妻とふたりの子供を持つ父親だった。

ふたりの女性従業員も命を狙われる理由は見つからなかった。理佐は同じく不登校生とつるんで遊んでいたが、集団万引きや援助交際といった犯罪の誘いには乗らなかった。いちまつでは週四で働き、遅刻や欠勤は一度もなく、給料の一部を母に渡していた。

有紀子も同じだ。当時は、不良債権の処理に追われた都市銀行の幹部や、総会屋との関係を断とうとした大企業の重役が殺害されるなど、バブル崩壊の混乱で企業に対する凶悪なテロが頻発していた時代でもあり、有紀子の父親も暴力団関係者とわたり合わなければならない立場にあった。当時のマル暴である捜査四課が乗り出し、父親と利害が対立する闇紳士らを徹底して調べたが、事件と関係している人物は現れていない。

特捜本部は強盗説に絞りこみ、スーパーの内情にも明るい人間の手による周到な計画的犯行と推測した。事件が起きた金曜は、〃いちまつ〃恒例の花金セールで売り上げが一・三倍にもなるからだ。

過去に何度も事務所荒らしにあっていたため、店側は防犯対策として、店舗に六台の防犯カメラを設置した。

事務所の出入口でも大きなカメラが睨みを利かせていたが、肝心の記録装置はなかった。出入口に面していた駐車場は、照明が消える閉店後は深い暗闇に包まれる。押し入りやすい環境にあったのを、犯人が知っていた可能性は高かった。

また、スーパーの前を走る旧甲州街道も曲者《くせもの》だった。当時の金曜の夜は、決まって暴走族が爆音をまき散らしていたからだ。事件当時も暴走族がスーパーの前を走り回っていた。そのためか、銃声を耳にした近隣の住人はなく、通報はおろか注意さえ払われなかった。

住宅街で四発の銃弾が放たれ、三人の命が一瞬にして奪われたが、目撃情報もほとんどないまま、犯人は大金を奪って闇に消えた……。

事件は社会を震撼させた。事件当時、日向はまだ九歳だったが、テレビで大きく取り上げられていたのを覚えている。

ヤクザやテロリストの専売特許だった銃器が、ごくふつうの市民に向けられ、無抵抗の女性をも無慈悲に射殺する手口は、銃犯罪の転換期として注目された。事件を担当した検視官や鑑識課員のなかには、被害者を正視できずに涙する者もいたという。

大々的な捜査が開始されたが、暗礁に乗り上げてしまった。今の事件捜査では欠かせないNシステムや防犯カメラは普及していなかった。犯人は帽子とマスクをつけていたため、犯人らしき姿を見かけた目撃者は何人かいたものの、詳細な人相は覚えていなかった。

犯人が残した証拠も少なかった。指紋は発見されず、毛髪や体液を採取することもできなかった。

特捜本部は、いちまつに勤務した経験のある元社員から元アルバイト、出入り業者を徹底的に洗った。並行して拳銃の扱いに慣れた暴力団関係者や、過去に銃器絡みの犯罪に関わった前科者も調べている。捜査員をフィリピンに派遣し、銃の密輸ルートの解明を図るなど、あらゆる手段を試みたが、有力な手がかりはついに得られなかった。

二十二年の間に投入された捜査員は約十七万三千人。現在も報道番組で特集が組まれるなど、残酷な犯行は国民の記憶に深く刻みこまれている。

5

「しかし、なぜ今になって、そんなものが」

運転手の彦坂が首をひねった。後部座席の日向は口を開いた。

「それを調べるのが――」

「我々の仕事ですけど……科警研、大丈夫ですかね」

「科警研も腹をくくったうえで鑑定結果を作成したんだろう。万が一ミスだったとしたら、鑑定した機械研究室はメンツ丸潰れだ」

「そりゃそうですけど」

彦坂がぼやいているのは、多摩川の土手から発見された銃弾についてだ。

彼の気持ちは痛いほどわかった。二十二年前の事件につながる大発見といえるが、そこにはいくつもの疑問がまとわりつく。

銃はデリケートな道具だ。放置しておけば、すぐに使い物にならなくなる。いちまつ事件に用いられたものだとすれば、何者かが事件後も拳銃を手入れしながら、大切に保管していたことになる。高温多湿の日本で長期にわたって管理するには防錆《ぼうせい》処理も欠かせない。

銃弾にしても同じだ。湿気は大敵であり、乾燥剤とともに密閉した容器にでも保管しなければ不具合を起こす。

そもそも、いわくつきの拳銃を取っておく理由がわからない。凶器のスカイヤーズビンガムは安価で低品質な銃器として知られる。ジャンクガンとも呼ばれ、美術的な価値はないに等しい。二十年以上も所持していれば、誰かの目に触れるリスクもある。

周到に計画を立て、まんまと現在まで逃げおおせた強盗犯が、身の破滅にしかつながらない凶銃を、いつまでも後生大事に抱えておくだろうか。誰かに譲るとも考えにくい。不本意な形で他人の手に渡ってしまったと考えるのが妥当だが、なぜ河川敷の土手に向かって発射されたのか……。

日向は考えるのを止めた。客観的な事実を積み重ねないまま、あれこれ推測するのは禁物だ。

科警研の鑑定結果は、特捜本部にも送られているという。先入観を抱かず、まずは長く事件に携わっている捜査員らの意見に耳を傾け、先人たちが積み上げてきた資料に目を通すのが重要だった。

日向らを乗せたセダンは中央道を走り続けた。ハンドルを握る彦坂は調布インターで降りようとした。彼の肩を叩いて、中央道をそのまま走るように命じた。

「え、でも」

彦坂は戸惑ったように目を丸くした。府中署に行くには、調布インターを降りて、甲州街道を行くのが最短距離だ。

「急がば回れだ」

日向は携帯端末で他の部下たち六名に連絡を入れ、同じく寄り道をするように指示した。

彼らには電車で府中署に向かわせていた。マスコミの目をかわすためだ。大人数で一度にぞろぞろと移動すれば、鼻の利く警察回りの記者たちに勘づかれる。科警研の鑑定結果は機密扱いだ。捜査一課の一部と特捜本部の捜査員以外に知られてはならない。とくにメディアの目には注意を払う必要がある。

土手に発砲した人間が、二十二年前の事件の関係者であるかどうかは不明だ。なにも知らないまま拳銃を入手し、軽い気持ちで試し撃ちをしただけかもしれない。拳銃にとんでもない前科があると知れば、処分しようと試みるだろう。

セダンは国立《くにたち》府中インターを降りて西に向かった。インターから十分ほど走ると、事件現場が見えてくる。

「ここか……」

思わず呟いた。

「主任の自宅、ここから目と鼻の先ですよね。来たことないんですか？」

彦坂が意外そうに訊いた。

「じつは初めてだ。恥ずかしい話だが」

「そんなもんじゃないですかね。おれも官舎に住んで何年か経ちますけど、未だに駅とコンビニと自宅以外、たいして知らないですから」

事件現場であるスーパーいちまつはすでにない。事件後は店名を変え、三年ほど営業を続けたが、事件の影響で客足が遠のいて閉店に追いこまれている。

いちまつの跡地は、サッカー場ほどの大きさの駐車場となっていた。周りはアパートや大きなマンションがひしめき合っているだけに、広大な駐車場の空白がやけに浮いて映る。

セダンを駐車場に停めて降車した。暴力的な八月の暑さに顔をしかめる。雲のおかげで直射日光はさほど強くないが、熱を持ったアスファルトに身体をじりじりと炙《あぶ》られる。グリルで焼かれる魚のような気分だ。

彦坂の肩を叩いた。

「この夏はとことん痩せられそうだな」

「勘弁してくださいよ」

彦坂は力なく笑った。

秩父の山奥で河田翔空哉の死体を発見して以来、彼は日向以上に食欲不振に陥っている。日向にしても、連日の外回りでこげ茶色に日焼けしており、肌荒れがひどかった。

今回も酷暑との対決になるのは間違いない。聞き込みを行うさいには、こまめな水分補給は言うまでもないが、保冷剤や冷感タオルといった冷却グッズを用意する必要がありそうだった。塩分とミネラル補給も欠かせない。

ハンカチで汗を拭きながら、あたりを見渡した。唯一の救いは、緑の少ない下町や繁華街ではないことだろうか。

駐車場の前を走る旧甲州街道は、ひっきりなしに車の往来があるが、それ以外はとくに特徴のない住宅街だ。学校は夏休み中で、スイミングバッグを担いだ子供たちが歩道を駆けている。猛暑の昼とあって、人の姿はあまりない。かつては田園地帯だったのか、豪農と思《おぼ》しき立派な冠木門《かぶきもん》のある日本家屋も見え、敷地には青々と葉を茂らせた大木があった。

近くには公園もあり、鮮やかな緑が目に飛びこんでくる。年季の入った林や森が点在しているのが気に入り、日向はこの地に移り住んだのだ。過去に凄惨な事件が起きたとは思えぬほど、のどかな空気が流れている。

「あれだ」

駐車場の出入口の横には、金属製の立て看板が設置されている。日向らは看板へと移動した。

立て看板は、目撃情報を募る府中署のものだった。〝覚えていますね〟と赤文字で見る者に強く訴えかけつつ、事件の概要と府中署の電話番号が記されてある。

看板の上部には、事件の詳細がつづられたチラシが貼られてあった。拳銃を禍々《まがまが》しく描いたイラストだが、だいぶ月日が経っているため、すっかり色あせている。事件の痕跡と呼べるものは、今やこの看板ぐらいしか見当たらない。

現場百遍という言葉がある。事件現場にこそ解決の糸口が隠されているという意味で、百回足を運んででも調査すべきという教訓だった。

事件から二十年以上も経った今では、周辺の風景までもが大きく変化している。新たな発見があるとは思っていない。事件現場を訪れるのは一種の儀式でもあった。彦坂も立て看板を前にして、厳粛な顔つきに変わる。

日向らは手を合わせ、被害者たちに心のなかで詫びた。自宅からは三キロと離れていない。たとえ自分の事件ではなかったとはいえ、今日まで一度も来なかったのは、殺人捜査を手がける者として恥ずかしく思えた。

「主任」

彦坂が立て看板の横の電柱を指さした。

電柱の陰には、未開封の缶ジュースがふたつとワンカップがあった。陶器製の小さな花立てもあり、白い菊とグラジオラスが供えられてある。瑞々《みずみず》しく咲いている様子を見ると、供花されてからさほど時間は経っていないようだった。

事件現場に供え物があるのは珍しくない。世間に衝撃を与えるような大事件ともなれば、大きな献花台が設けられ、花束やジュース、メッセージカードでいっぱいになる。平成史に残る未解決事件だ。先月は事件発生日とあって、新聞やニュースでも取り上げられている。二十年以上経っても、花を手向《たむ》ける人がいてもおかしくはない。あるいは被害者の遺族や関係者だろうか……。

日向は改めてあたりを見渡した。街道はトラックや営業車が行き交い、日本家屋からは風鈴の鳴る音がする。平和な夏の住宅街のままだ。

「不思議ですね。先月だったらともかく」

彦坂が首をひねり、日向も感じた違和感を口にする。

「未解決の大事件だ。覚えている人がいるんだろう」

彦坂に千円札を渡して、近くのコンビニに走らせた。

供えられたジュースとワンカップに触れた。日光に照らされて、缶は熱で温まっていた。しかし、花と同じく汚れはない。供えられたのは今日のようだった。

やはり現場を訪れてよかったと思う。捜査員以外に、事件に関心を持つ人間がいるかもしれないのだ。

彦坂が缶ジュースと日本酒の一合瓶を買って戻ってきた。立て看板の下に捧げると、改めて手を合わせて瞑目《めいもく》した。

6

奇妙な温度差を感じた。

府中署の特捜本部は、署内の会議室に常設されており、部屋の出入口には事件名を筆文字で記した〝戒名〟が貼られてある。日向班は部屋に通された。

日向を出迎えたのは、府中署の刑事組織犯罪対策課の課長の常盤昌輝《ときわまさてる》と、捜査一課の特命捜査対策室の久米田浩太郎《くめだこうたろう》係長だった。

捜査員の大半は外回りに出ており、部屋にいるのは特捜本部の指揮官と少数の刑事だけだった。たとえ人気《ひとけ》が少なくとも、事件捜査を経験していれば、捜査本部の雰囲気を感じ取れる。

鼻息荒く乗りこんだ日向らとは対照的に、常盤と久米田がかもす気配は沈んでいた。部屋に残っている捜査員たちにも覇気が感じられない。

「なにかとお世話になります。よろしくお願いします」

「ああ、こっちこそ」

常盤はぶっきらぼうに答えた。

彼は池袋署や万世橋《まんせいばし》署といった繁華街で組織犯罪を手がけてきたマル暴出身者だ。髪にきついパーマをあてているだけでなく、前頭部の髪が薄くなっており、剃りこみを入れた昭和のツッパリみたいだ。開襟のシャツと手首の数珠のおかげで、警官というより暴力団員に見える。

部屋の一角に陣取り、常盤らと打ち合わせをした。

「喜多嶋課長は、捜査一課《うち》のホープを派遣したというわけだな」

ごま塩頭の久米田が扇子を煽ぎながら微笑んだ。その笑みは皮肉っぽくも思えた。

久米田は刑事畑を歩み続けた職人だ。捜査一課殺人班を率いていた時期もあり、六年前に新宿駅西口付近で発生した殺人事件では、ともに捜査で汗を流したものだった。当時、日向は新宿署の刑事課にいた。

道場で寝泊まりしたさい、夜中に茶碗酒を酌み交わし、殺人捜査のイロハを叩きこんでくれた先輩のひとりでもある。当時は事件の読みが鋭く、加害者に対する怒りを沸々と感じさせた。これが捜査一課《ソウイチ》の刑事《デカ》かと、その気迫と情熱に圧倒されたものだ。

久しぶりに見る久米田はやけに老けて見えた。同じ捜査一課に籍を置いているとはいえ、彼は特命捜査対策室の捜査員として、一年半以上も府中署に通いつめている。

久米田の白髪はかなり増え、額には深いシワが何本も刻まれている。この酷暑で体重を減らしたのか、身体がひと回り小さく映った。五十に差しかかろうとしており、年相応と言えたが、殺人班に在籍していたころの覇気が感じられない。

日向は手を振った。

「ホープだなんて。ただの若輩者です」

「よせよ。謙遜もここじゃ美徳にはならねえ。赤バッジのエリートのお出ましだと、ふんぞり返ったほうがいい」

久米田に扇子で煽がれた。彦坂が口を挟んだ。

「たしかに堂々としていたほうが、沈滞ムードの空気を変えてくれそうだと、みんなに思わせられるかもしれないですね」

日向はたしなめるように目を向けた。

だが、手遅れだった。常盤と久米田は気分を害したようにむっとした顔つきになった。

「沈滞ムードか」

久米田が鼻で笑った。

日向は咳払いをしつつも、内心では彦坂を褒め称えた。いずれはなんらかの形で問い質す必要があったからだ。

手詰まりの状況で、有力な証拠が新たに見つかったのだ。特捜本部はさぞ盛り上がっているだろうと思いきや、捜査員たちの士気はひいき目に見ても高いとは言い難い。部屋の空気に緩みが感じられた。

日向は口火を切った。

「科警研の鑑定結果は、こちらにも届いていると聞いていますが……」

「あれを読んでいながら、なんだってここはテンション低いんだとでも言いたげだな」

「率直に言って、静かだとは思いました」

「地に足がついていると言ってほしいもんだ」

「はあ」

「ここで働けば嫌でもそうなる。あんたはわかってるだろ？　窪寺《デラ》さん」

久米田は扇子の先を、日向班の窪寺健司《くぼでらけんじ》に向けた。

窪寺は日向班の最年長者だ。班長を始めとして、若手中心で構成されている日向班で、勤続三十年を超える大ベテランだった。班内の生き字引として、日向や班員から信頼されている。

名指しされた窪寺は困ったように頭を掻いた。

「たしかに早合点は禁物ではある。なにしろ、さんざん煮え湯を呑まされてるからな」

日向は思い出した。窪寺は本庁の組対五課に籍を置いていた過去があり、彼は銃器捜査係に属していた。

課長の喜多嶋から特捜本部への出向を命じられた後、班員を集めて打ち合わせをしたが、窪寺は五十肩の治療のために整形外科に出ていた。

窪寺に訊いた。

「窪寺《デラ》さん、ここにいたことが？」

「十年前にな。この二十二年の間、いろんな線が浮かんでは消えている。指紋《モン》から容疑者が浮上しただの、刑務所《ムショ》にいた暴力団員《マルB》が実行犯の名前を喋っただの。ぬか喜びをさんざん味わったのは確かだ」

常盤がため息をついた。

「事件の発生日あたりには、決まって犯人だと名乗る自首マニアが雁首揃えてやって来る。マスコミに取り上げられれば、懸賞金目当てに有力情報とやらをくれる暇人どもの対処に追われる。ネットあたりで仕入れたチンケな情報《ネタ》だ。先月もひどかったな。毎年七月は府中署《うち》にとって厄介な時期だ」

日向は反論を試みた。

「ですが、今回は科警研です。自首マニアやカネ目当ての暇人じゃない」

「その科警研だが……」

窪寺が困り顔でうなった。ひどく心苦しそうな表情だった。

「なにか」

「科警研の線条痕だが……二十二年の間に酷似と鑑定したのは、今回が初めてじゃない。これで三度目だ。過去二回とも撃った人間を調べ尽くしたが、きっちりアリバイがあってシロと見なされた。拳銃《チャカ》も発見されていない」

「なんですって？」

日向班の男たちが顔を見合わせた。

二十二年もの間、何人もの容疑者が浮上しては消えている。日向が苦学して大学法学部を卒業したとき、〝スーパーいちまつ強盗殺人犯逮捕秒読み〟と、先走って書いたタブロイド紙があった。いずれも決め手に欠き、逮捕にはいたっていない。

常盤がテーブルを小突いた。

「なんだあ？　捜査一課《ソウイチ》のホープと聞いていたが、特捜本部《チヨウバ》に来るのに予習もしてこねえのか？」

言い返そうとする彦坂を、日向は目で制した。

「勉強不足でした。申し訳ありません」

日向は常盤らに頭を下げた。

「ここは通常の事件《ヤマ》とは違う。証拠ひとつに舞い上がってると、足をすくわれるぞ」

常盤が鼻を鳴らした。

窪寺が気まずそうに首をすくめる。彼が事前の打ち合わせに居合わせていれば、避けられた事態かもしれなかった。

ただし、それは言い訳に過ぎない。喜多嶋から命じられ、拙速に特捜本部に向かったのは事実だ。急がば回れなどと、部下に説教をしたばかりだというのに。

久米田が取り成すように両手を向けた。

「まあまあ。警視庁本部《ホンテン》に現場の現状なんて伝わりゃしないもんだ。あんたらも上から命じられて、おっとり刀で駆けつけたんだろう。まずは捜査資料の読みこみだ。当分、家に帰れないと思ってくれ」

日向はうなずいた。

部屋の三分の一はスチール製の書棚で占められ、ファイルがぎっしりと詰まっている。捜査一課員の最初の仕事は、まず所轄や機動捜査隊、鑑識が作成した資料を入念に読みこむところから始まる。他班が担当していた事件を引き継ぐこともある。しかし、これだけ膨大な量の資料と向き合うのは初めてだった。

古いファイルは日に焼け、背表紙が茶色くなっている。果たして何百冊あるのか、見当もつかないが、怯《ひる》んでいる場合ではない。

彦坂がおそるおそる手を挙げた。

「あの……例の発砲事件の件ですが、こちらの進捗状況は」

常盤の語気が弱くなった。

「府中署全体で取り組んでる最中だ。刑組課だけでなく、地域課や生活安全課《セイアン》も動員して、拳銃《チャカ》を手に入れそうなチンピラやガンマニアを片っ端から洗ってる。科警研の鑑定結果を受けて、発砲事件の捜査をしていた連中にも特捜本部《チョウバ》に加わってもらう予定だ」

常盤の説明には結果が伴っていなかった。つまり、こちらの捜査も難航しているということだ。

「犯人《ホシ》の足取りは」

日向は尋ねた。

現在は二十二年前と状況が異なる。科学捜査が大きな進歩を遂げた。深夜の河川敷で目撃者が少ないとはいえ、防犯カメラなどが二十四時間睨みを利かせているはずだ。捜査活動の主流は防犯カメラ画像の追跡捜査だ。河川敷周辺にある店舗やマンション、公道の防犯カメラに不審人物が映っている可能性が高い。

捜査一課が開発した捜査支援用画像分析システム《DAIS》を使えば、低画質で不鮮明な画像もクリアにできる。犯人がサングラスや帽子で隠そうとも、顔の輪郭やパーツなどから人相を判別できる。

「そこなんだが――」

久米田が渋い顔で答えようとしたときだった。外がやけに騒がしい。

「なんだ」

常盤が窓から外を見下ろした。日向も後に続く。駐車場に続々と車がやって来ては、ワイシャツ姿の男たちが降りる。

思わず目を見張った。警察《サツ》回りの記者たちだった。

7

「大丈夫……じゃないみたいね」

渚紗から紙袋をふたつ受け取った。一週間分の衣類や日用品でパンパンに膨らんでいる。

「すまない。重たかっただろう」

「重いのはこっちのほうだけどね」

渚紗は大きく膨らんだ腹をなでた。「たいしたことじゃないよ。タクシーでひょいっと来れる距離だし。こんな時間に外に出たのは久しぶり」

廊下の長椅子に並んで座った。

夜中とあって署内は昼間と違い静まり返っている。腕時計に目をやった。もう夜十一時を回っている。

「やかましかっただろう」

「大丈夫よ。インターフォンの音、鳴らないように設定しちゃったから。全部シカトしてる」

日向は深々と息を吐いた。

要するに音を切らなければならないほど、記者たちが夜討ちを仕かけてきたということだ。今ごろは常盤や喜多嶋といった幹部たちの自宅にも足を運んでいるだろう。

「煩わしいときは、町田の実家に戻ったほうがいい」

「しんどくなったら、遠慮なくそうさせてもらう。今は自分のことに専念して。しんどくなるかどうかは、直《なお》さん次第よ。栄養だけでもきちんと摂ってね」

紙袋のなかには、ビタミンやミネラルといったサプリメントのボトルが入っていた。

「足りないものがあったら、遠慮せずになんでも言って。ご近所なんだから」

「助かるよ」

渚紗と数分雑談をかわして特捜本部に戻った。部下らが膨大な事件資料と格闘している。新参者の日向班は、一刻も早く情報をインプットしなければならない。長年捜査に携わってきた府中署員や特命捜査対策室の捜査員たちよりも詳しくなり、事件について隅々まで把握したうえで、引っかかった点を洗いだすのだ。

広大な砂浜から芥子粒《けしつぶ》を見つけるような気の遠くなる作業だ。十七万三千人の捜査員が資料を作り上げ、後から加わった者が目を皿にし、すでに何度も検証しているのだ。

犯人逮捕どころか、新たな糸口を見つけることさえできるかどうか。捜査一課としての残りのキャリアを、この迷宮にすべて捧げてしまう羽目になるのではないか……。弱気の虫に取りつかれそうになるが、主任の自分が疑心暗鬼に陥っている場合ではない。

資料を読み漁る部下たちには熱気があった。全員が休憩をろくに取らず、真剣な顔つきで資料と取っ組み合っている。

「お泊まりする気ですか」

彦坂が紙袋を見て目を丸くした。日向はうなずいた。

「ああ」

「家まで楽々帰れる距離でしょうに」

「自分だけ家に帰ったら、道場泊まりの君らに陰口を叩かれる」

部下たちが笑った。彦坂が眉をひそめる。

「帰れるときは帰ったほうがいいですよ。入浴剤でも入れたバスタブにゆっくり浸かって、奥さんの手料理食べて、慣れた布団で眠ったほうが英気も養われるってもんです」

「正論だ。長丁場になる可能性が大きい」

「そうですよ。どこぞのバカップルが、子育てをうっちゃって死なせた事件とは全然違う。気合が入っているのを特捜本部に見せつけるより、とにかく結果を出すのが先じゃないですか?」

日向は室内をぐるりと指さした。

「結果を出すのにも段取りが必要だ。まずはここの空気を変えたい。わかってもらえるか?」

彦坂が苦笑した。

「なるほど。主任はスッポンですね。一見すると人当たりのいい人物に見えても、負けん気が強くて嚙みついたら離さない」

「おれがスッポンだって？」

「血は争えないってやつですかね。鑑識の一場さんから聞きましたよ。親父さんも捜査の鬼だったって」

年配の窪寺が老眼鏡を外して割って入った。

「たしかに事件《ヤマ》が事件《ヤマ》だけあって、これだけ空気の悪い特捜本部《チョウバ》は経験がない。捜査員は覇気に欠けるうえに、人間関係もギスギスしている。おまけに昼間はひどい目に遭った。三重苦ですな」

窪寺が巧みに話をそらしてくれた。彼もまた課長の喜多嶋と同じく、父の繁を知っていた。日向とは絶縁状態にあることも。

「本当ですよ。今思い出してもムカムカする。おれらをコケにしやがって」

彦坂が顔をしかめた。固い缶コーヒーの空き缶を握ると、万力のごとくぺしゃんこに潰す。

——あの事件《ヤマ》は危うい魔物だ。

喜多嶋の言葉を思い知らされた。日向らはさっそくきつい洗礼を浴びている。

特捜本部に入ってまもなく、府中署に警察回りの記者たちが押し寄せてきたのだ。

記者たちの姿を見た常盤に日向は胸倉を摑まれた。

——てめえ、記者《ブンヤ》までのこのこ引き連れてきやがったのか！

日向にケガはなかったが、ワイシャツのボタンが弾け飛び、無能だの疫病神だのと罵られた。

記者対策には万全を期したつもりだ。警視庁を出るさい、班員をふたつにわけ、尾行にも警戒しながら府中に向かっている。それだけに記者らの突撃は青天の霹靂だった。

殺人事件は世間の注目を集めるだけに、記者も殺人班の動きにはとりわけ敏感だ。彼らの目から確実に逃れられたとは言い切れず、罵りを甘んじて受けなければならなかった。

日向たちが針の莚《むしろ》のような状況で過ごすなか、府中署の副署長がマスコミ対応に追われた。同じ時刻に警視庁広報課にも記者らが喰いついている。

驚くべきは、記者たちが二週間前の発砲事件と、〝いちまつ事件〟とを結ぶ銃弾について知っていたことだった。日向や特捜本部ですら当日に聞かされたばかりの極秘情報が、マスコミに漏れていたのだ。

広報課によれば、記者クラブのマスコミ各社宛てに匿名の手紙が届いたのだという。二週間前に放たれた弾丸の線条痕は、〝いちまつ事件〟の弾丸と同じだという内容だった。

怪文書の類で半信半疑だったものの、府中署に一番乗りした記者が、特捜本部の慌ただしい動きに気づき、手紙の内容には信ぴょう性があると判断。他の記者もこぞって殺到した。

密告がきっかけであって、日向班のミスではないことが判明したものの、日向に摑みかかった常盤は外回りに出ており、特捜本部から姿を消していた。彼からの詫びは未だになく、冷ややかな視線を向けていた捜査員は、バツの悪い顔をしてうなだれていた。

冤罪が晴れたとはいえ、日向に喜びなどありはしなかった。貴重な物証が判明したその日に、マスコミに知られるなど、あってはならない事態だ。

広報課や府中署は知らぬ存ぜぬで通した。そのため大手紙は裏が取れず、今のところ記事にするのを見送っている。しかし、スポーツ紙や週刊誌などは、ネットを通じて続々と記事をアップしている。

『二十二年前の府中スーパー強盗殺人事件に急展開？』

『未解決いちまつ事件　銃弾の線条痕が一致か』

それらの記事を読んで目まいを覚えた。せっかくの新事実が闇に葬られかねない。ニュースを目にした犯人が、最重要の物証である拳銃を始末する可能性が高くなったのだ。しかも警察関係者が不用意に漏らしたのではない。いったいどこの誰が手紙など出してリークしたのか。警察庁は線条痕を割り出した科警研に対して内部調査を始めているという。

特捜本部も例外ではない。警察官の不祥事を調査する監察係が動いてもおかしくはない事態に直面し、捜査員たちの間で疑心暗鬼が広がった。

——どこのどいつだ！　情報《ネタ》売った裏切り者《モン》は！

日暮れには、マスコミ対応に疲弊した副署長が特捜本部に怒鳴りこんできた。椅子やテーブルをひっくり返すなど苛立ちをぶつけている。

日向は心に決めていた。特捜本部に蔓延《まんえん》する毒気に当てられることなく、この困難に立ち向かわなければと。道場に泊まりこむのはその一環だ。部下たちも燃えている。思わぬ困難にぶち当たり、アドレナリンだのなんだのが湧いているだけなのもわかっていた。昼間に情報漏れの疑いをかけられたことが、日向らを一段と昂ぶらせていた。だが、燃えていられる時間はそう長くはない。

彦坂がファイルを小突いた。

「読み進めていくうちに、ここの空気が淀んでいった理由が、だんだんとわかってきましたよ」

「おれもさ」

事件発生から二十二年。その間に、様々な容疑者が浮かんでは消えている。線条痕のケースで特捜本部がどよめくのも、今回が初めてではない。

一度目は、十五年前に名古屋で発生した現金輸送車襲撃事件の、現場で発見された銃弾を鑑定したところ、やはり科警研が弾道検査で、この府中の強盗事件と線条痕が似ているとの結果が出た。

犯人は拳銃や散弾銃を使った銀行強盗や現金輸送車襲撃事件を繰り返し、いちまつ事件のときは小金井《こがねい》市に居住していた。現金輸送車襲撃事件で逮捕され、すでに岐阜刑務所に服役中だった。

愛知県警の手によって、容疑者の自宅やアジトから銃器を含めた証拠品はのきなみ押収されていた。

特捜本部の捜査員は名古屋に出向いて、容疑者の証拠品を調べたが、そのなかにフィリピン製の拳銃はおろか、いちまつを襲ったことを示すものは何も見つからなかった。獄中の容疑者も犯行を否定しており、捜査は暗礁に乗り上げている。

八年前には、覚せい剤所持で逮捕された都内の密売人が、スカイヤーズビンガムを所持しており、科警研の鑑定により、線条痕が極めて似ているとわかった。

密売人の交友関係を捜査する一方で、フィリピン警察に協力を求めている。捜査員も製造工場があるマリキナ市を訪れ、線条痕のデータ等の照合をするなどして、日本への流通ルートを解明しようと挑んだ。

しかし、特捜本部の前に時間の壁が立ちはだかった。事件発生からすでに十四年が経過しており、密売人に件《くだん》の拳銃を譲ったのは、覚せい剤の代金代わりに置いていった暴力団組長だと判明したが、すでに死亡していた。組織も解散していたため、構成員はちりぢりになっていた。

流通ルートにしても同様だ。関西ヤクザが熾烈《しれつ》な抗争を繰り広げていた一九八〇年代、全国の暴力団はこぞってフィリピン製の安価な拳銃を欲しがった。密輸にタッチした人間と拳銃の数は膨大で、全容を解明するのは不可能だった。

密売人が所持していたスカイヤーズビンガムは、一筋縄ではいかなかった。過去に数百発の射撃に使用された経歴があり、ライフリングが摩耗していたのだ。そのため一致していると断定はできなかった。そこへ来て、三度目の〝線条痕酷似〟の鑑定結果が出てきたのだ。

鼻息を荒くして特捜本部に乗りこんだ日向たちと、過去のいきさつをよく知る特捜本部の面々とでは、温度差が出るのは当然だった。科警研に対する不信感は根深いものがある。今回が酷似しているというのなら、過去二回の鑑定結果は一体なんだったのかと。

おまけにマスコミに情報が漏れたのだ。不信を通り越して激怒するのも理解できた。自分が常盤の立場であれば、やはり冷静ではいられなかっただろう。

窪寺が日向たちに謝った。白髪になった頭を下げる。

「それにしても、すまないと思ってる」

「なにがです？」

「おれが寄り道なんてしないで、いっしょに動いていれば、こんなバツの悪い思いをせずに済んだだろうに」

なんのことかを思い出すのに時間がかかった。昼間の顔合わせで、常盤に叱責された件のようだった。

窪寺はかつてこの特捜本部で捜査に携わったことがある。拳銃の線を洗ったものの、壁に突き当たるなど、苦い経験を味わっている。

「窪寺《デラ》さんらしくもない。よしてください。なにも知らぬまま、のこのこやって来た自分が至らなかっただけです」

日向は首を横に振って続けた。

「それに、かりに窪寺《デラ》さんと事前に情報を共有できていたとしても、付け焼き刃に過ぎませんからね。あの手この手で突っこまれて、どのみち一発喰らわされていたでしょう」

警察官は総じて縄張り意識が強い。殺人事件が発生して捜査本部が所轄に立ち上がれば、捜査一課員が乗り出すが、赤バッジをつけていれば、誰もが無条件で敬意を払うわけでもない。所轄をナメるなと、むやみに反発してくる者もいる。

常盤がまさに典型といえたが、そうした人間ともうまくつきあいつつ、一方で実力を認めさせる。それが殺人捜査を専門に扱う者の役割といえた。

「どうです。ピンと来るものがありましたか？」

日向は窪寺が向き合っていたノートパソコンに目をやった。

一から頭に叩きこまなければならない日向らと違って、特捜本部にいたこともある窪寺には、二週間前の発砲事件を調べさせていた。

窪寺が顔をうつむけた。日向は眉をひそめた。

「どうかしましたか」

「うん……ちょっといいかい」

窪寺がノートパソコンを小脇に抱えてドアを指さした。

「え、ええ」

窪寺とともに部屋を出た。班員にも聞かせたくない話があるらしい。

エレベーターに乗って最上階の道場へと向かった。夜更けのこの時間は誰もおらず、隅には署が用意してくれた布団が積まれてあった。道場の半分は剣道用の板張りで、もう半分は柔道用の畳が敷かれてある。

空調が効いていないせいもあるが、緊張のためか掌と背中がじわりと汗ばむ。無言でついてはきたものの、特捜本部から離れたフロアにまで移動したからには、よほど内密にしておきたいものと判断できた。

窪寺が畳のうえにあぐらを掻いた。彼と向き合うようにして座る。

「こいつだよ」

彼がノートパソコンを開いた。

画面に映ったのは、鑑識や捜査員が作成した似顔絵の一覧だった。二週間前の発砲事件で、現場に急行した者たちが、目撃者の証言などから作成したものだ。

窪寺がタッチパッドを操作し、ノートパソコンのディスプレイを日向に向けた。一枚の似顔絵が表示されていた。

思わず息をつまらせた。窪寺が尋ねる。

「どう思う？」
「これは……」
身を乗り出して、ディスプレイに顔を近づけた。
口ヒゲを生やしたメガネの男の似顔絵だった。髪を七三に分けており、堅い職業につい
ていそうなイメージを与えているが、男性的な馬面と厚ぼったい瞼《まぶた》、眉間に刻まれ
た深いシワのせいで、見る者を怯ませる迫力があった。
「年齢は五十代から六十代。身長は一八〇センチ近くの長身。肩幅はガッチリとしてい
るが、右脚を若干引きずるようにして歩いていた、とのことだ」
窪寺が似顔絵の男について説明してくれた。彼がなぜ道場まで連れてきたのかを理解
した。
「似ています……父に」
日向はうめいた。
記憶にある父は、頭髪をずっと軍人のように短くカットしており、いちいち黒く染め
るような洒落《しゃれ》っ気もなかった。いつも仕事で頭がいっぱいで、外見になど注意を払わな
い。伸びっ放しになった頭髪を他人に指摘され、やむなく千円カットの店に飛びこむよ
うな男だ。メガネをかけてもいなければ、ヒゲをたくわえたりもしない。
だが、顔の輪郭や厚みのある一重瞼は、父の特徴と一致していた。威嚇する軍用犬の
ような眉間のシワは、父のトレードマークでもあった。似顔絵に足りないものがあると

すれば、瞳に宿った狂気の光ぐらいだ。

父の繁は六十三歳で身長は一七九センチ。高校時代は柔道に打ちこみ、入庁後は〝かっぱの二機〟といわれる第二機動隊の水難救助隊に属し、休日はボートクラブで汗を流した。そのおかげか、肩は岩のように筋肉で盛り上がっていた。

「科警研の線条痕に続いて、今度はこっちでも酷似しているとの結果が出たわけだ」

窪寺がため息をついた。

彼はノートパソコンの画像を切り替えた。似顔絵の男の全身像が映し出される。半袖のシャツを着て、そのうえから安全用の反射材のタスキをかけている。ウォーキングに励む早起きの老人といった恰好だ。

「通報者の目撃証言から作られたものだ。発砲の五分前くらいに、多摩川の河川敷ですれ違ったらしい」

事件発生時刻は深夜三時過ぎで、通報したのは犬と散歩中の老人だった。こんな夜更けでも、起きている人間はそれなりにいるらしく、老人の証言で何人かの似顔絵が作られている。

窪寺が唇を舐めてから訊いた。

「親父さんと最後に会ったのはいつになる」

「大学在学中のときが最後ですから。十年前ぐらいになりますか」

「それから、一度も会ってないのか。警官《サツカン》同士だった時期もあったじゃないか。結婚式だの親戚の法事だの、顔を合わせる機会だってあっただろう」

窪寺が目を剝いた。

身内の話はなるべくしたくなかった。窪寺もそれをよく知っており、ふだんは気を遣ってくれている。しかし、似顔絵がある以上、語らないわけにはいかなかった。

「私の結婚式には招待していませんし、母方の親戚と父との関係がきわめて悪く、母の法事に父は加われませんでした。職場でも一度も顔は合わせていません」

「険悪とは聞いていたが……次元が違うようだな」

ディスプレイに目をやった。

「右脚を引きずっていると言いましたね」

「なにか知ってるのか」

「私のせいです。母が死んだときにケンカになって、右膝の骨をへし折りました」

「なんと」

窪寺が絶句した。彼にも高校生の息子がいるだけに、他人事とは思えないのかもしれなかった。

捜査一課と所轄を行き来しながら、父は鬼刑事などと称賛されていたが、それも母の献身のおかげだった。今なら共依存とでもいうべきだろうか。

骨が折れるほど殴られ、家具や食器を叩き割られ、罵声を浴びせられても耐えていた。父の暴力を受け止められるほど慈愛に満ちていたというより、痛めつけられることで自分の存在を確認していたフシがある。日向にとっては母もまた恐ろしく見えた。

母の葬儀のときだ。喪主であるはずの父は、僧侶が読経している間もじっとせず、ひんぱんに捜査員と電話をして、当時手がけていた殺人事件の進み具合を確かめていた。見とがめた母方の親戚が注意をしても耳を傾けようとせず、火葬場で母が骨になったのを見るやいなや、礼服を脱いで警察署に向かおうとした。

我慢の限界を超えた日向は、火葬場の駐車場で車に乗りこもうとする父を呼び止め、膝関節を狙って蹴りを見舞った。日向は高校で柔道を習い、大学では実践空手を学んでいた。父は柔道の猛者《もさ》だったとはいえ、もう五十過ぎの初老の男だった。

──なにが捜査だ、この人殺しが。あんたがくたばるべきだったんだ！

倒れた父に何度もキックを見舞った。奇妙な角度に折れた父の脚を加減なく踏みつけ、溜めこんでいた鬱憤をぶちまけた。父も母もイカれていたが、息子も同じくどうかしていたのだ。

親戚たちが間に入ってくれたおかげで事件化はしなかった。父も息子にやられたとは言えず、病院や職場には階段で転んだと言い張った。

あれから父とは会っていない。しかし、日向の人生に父は影響を与え続けた。

大学では法学部に進み、弁護士になるつもりでいた。警察組織と張りあえるような刑事弁護士に。しかし、法科大学院に進めるだけのカネがなかった。

悩んだ末に選んだのが警視庁だった。父を憎んでいたとはいえ、警察への憧れはあった。父より優秀であることを証明したかった。警務部の監察係に選ばれ、父のような問題を抱えた警官を摘発できるくらいに。監察係に行くには、身辺調査を得意とする公安畑での経験が必須のはずだった。

警察学校では体力とガッツを買われ、激戦区である上野署に卒配となった。犯罪多発地区でひったくりや痴漢など、卑劣な犯罪に直面し、悪党の取り締まりに全力で取り組んだ。上司に成果を認められたが、公安から声はかからず、刑事畑を歩むことになった。やがて捜査一課に引っ張られたが、より大きな事件に挑めるという喜びしかなく、監察係に進みたいとは思わなくなっていた。

一方の父は世田谷署の刑事課で多忙な生活を送っていたが、警察人生の晩年に差しかかると、無理がたたって高血圧に苦しみ、狭心症を患った。

現場の一線から退かざるを得ず、東村山署や田無《たなし》署でデスクワークに従事したという。自宅が所沢市にあったため、人事もこれまでの働きを評価し、温情で家から近い職場を用意してやったのだろう。捜査が生き甲斐の父にとっては、地獄の日々だったのではないかと思う。だが、父は定年を迎えるまでしぶとく勤め上げた。

窪寺には知っていることを打ち明けた。

「定年退職後は、所沢の総合病院に再就職したと聞いてます」

「コワモテのあの人には向いてる職場だな」

ただの兵隊に過ぎなかった父は、幹部のように財団法人や大手企業に天下りできるわけではない。自力で再就職先を見つけなければならなかった。

元警官はクレーム対応の担当として、企業や団体から有難がられる。病院もそのひとつだ。

看護師や職員が身の危険を感じたり、スジの悪い患者から金銭を要求されるといった揉め事が絶えない。大きな病院であれば、年に数十件も通報せざるを得ないケースが起きる。女性看護師がストーカーに遭う場合もあり、厄介事を円滑に処理できるタフな人材を欲している。

窪寺が指を折って数字を数えた。

「もう十九年前になるか。いちまつ事件の三年後だ。親父さんとは新宿署の刑事課で机を並べたが、すさまじい働きぶりだったよ。四十を過ぎたあたりの男盛りだな。まだ新宿《ジユク》がわりと荒れていた時代だ。ヤクザと蛇頭が激しくドンパチやってるときでな。マル暴もびびってロクに入りこめないような土地にも、平気で切りこんでいった。日本語がわからねえとシラを切る福建《ふつけん》マフィアだの、グレた留学生だのを相手に、中国語を見事に操っては連中を問いつめてみせた。睡眠とメシ以外はすべて捜査に時間を充ててるような人だってのに、いつの間にか言葉をマスターしていたのさ。仰天していたら叱り飛ばされたよ。犯人《ホシ》の言葉もわからねえで、どうやって手錠《ワッパ》かけられるんだってな」

「本当ですか……」

今度は日向が言葉を失う番だった。

捜査一課員になるには並外れた体力と執念が求められる。だが、それだけではない。事件の背景を読み取れる洞察力や、罪を逃れようとする犯人との駆け引きに勝利できるだけの知力も必要だ。日向が知る父は、妻と息子を恫喝《どうかつ》し、理不尽に殴りつけるだけの荒くれ者でしかなかった。中国語を話す父など想像もできない。

「十九年前といえば……ここの特捜本部《チョウバ》を外された後ですね」

「とにかく笑わない人だった。笑みを見せるのは、聞き込みと取り調べのときだけだ。相手を安心させるための演技だ。この似顔絵みたいに、眉間にシワを寄せてな。新宿《ジュク》にいたとき、何度も表彰されたが、ちっとも嬉しそうじゃなかった。ずっと、いちまつの件が引っかかっていたのかもしれないな」

腕時計に目を落とした。深夜零時を回っている。日向は立ち上がった。

「ちょっと行ってきます」

「おい、どこへだ」

「父のところですよ」

8

警察車両のミニバンを飛ばした。

深夜の幹線道路は空《す》いていたが、思いのほか信号が多く、足止めを余儀なくされた。

赤信号に阻まれてハンドルを小突いた。

「焦っても仕方ないぞ」

窪寺にたしなめられた。

日向は相槌を打ってみせた。信号を待つ間にストレッチをして、落ち着くように己に言い聞かせる。だが、心臓の鼓動は速く、掌はじっとりと汗ばんでいる。

「窪寺《デラ》さんについてきてもらってよかった」

「あんたらの関係を知っている以上、ひとりでは行かせられないからな」

青信号と同時にアクセルを緩やかに踏んだ。

法定速度をわずかに超える程度の速さで進む。自分ひとりであれば、アクセルをベタ踏みして走っていただろう。

窪寺から似顔絵を見せられると、所沢へ夜討ちをかける決心をした。特捜本部で仕事をしている部下たちに、出かけるとだけ告げて車に乗りこんだ。エンジンを掛けたところで、窪寺が追ってきたのだ。

本来であれば、特捜本部の判断を仰いでから動くのがセオリーだ。急がば回れを信条とする日向自身、自分がこうして深夜にハンドルを握っているのが信じられずにいる。

「つきあわせてしまってすみません。ひとりで突っ走っていたら、話を聞くどころか、また親父と大喧嘩になりかねない」

「おれがついていったところで、まともに口を開いてくれるとは思えねえけどな。なにせ相手は大先輩だしよ。できるのは喧嘩の仲裁ぐらいだ」

府中所沢線を北上していた。幹線道路で見かけるのはトラックやタクシーばかりだ。小平《こだいら》市から東村山市へ。十五キロ程度の道のりだったが、やけに遠く感じられる。

「父が絡んでいると思いますか」

窪寺が小さく笑った。

「主任らしくねえ質問だ。それを確かめるために、こんな真夜中に車飛ばしてるんだろう?」

「そうなんですが……」

鼻に酢の臭いが届いた。窪寺が酢昆布を口に入れた。タバコが吸いてえとぼやきながら。彼が禁煙に挑むのは今年だけで三回目になる。

「訊きたくなる気持ちはわかるが、満足させられるだけの答えを持ってるわけじゃない。同じ釜のメシを喰ったのも、かなり昔のことだ。親しくもなかった。勘だけでモノを言うなら、ハズレの可能性のほうが大きい。似顔絵でやけに盛り上がっちまったが、根拠はあれだけなんだからな。おれがこうしてついてきたのは、余計な疑念は早々に解消しておきたいからさ」

窪寺が気を遣ってくれているのが、痛いほどわかった。

父をシロではないかと言いながらも、チェーンスモーカーのように酢昆布を次々と口に放り、ドリンクホルダーのお茶をガブガブと飲んだ。

実家は西所沢駅から徒歩で十分ほど歩いた住宅街にあった。狭い道に似たような一軒家が密集している。

西所沢駅周辺には見知らぬマンションが建ち並び、時の変化を意識せざるを得なかった。ただし、住宅街はアパートがいくつか増えたぐらいで大して変わっていない。古ぼけた一軒家が並んでいる。

父の世代の警官は、やたらと一軒家を持ちたがった。しっかりと身を固め、家を持ってこそ一人前という風潮があり、無理をしてでも家を購入しては、一国一城の主《あるじ》になりたがった。

世の中はバブル期で、警官の給料で手に入る一軒家といえば、駅や職場から遠く離れた郊外ぐらいにしかなかった。埼玉や千葉の住宅街からバスや電車を乗り継ぎ、二時間近くもかけて職場に通う者もいた。

多忙極まる仕事を抱えつつ、遠く離れた家から通うのは難しい。けっきょくは署の仮眠室や道場で寝泊まりし、せっかくの城でゆっくり過ごす時間はなかった。父もそうだ。近所の市営団地の敷地が見えた。日向のかつての遊び場だった。団地に住んでいる同級生たちと、ゲームや缶蹴りをやったものだ。

懐かしい気分になる一方で、胃袋がチリチリと痛むのを感じた。実家にいよいよ近づいてきたからだ。忌まわしい思い出がつまった住処《すみか》に。

車がなんとかすれ違えるほどの狭い道に入る。猫の額ほどの庭しかない家々がひしめき合っている。

「あそこです」

実家を指さした。

高い塀に囲まれた木造二階建ての小さな家だ。大学時代に母の葬式で戻って以来だった。あのころでさえ、家は古びていたが、より傷んでいるのがわかった。雨樋《あまどい》は腐食で穴が空き、黒ずんだ塀にはコケが生えている。

実家に灯《あか》りはない。時間帯を考えれば、住人が寝ていて当然の時刻だ。あたりの家も同じく闇に包まれていた。

日向は眉をひそめた。実家の窓は雨戸で閉じられていた。

「車がない」

玄関の前には一台分のカーポートがあった。床は打ちっぱなしのコンクリートで、アクリル製の屋根がついている。

そこにはかつてトヨタのコンパクトカーがあった。もっぱら乗っていたのは、足腰が弱くなった母だ。運転がうまいとはいえず、車庫入れをとくに苦手としていた。カーポート周辺の塀には車で削られた痕が残っている。

今の父が車を持っているかどうかは知らない。ただし、再就職先の病院は幹線道路沿いにあった。マイカーがなければ、通勤はひどく不便な場所にある。

「おい、車どころの話じゃないぞ」

窪寺がうめいた。日向は目を見開く。

「そんな……」

カーポートの出入口はロープが張られ、玄関の前には大きな看板が設置されてあった。〝売物件〟と赤い文字で大きく記され、その下には不動産会社の名前と電話番号が書かれてあった。

カーポートの前で停めた。ミニバンを降りる。ロープをまたいで、玄関へと駆ける。錆びた真鍮《しんちゅう》のドアノブを回したが、鍵がかかっていた。玄関の横には郵便受けが設置されていた。それも不動産会社のロゴが入ったテープでふさがれ、DMやチラシを入れられないようにしてあった。

庭へと回った。物干しでスペースが埋まるほどの広さだ。季節が夏とあって雑草が伸び、物干しの支柱にはツタが絡まっている。リビングの掃出し窓も雨戸で閉めきられていた。空き家になって、けっこうな時間が経っているようだった。

忌まわしい思い出がつまっているが、生まれ育った家には違いなかった。

二階は子供部屋だ。日向のおもちゃや卒業アルバム、賞状といった思い出の品々はどうなったのか。事件とは無関係のことまで頭をよぎる。

「親父さんとの対決はお預けのようだな」

窪寺が看板の前で、携帯端末を操作していた。不動産会社の名前と電話番号をメモしている。

半信半疑で訪れたものの、この家主のいない一軒家を見て、疑惑が一層深まった。父は事件に関わっているのだと。

9

トイレの洗面台で顔を洗った。

窓から朝日が差しこんでおり、早くもトイレは熱気に包まれつつあった。今日も暑くなりそうだった。

鏡には目を充血させた三十男が映っていた。昨夜《ゆうべ》は感情が昂揚したせいで、ほとんど寝られなかった。

窪寺とともに所沢から引き揚げると、何食わぬ顔をして特捜本部に戻り、捜査資料の読みこみに戻った。事情を知らない彦坂に、どこへ行っていたのかを尋ねられたが、深夜営業しているラーメン店に行ったとごまかした。

「おい、日向」

トイレのドアが開いた。現れたのは上司の岳だった。

「どうでしたか」

日向はタオルで顔を拭いた。岳は角刈りの頭を掻いた。

「喜多嶋課長からご伝言を賜った。すまなかったとな。あの課長にしては珍しく頭を抱えていたよ。過去の〝線条痕酷似〟の件も含めて、しっかりお前に伝えるべきだったたってな。引き続き頑張ってくれとのことだ」

「ありがとうございます」

「報連相《ホウレンソウ》は大事だよな。おれには逐一報告してくれよ。それと所轄の連中にはまだ秘密にしておけ。ここに来て早々、『おれの親父が怪しい』なんて言いだしたら、赤バッジどもがいよいよイカレだしたと思われるのがオチだ」

「岳さんには苦労をかけます」

「本当だよ、この野郎」

特捜本部の本部長は、警視庁の刑事部長が務めるが、捜査を仕切るのは岳や久米田たちだった。

「特捜本部《チョウバ》は沈滞ムードが漂っているうえに、マスコミへの密告《タレコミ》があって、キレ者と評判の部下はなぜか『親父がクロい』なんぞと言いだす。四面楚歌とはまさにこのことだ」

岳は冷蔵庫のような体格の持ち主だが、ぼやき屋という仇名を持つ。天を仰ぎながら愚痴をもらした。

日向は岳に頭を下げた。

「すみません」

「一日出遅れただけで、どうしてこうも面倒事が次々に押し寄せてくるのか。この案件は魔物だとは聞いていたが、一発で信じる気になったよ」

彼はうんざりした顔で、ポケットからメモ帳を取り出した。

「親父さんの免許証の住所を照会しておいたぞ。二か月前に、埼玉県所沢市から栃木県那須塩原市に変更している。心当たりは？」

岳に顔を覗きこまれた。

ぼやきや愚痴がきわめて多い男ではあるが、頭の回転は速く、仕事も早かった。

この上司に父を洗わせてほしいと申し出た。本来ならば、却下されてもおかしくない。肉親が事件に関与しているとなれば、私情に目がくらんで、捜査に支障を来す可能性がある。にもかかわらず、岳は喜多嶋にかけあってくれたのだ。

日向は息を吐いた。

「那須塩原には父の実家が。実家といっても、祖父母はすでに他界しており、今は伯父が管理していますが」

祖父母は那須塩原の高原でほうれん草やトマトを作っていた。伯父夫婦が兼業農家として跡を継いだが、高齢となった今は規模を縮小させ、土地の半分を休耕地にしている。

岳が口をへの字に曲げた。

「課長から親父さんについて聞いたよ。デキる刑事だった一方で、けっこうな怪人物でもあったそうだな。田舎におとなしく引っこんで、セカンドライフで農業をやるってガラじゃなさそうだ」

「伯父も仰天していました。親父がそっちにいるのかと尋ねたら、何年も顔を合わせていないようで。ただ、役所から何通か親父宛ての郵便物が母屋のほうに届いていたので、不思議には思っていたようです」

「所沢の家を処分したことも、伯父さんはお前と同じく知らなかったわけだな」

「ええ。朝っぱらから驚かせてしまいました」

日向は朝早くに伯父に連絡を取った。

数年ぶりに電話をかけてきた甥《おい》に、伯父は不信感を露わにした。振り込め詐欺を警戒していたらしく、誤解を解くのに時間を要した。日向本人と認めてもらえたが、それでも会話はぎくしゃくした。伯父は母の葬式に参列しており、日向が父の脚をへし折るのを目撃している。

――久しぶりに連絡してきたと思ったら……お前ら親子はなにをやってるんだ。繋の電話番号ひとつ知らんのか。

本題を切りだすと、伯父は落胆した様子で深々とため息をついた。

――ケータイの番号も変わってました。伯父さんはご存じですか?

――なんだって?

父は所沢の自宅を処分しただけではなく、携帯電話の番号をも変えていた。伯父に連絡を取る前、日向はまず父に電話をかけた。電話番号は現在使われていないというアナウンスが流れるのみだった。

伯父も同じく知らない様子だった。他の親戚に当たってみると言ってくれたが、期待はできそうにない。

岳に伯父とのやり取りを伝えると、彼はますます渋い顔を見せた。

「そりゃクサいぞ。知ってのとおり、おれは独自の三振法ってのを取り入れている。偶然も三つ重なれば必然ってことだ。意味はわかるな?」

「その一、父はこのいちまつ事件の特捜本部《チヨウバ》に属していた。その二、発砲事件の現場周辺を父と似た人物がうろついていた。その三、その父が蒸発している。私も偶然とは思えません」

岳に肩を摑まれた。

「遺恨があるとはいえ実の父親だ。ツメられるか」

「無論です」

日向が即答すると、岳はニヤリと笑った。

「できることなら、おれも親父さんにお目にかかりたい。上等な玉露と茶菓子を用意しておくから、とっとと見つけてこい」

「首に縄をつけてでも」

岳に意気込みを伝え、頰を叩いて気合を入れた。

昨夜はほとんど眠れなかった。しかし、父の存在が日向を昂ぶらせていた。

10

朝の会議に参加してから、署にたむろする記者らを追い払い、窪寺とともにミニバンに乗りこんだ。日向がハンドルを握って所沢方面へと走らせる。

「窪寺《デラ》さん、昨夜に続いて、つきあわせてしまってすまないですね」

「バカ言わんでくれ。ここで置いてけぼりを喰らったら、逆に主任を恨んでいたよ」

窪寺が酢昆布を齧って続けた。

「気持ちはよくわかる。おれだって大先輩を洗うのは複雑な気分だ、ましてや父親ともなればな。ただ、あの捜査会議の様子を見たら、ためらってはいられない。藁《わら》にもすがりたい気持ちだ」

「ですね」

朝の捜査会議はお通夜と化した。

会議には特捜本部長である刑事部長や、副本部長である府中署長も姿を見せ、マスコミに情報を漏らした不届き者を決して許さないと激しい口調で訓示を述べた。特捜本部の捜査員を疑ってかかるような態度が、捜査員のやる気を削いだ。

会議後、常盤が顔を赤くしながら、日向への詫びを口にした。

――昨日は申し訳なかった。あんたにとんだ濡れ衣着せちまった。

日向は謝意を受け入れ、彼と手打ちの握手を交わした。

かといって、きれいさっぱり水に流せたかは疑問だ。常盤は昨日ヤケ酒でも喰らっていたのか、酒臭をぷんぷんさせていた。日向に頭を下げながらも、最後まで目を合わせようとしなかった。

父を追跡するのにためらいはない。自分に父親などいないものと思って生きてきた。父を調べることで突破口が見つけられるのなら、赤の他人よりもきつく締め上げられる自信さえあった。

昨夜と同じく、府中街道を北上した。深夜と違って、道は混雑していたが、焦りや退屈は感じない。捜査資料の中身を思い返すと、二十二年前の夏に起きたスーパーいちまつの情景を想像し、二週間前の多摩川の河川敷で、スカイヤーズビンガムのトリガーを引いた人物について考えた。線条痕の情報を漏えいさせた者についても。

線条痕酷似の情報を知るのは、なにも警察関係者だけとは限らないのだ。拳銃を撃った犯人自身も含まれる。

犯人は拳銃の正体を知ったうえで撃ったのではないか。河川敷の土手なんかに発射したのは、警察にわざといちまつ事件を思い出させるためではないか。警察だけではない。線条痕酷似の情報をマスコミに流し、いちまつ事件を現代に復活させた。

おれはまだここにいるぞ。三人を殺《や》った拳銃もこのとおり所持している。何者かによる示威行為に思えてならなかった。いちまつ事件に関係しているかは不明だが、追いつめるべき人物なのは変わらなかった。

所沢市に入り、国道463号線の広い道路を走ると、大きなロードサイドショップやポールサインに交じり、ひときわ巨大な建築物が見えてきた。

父の職場だった総合病院の武蔵野所沢病院だ。脳神経外科と整形外科を中心とした病院で、介護老人保健施設やプール付きのデイケア、短時間デイサービスと幅の広い事業を運営している。

駐車場は野球場並みの広さがあるものの、すでに大量の車両で埋め尽くされ、出入口では警備員が汗を掻きながら誘導棒を振っていた。病院から遠く離れた位置に、一台分の空きスペースを見つけ、なんとかミニバンを停めた。

降車した途端、強い日差しとアスファルトの熱に襲われた。まだ午前中にもかかわらず、日にさらされた肌が痛みを訴える。今日はとりわけ暑くなりそうだった。

窪寺が病院を見上げながら呟いた。

「居所を知ってる人物がいればいいんだが」

父は二か月前に病院を退職していた。住民票を移した時期と同じだ。病院に前もって連絡を入れたところ、事務職員が教えてくれた。せめて話だけでも聞かせてほしいと、アポイントメントを取りつけたのだ。

午前中の病院はごった返していた。待合室の長椅子は患者が座りきれないほどで、壁にもたれかかって待つ者もいた。

クリップボードを持った看護師が、忙しく走り回っている。ここで働く父を思い浮かべようとしたがうまくいかなかった。

総合受付で来意を告げると、一階の応接室に通された。十分ほど部屋で待ったのちに、総務課長の伊東《いとう》が姿を現した。

年齢は四十代くらいだろう。病院で働いているだけあって、ノリの効いたワイシャツと折り目のしっかりついたスラックスを穿いており、清潔そうな印象を与えていた。だが、それだけに目の下の隈や顔色の悪さが際立って見えた。特捜本部にも、似たような顔をした捜査員がいる。

「すみません、お待たせしてしまって」

「とんでもない」

名刺を交換すると、伊東は首を傾《かし》げた。

「日向さん……というと、もしかして」

「日向繁の息子です」

伊東は目を見開いた。名刺と日向を交互に見やる。

「なんと。息子さんがいるとは聞いてましたけど、まさか同じ刑事さんだったなんて」

ソファを勧められて腰かけると、女性事務員が茶を運んできた。

伊東が女性事務員に日向を紹介すると、彼女も同じく声をあげて驚いていた。三年も勤務していたわりに、父が身内の話をあまりしていないことがわかった。父親の脚をへし折るような親不孝者のことなど口にしたくなかっただろうが。

「それで、繁さんになにか」

「二か月前に行方がわからなくなってしまって。連絡が取れないのです」

父が失踪した事実だけを話し、いちまつ事件については触れなかった。伊東は目を白黒させた。

「栃木の実家に戻ると聞いてました……故郷《クニ》に帰って田舎暮らしをするんだと。こちらとしては、繁さんにはもっといてもらいたかったのですが」

伊東の口ぶりでは、父は優秀な職員だったようだ。

病院や施設では、患者とその家族から暴言を吐かれ、暴力を振るわれるなどのケースが後を絶たなかった。診察に納得がいかないと言って診察室から出ようとしなかったり、駐車場をもっと広くしろと迫るなど、院内暴力によって職員の業務が停滞したこともあり、所沢署に何度も通報しているという。

父はそうしたモンスター患者に怯まずに淡々と問題を処理し続けた。暴力行為を働く者は、相手が弱いとみればつけこむものだが、還暦を過ぎても威圧的な眼力は健在で、父が出てくると借りてきた猫のようにおとなしくなったという。

伊東の口ぶりは、息子を喜ばすための世辞ではなさそうだった。父がいなくなった穴は大きく、苦情処理を受け持つ渉外係は苦境に立たされているのだと嘆いた。

父の行き先に心当たりはないかと尋ねたが、伊東は首をひねるばかりだった。

「あまり自分のことを話すような人じゃなかったからね。私も含めて、みんな車で通勤してるから、酒場に寄ってちょっと一杯って習慣もないし。あの人の実家が栃木だってのも、退職を言われたときに知ったくらいで。それこそ、息子のあなたのほうがご存じではないのですか？」

「じつは……いろいろありまして。所沢の自宅を処分して、栃木に戻るなんてプランを知ったのはごく最近です。ここを退職したのも、今朝になって知りました」

父との関係を濁し、伊東に質問を続けた。

得られた情報はあった。父は職場に嘘をついて辞め、伯父や親戚にすら黙って住民票を移し、姿を消したという事実だった。

病院が把握していた父の携帯電話の番号は、日向たちが知っているのと同じで、すでに使われていないものだった。誰にも居所を掴まれたくないという意志を感じた。

病院でトラブルがなかったかを訊いた。行方をくらまさざるを得ないような。しかし、伊東はきっぱりと首を横に振った。

「うちぐらいの規模の病院になれば、たしかにとんでもないのが来るのは確かです。ネットで熱心にうちを悪く書くのもいれば、怪文書を何十枚もファックスして、威力業務妨害で逮捕された患者もいます。チンピラみたいなのもね。でも、我々病院側で手に負えない問題があれば、警察に通報しますし、繁さんはその警察と太いパイプを持っている人です。行方をくらますような事態なんて、どう考えても思いつかない。あの人の場合は円満退職だし、引き継ぎにもなんら問題はありませんでした」

伊東は協力的だった。何度か電話が入り、部下から指示を求められ、席を中座しながらも、日向らの事情聴取に粘り強くつきあってくれた。おかげで、父がこの職場では退職を惜しまれた人物だったのがわかった。

「あ、そうだ」

伊東はインターフォンの受話器を掴んで、ボタンをプッシュした。

「どうかしましたか?」

「私よりも知ってそうなのがいます。年齢が近いこともあって、繁さんと親しかった」

伊東は内線に出た相手に、応接室に来るよう呼びかけた。

やって来たのは看護服姿の老人だった。頭が禿《は》げあがって、ずんぐりとした体型で手足が太い。長いこと肉体労働に従事してきた者特有の体つきだ。

伊東は老人にソファを勧めた。

「岩尾《いわお》さん。あんた、繁さんと仲がよかったよな。よくいっしょに昼飯食べたり、麻雀してただろう」

岩尾と呼ばれた老人はソファに腰かけながら、困惑した表情で答えた。

「え、ええ……まあ」

「こちらは、なんと繁さんの息子さんだ」

伊東が日向を紹介すると、彼もまた驚いた様子で目を丸くした。

日向が名刺を渡して挨拶すると、岩尾は受け取った名刺をしげしげと見つめた。

応接室に女性事務員が顔を出し、伊東宛てに電話がかかってきたと告げた。伊東はハンカチで汗を拭うと、よろしく頼むと言いたげに、岩尾の肩を叩いて応接室を出て行った。室内は日向らと岩尾の三人のみになった。

日向は病院を訪れた訳を述べた。父が田舎暮らしを理由に病院を退職して、所沢の自宅も処分したが、じっさいは那須塩原の実家には戻らず、失踪状態にあるのだと。岩尾はそれを険しい顔つきで聞いていた。

「伊東課長から、あなたが父と親しかったと聞きました」

「親しかったか……どうだろう」

多弁で協力的だった伊東とは対照的に、岩尾の口は重かった。奥歯に物が挟まったような口ぶりだ。

「父の行方を知りませんか。ケータイの番号でも、メールアドレスでも構いません」

「いや、わからない」

岩尾はそっけなく答えた。

どんな細かいことでもいいから教えてくれませんか。そう告げようとして前のめりになったところで、先に岩尾が名刺を見つめたまま口を開いた。

「ドラマでしか知らねえけど、捜査一課って言ったら殺人事件やら強盗事件とか、凶悪なのを手がけるところじゃねえのか？　繁さん、なにか事件に巻き込まれたのか？」

日向はとっさに答えられなかった。岩尾が探るような目で続けた。

「たとえば、いちまつ事件とか」

室内の温度が上がったような気がした。日向は反射的に尋ね返した。

「なぜ、そう思うのです？」

「そりゃニュースで見たからさ。二週間前だかの発砲事件で使われた拳銃が、いちまつ事件で使われたものと同じだって」

すばやく頭を回転させた。岩尾の警戒するような態度を見るかぎり、こちらが腹を割らなければ、心を閉ざされそうな気配を感じた。

「仰《おっしゃ》るとおりです。拳銃が同じとは言い切れませんが、可能性が高いという鑑定結果が出ました。現場の目撃証言から、父に似た人物が浮かんだこともあって、こうして訪れたのです」

「やっぱり、そうか……」

「やっぱりとは？」

「繁さんに訊かれたことがあったからさ。いちまつ事件のことを。あの人も警視庁の捜査一課の刑事だったんだってな。息子さんまで刑事だったとは聞いてなかったけども」

下着が汗で貼りつくのを感じた。

日向は窪寺に目で問いかけた――この老人を知っているか。窪寺は小さく首を横に振り、知らない野郎だと意思表示をした。かつていちまつ事件を手がけた窪寺が知らないということは、重要な目撃証言者や容疑者リストには載っていない人物だ。

日向は自分が醸し出す気配に注意した。意外な事実に出くわすと、我慢できずに飛びつきたくなるものだ。その結果、相手は正反対に心を閉ざしてしまう。急がば回れだと、己に言い聞かせる。

軽い口調を心がけた。

「訊かれた……ということは、いちまつ事件について、なにかご存じだったのですか?」

「生まれが府中ってだけで、おれはなにも知らんよ。繁さんが知りたがっていたのは、おれの友達のことさ。渡井《わたらい》っていうんだが」

「渡井……」

思わずオウム返しに呟いていた。再び窪寺に目で尋ねたが、彼はまたも首を振るのみだった。岩尾が息を吐いて続けた。

「課長はおれと繁さんが親しいと言っていたが、それもどうだったんだかな。たしかにメシも食ったし、休みに雀卓を囲んだりもしたが、けっきょくあの人は……息子のあんたを目の前にしていうのもなんだが」

「遠慮はいりません。なんでも仰ってください」

岩尾は茶で口を湿らせてから話し始めた。

「あの人がここを辞めたときだが、おれはそれを直接聞かされちゃいなかった。他のやつから耳にして、初めて知ったんだよ。水臭《みずくせ》えとむかっ腹立てたけどさ。要するにあの人は、端《はな》からおれを友達《ダチ》だと思っちゃいなかった。今でもたまに考えるよ。繁さんは今もいちまつ事件を忘れられずにいて、ただ情報を得るためだけに、おれに近づいてきたんじゃないのかってな。この病院に就職したことだって、それが目的だったんじゃないのかって。被害妄想だって笑われるかもしれないが」

岩尾は淡々と話していたが、その口ぶりには悲しみが滲んでいた。

「いえ、あの人ならやりかねない」

日向は正直に答えた。

父の正体を打ち明け、自分とは絶縁関係にあると告げた。

職場でも話さなかった身内の恥を、なぜ会ったばかりの他人に告白しているのか。不思議な感覚に陥ったものの、父について語ってくれた岩尾にはそうしなければならないような気がした。

岩尾の言うとおり、被害妄想かもしれない。ただし、父が事件に異常な執着を見せるのはまぎれもない事実だ。とりわけ、敗北を喫したいちまつ事件ともなれば、悪魔に魂を売り渡してでも情報を欲しがっただろう。

岩尾は日向の話に何度も息を呑んだが、最後は納得したようにうなずいた。

「疑問が解けたような気がするよ。麻雀をいっしょに打ってるときも、なんだか接待されてるような感じがしたんだ。実力がありそうなのに、おれに何度も振りこんだりな。

酒もよくおごってくれたもんだ。急にあの人がそっけなくなったのも、渡井のことを教えてやってからだ」

「渡井さんとは、一体どんな方だったのですか」

日向はあえて過去形で訊いた。

渡井なる人物はおそらく他界している。かりに生きているとしたら、父は岩尾ではなく渡井に直接近づいたはずだ。

岩尾は指を折って数える仕草をした。

「享年五十七だったかな。三年前に死んだよ。あいつは脳梗塞をやって、おれの紹介でここの施設に長く入ってたんだが、心不全でぽっくり逝《い》っちまった」

「三年前。父がここに来るあたりのことですね」

岩尾はしばらく中空を睨んでから答えた。

「思い出したよ。いつだったか、雀卓を囲んでいるときに、繁さんが刑事時代の思い出話をしたんだ。未解決のいちまつ事件のことを。警官を辞めた今でも気になっていて、渡井に話を聞きたかったのに、亡くなって残念だと言ったんだ」

身内の恥をさらしたおかげか、岩尾は渡井について語ってくれた。

渡井義之《よしゆき》は、府中市の不動産屋の二代目だった。岩尾とは幼馴染で、多少ワルだった時代もあり、学校での喫煙がバレて停学処分を喰らったりもしたという。

彼らが社会に出たのはバブルの頃だった。渡井は父親とともに不動産屋を経営。岩尾も大手運送会社に就職すると、持ち前の体力を活かして稼ぎ、府中の夜の街である国際通りに繰り出した。高いブランデーを開け、気前よく女たちにチップを配り歩いた。渡井は土地を転がして儲け、二十代半ばで結婚。市内に豪邸を購入した。

岩尾は自嘲的な笑みを浮かべた。

「しかし、バブルが弾けちまって、あとはよくある話だ。渡井の不動産屋は負債を抱えて、あっけなく潰れちまった。おれがいた運送会社も羽振りが悪くなったんで、退職届を叩きつけて、物流業界を転々さ」

物流業界はバブル崩壊で環境が一変した。景気の低迷と国際競争の激化により、製造業や流通企業などの荷主は物流コストの削減に奔走した。

その結果、トラック運転手となった岩尾の給料は下がっていき、一度は結婚したものの、安月給に愛想を尽かされ、妻に去られている。五十代に入ると目が悪くなり、運送の仕事もできなくなって、ハローワークに通い詰めた末に拾ってもらったのが、この病院だった。

一方の渡井も多額の借金を背負い、返済のために自宅や店舗を売却。金銭トラブルで親戚中から縁を切られ、妻にも逃げられた。府中市の築三十年の安アパートに住居を移し、苦い再スタートを余儀なくされた。ひとり息子を育て上げるため、カネになる仕事にはなんでも飛びついたという。借金取りから健康食品のセールス、キャバクラの雇われ店長もこなした。

ともにバブルで痛い目に遭い、長い不景気のなかでもがき苦しみながら生き抜いた。岩尾はそう証言した。彼らは空前の好景気とどん底の不況の両方を味わった世代だ。

いちまつ事件が起きた二十二年前は、いよいよ大不況に突入した時期でもあった。銀行が巨額の不良債権処理に追われるなか、韓国などの新興国通貨が次々に暴落するアジア通貨危機が発生し、消費税増税も実施された。その年には大手証券会社や都市銀行が経営破綻《はたん》している。

「おれたちはバブルをしっかり謳歌《おうか》したよ。若いときに世の中をナメきって、成金にでもなった気で、似合いもしねえのにダブルの背広着ちゃ、高い酒をがぶ飲みだ。なんかおかしいと思ったときには手遅れだ」

岩尾は伏し目がちになった。日向はメモを取りながら尋ねた。

「いちまつ事件が起きたころ、渡井さんにはまだ多額の借金があったわけですよね」

「親父さんからも聞かれたよ。あっただろうな。おまけにバブルのとき、あいつはグアムやフィリピンに行って、何度も射撃場に繰り出していた。ガンマニアってほどじゃないが、松田優作の映画とか『西部警察』が好きだったからな。いちまつ事件が起きた後、そのあたりを警察に目をつけられたのか、家に刑事がやって来て泡喰ったらしい」

窪寺が怪訝な顔になった。

「私も過去にいちまつ事件の捜査に携わっていたのですが、渡井さんの名前を耳にしたことはありませんね」

「アリバイってやつがしっかりあったからだろう。たしか、事件があった日は府中駅付近の小料理屋で飲んでたらしい」

「小料理屋……」

岩尾が壁時計にちらりと目をやった。日向は頭を下げる。

「あ、すみません。長々と話をうかがってしまって」

「かまわねえよ。夕方までいてくれたっていいくらいだ。ここは人使いが荒いからな。年がら年中人手不足なんだ」

岩尾は冷めた茶を飲み干した。

「繁さんといえば、やばめのモンスター患者にも眉ひとつ動かさなかったもんだが、冬場になると古傷がうずくみてえで、痛そうに膝を抱えてたよ。まさか息子にやられたとはな。あんたらのおかげで、いろいろと謎が解けた」

腰を上げる岩尾に最後の質問をぶつけた。愚問と思いつつも、尋ねずにはいられなかった。

「なぜ父はあなたに近づいてまで、渡井さんを調べているんですかね」

「それはあんたらが解いてくれ。できれば、答えも聞かせてほしい。ただ、渡井は強盗殺人なんて大それた犯罪を起こすような男じゃなかった。繁さんと違って、どこにでもいるふつうのおっさんだったよ」

岩尾がなにを言いたいのかはわかった。大それたことを起こすのは、むしろあんたの父親のほうだと。

礼を述べながら、彼と握手を交わした。

新しい手がかりを掴み、大きな手応えを感じた。一方で、未だに事件に執着している父の姿を知り、胃袋にずきずきとした痛みを覚えた。

11

「わかりましたか」

日向が携帯端末で尋ねると、上司の岳が早口で答えた。興奮している証拠だ。

〈渡井義之だったな。いちまつ事件が発生した直後に、容疑者リストに浮上していたのは本当だ。もっとも、大所帯の特捜本部がローラー作戦を展開させていたころだな。カネに飢えてるやつ、フィリピンに渡航歴があるやつ。前科《マエ》があったり、暴力団《マルB》や暴走族《マルソウ》だったり。とにかく怪しげな男を手あたり次第にリストアップしていた。渡井もそんなひとりだろうが、たしかにアリバイがあったようだ。事件が発生した時間は、『さよ』って小料理屋で静かに飲んでいたと、店の女将《おかみ》が当時証言してる。ガンマニアってことまでは調べられていなかったな〉

「そうでしたか」

特捜本部は二十二年にわたる捜査資料をデータベース化している。過去に浮上した容疑者リストや目撃者、被害者の遺族や関係者など、数千人もの人物が登録されていた。長い年月が経過しているため、渡井のように他界した者も少なくない。

〈それで、親父さんのことだが……こうなってくると特捜本部を挙げて捜査せざるを得ないぞ〉

「当然のことです。なんの遠慮もいりません。私にとっては、赤の他人も同然ですから。二週間前の発砲事件には、日向繁の関与がますます濃くなったと見ていいでしょう」

横にいる窪寺がハンドルを握りながら、ちらりと日向を見やった。自分の父を名前で呼んだことに驚いたようだった。

父はもはや発砲事件解決の鍵を握る重要参考人といえた。いつまでも、捜査員である自分が、重要参考人を父と呼び続けるのは公私混同だ。そもそも、ここ十年は父などいないものと思って生きてきたのだ。

岳が探るような声で言った。

〈お前……無理してはいないか。外れても構わないんだぞ〉

「冗談じゃない！　こいつは私と窪寺さんが掘り当てた情報《ネタ》ですよ」

〈そんなに怒るなよ。すでに特捜本部のお歴々には、親父さんがクサいことを打ち明けてる。えらいことになってるぞ。ただでさえ情報漏れでカッカしてるのに、発砲事件に元警官が絡んでるかもしれんと知って、署長も副署長も頭抱えてるよ。なんで肉親のお前なんかに任せたんだと、雷落とされたばかりだ〉

「申し訳ありません。岳さんの苦労も知らずに」

電話にもかかわらず、頭を下げて詫びた。

赤の他人と切り捨てておきながら、父の存在が浮上してから冷静ではいられなくなった。

〈上に怒鳴られ、下にも噛みつかれる。中間管理職の悲哀を噛みしめてるよ。親父さんの行方はこっちで調べさせてもらう。お前は渡井義之を洗え。渡井本人はすでに死んでるとしても、家族や職場の関係者にあたっていけば、親父さんが執着する理由もおのずとわかってくるだろう〉

「ありがとうございます」

礼を述べて通話を終えた。

渡井義之が勤務していた職場や住所、ひとり息子の連絡先などは岩尾から聞いていた。日向らを乗せたミニバンは、すでに息子の渡井将《しょう》真《ま》が働くカーディーラーへと向かっていた。

ハンドルを握る窪寺に訊いた。

「今回の件、私は外れるべきだと思いますか」

「どうして」

「冷静さを欠いている。岳さんに声を荒らげるなんて、今まで一度もなかったのに」

「肉親が事件《ヤマ》に絡んでいるかもしれないんだ。冷静にやれるほうがどうかしてるさ」

窪寺は赤信号でミニバンを停めると、首をぐるりと回してストレッチをした。

「選択のときだな。もしかすると、このまま行けば親父さんの手に手錠《ワッパ》をかけることだってあるかもしれない。岳さんも、よくおれたちに調べさせてくれたもんだと思うよ。あんたが親父さんに嚙みついてやりたいという意気込みを買ってくれたからだろうな」

「そういえば、私はスッポンらしいですからね」

日向は苦笑した。窪寺がハンドルを握り直した。

「気分を害するかもしれないが、あんたと親父さんはけっこう似た者同士だと思っていた。やっぱり、血は争えないなと」

「私がですか?」

「誤解するなよ。あんたは女房子供をぶん殴るDV野郎じゃないし、情報《ネタ》を仕入れるためなら、友人のフリして近づくなんて公安顔負けの陰険な真似もしない。しかし、事件解決のためなら、とんでもない執念を見せる」

父と似た者同士と言われるのは心外だったが、先輩刑事の彼の言わんとすることはわかった。素直に相槌を打ってみせる。

「人づてに聞いたんだが、親父さんは高校のとき、つき合っていた恋人に死なれたらしい。近所の変態に農機具のガレージへ引っ張りこまれて絞め殺された。それがきっかけで警官《サツカン》になったんだそうだ。事件《ヤマ》が殺人《コロシ》となると、とりわけ燃える性質《タチ》だった。知ってたか?」

「母から聞いた覚えがあります。私からすれば、正義に酔った暴君でしかありませんが」

　窪寺が冷房を強めた。

「主任。今度の事件《ヤマ》は、あんたの警察人生にとって、もっとも重要な案件になる。年端もいかない少女まで、無慈悲に撃ち殺しておきながら、シャバでのうのうと生きてきた外道に迫れるチャンスだ。そのうえ、あんたを長年にわたって苦しめた親父さんとも改めて向き合える。脚をへし折って満足しているのなら、外れたほうがマシかもしれないが、まだ決着がついていないと思うのなら、とことん追ってみたほうがいい」

　窪寺の言葉には心当たりがあった。

　自分と父は似ている。よく知っているからこそ、自分が父親となることに不安を覚えていた。

　殺された被害者の苦しみに心を痛め、大罪を犯した加害者に激しい怒りを募らせつつも、事件が起きるたびにときめきに近いものを感じていた。獲物を見つけた猟犬の如く、周りなどおかまいなしに突っ走ってしまう。

　警官がサラリーマン化しつつあると古株たちが嘆く時代に、全力で事件にのめりこむガッツを買われ、三十代前半で捜査一課の主任に抜擢された。名誉に思う一方で、徐々に父へと近づいていく気がしてならなかった。

　社会を震撼させたいちまつ事件、父が関わっているかもしれない発砲事件。窪寺の言うとおり、これ以上にない獲物であり、すでに脇目も振らずに走りだしている。

渚紗は最良のパートナーだ。子供の誕生も楽しみにしている。事件から外れるべきではないかと思ったのは、魔物との戦いに没頭するあまり、渚紗たちを蔑《ないがし》ろにしそうな気がしたからだ。いちまつ事件が父を狂わせたように。

新発見があったとはいえ、いちまつ事件は二十年以上の時を経て、ますます巨大な怪物と化した。長期にわたって戦った挙句、結果が出なかったとしたら、果たしてまともでいられるだろうか。父と同じように捜査から外れてからも、家族を犠牲にしてでも事件を追い続けるかもしれない。そんな怖れを抱き、魔物の前に臆してしまったが、窪寺の言葉が力を与えてくれた。

日向は笑ってみせた。

「追います。脚を折ったぐらいじゃ、とても満足できませんからね」

「そう言うと思った」

信号が青に変わり、窪寺はアクセルを踏んだ。

渡井将真が整備士として勤務するカーディーラーは、都道7号線の道沿いにあった。あたりは工場やラーメン店といったロードサイドの店や、駐車場付きのアパートが並んでいる。緑も豊富で空も広く感じるが、道路も建物もせせこましく、いかにも東京の郊外といった風情だった。

受付の女性に警察手帳を見せ、将真との面会を申し入れた。彼女は顔を凍りつかせ、上司風の中年男性にあたふたと判断を仰ぎに行った。アポなしで警官が来訪すれば、誰もが慌てふためくものだ。中年男性に来意を告げると、ショールームの奥にある商談スペースで待たされた。

二十分ほど待たされてから、将真が姿を現した。車を整備していたらしく、元は白かったはずのツナギはエンジンオイルや錆などでまっ黒に汚れている。

将真の年齢は三十一歳。日向と同い年だが、ツーブロックに刈った髪型と、ほっそりとした顔立ちの二枚目で、だいぶ若々しく見えた。

日向らは将真に名刺を渡した。

「刑事さん……ですか」

将真の端整な顔が強張った。

「お忙しいところ申し訳ありません」

「とんでもない。こちらこそ。待たせてしまったうえに、こんな汚い恰好ですみません。どうかしましたか？」

事件の概要を打ち明けて尋ねた。

約二週間前に府中市の河川敷で発砲事件が起きたが、なにか不審人物は見かけなかっただろうかと。用件がわかって安心したのか、将真の表情がわずかに和らいだ。将真の自宅は府中市のＪＲ西府《にしふ》駅付近にあった。

「その事件なら知ってます。起きてから三日後くらいに、家に警察の人が来て、いろいろと聞かれましたから」

「すでにお邪魔してましたか」

日向はとぼけて頭を掻いた。

同じく府中市内に住む日向のもとにも、府中署員が聞き込みに来た。将真の家を訪れていてもおかしくはない。

「事件は深夜でしたよね。あいにく、その時間は眠りこけていて。なにも気づきませんでした。朝になってからニュースで知ったくらいで。そのことは警察の人にお話ししたんですが」

「失礼しました。二度手間になってしまいましたね」

相槌を打ちつつ、バッグからタブレット端末を取り出した。電源を入れる。

一枚の写真を液晶画面に表示させた。父の顔写真だ。警察手帳用に撮影されたもので、岳が人事二課に手を回して入手した。刑事畑を歩んだ警官らしい鋭い目つきの初老の男が映っている。

警視庁を定年退職した年に撮影されたものだった。つまり、三年前のもので、最新とはとても言い難い。それでも写真を見て、日向は軽い衝撃を受けたものだった。あの男も年相応に老いていくのだと。

丸刈りにした頭は白く、前頭部は禿げあがっていた。頰や額にはシミが浮かび、皮膚にもタルみがある。

警官のなかにも、老いを隠すため、頭髪をマメに黒く染め、大金を投じて脱毛に必死に抗う者もいる。上司の岳もそのひとりで、しょっちゅう育毛剤の臭いを漂わせている。事件しか頭にない父には、その手の悩みなど無縁だっただろうが。

顔写真のみなので、体格まではわからない。しかし、家族を虐げていたときのようなギラギラした脂っぽさは薄れ、枯れた気配さえ漂わせていた。

将真にタブレット端末を向け、父の顔写真を見せた。ここからが本題だ。

「ところで、この男性はご存じですか」

将真は画面にしばらく目を落とした。やがて、首をゆっくりと横に振る。

「ちょっと、わからないですね」

「そうですか」

深くは追及しなかった。

父の写真を表示させたまま、タブレット端末をテーブルに置いた。窪寺とそれとなく視線を交わしながら。彼も同じ印象を抱いたらしい。

若い男は総じて嘘をつくのが下手だ。将真もそのひとりのようだった。それまでは目を合わせて会話をしていたというのに、視線をそらして答えている。表情もぎこちない。

嘘は多くの情報をもたらしてくれる。父と会っただけではなく、その事実を否定せざるを得ない事情があるらしい。

日向は変化球を投げてみた。

「この人物、私の父なんですよ」

「え？　そうなんですか……」

将真は戸惑った様子で答えた。突拍子のない告白にうろたえている。

「見てください。警察官の制服を着てるでしょう。父も長いこと刑事をやっていましてね。ちなみに、ニュースはご覧になりましたか」

「詳しくは知りませんが、あのいちまつ事件と関係してるかもしれないって」

将真の話しぶりが慎重になった。それとは対照的に、日向は饒舌になる。

「父もいちまつ事件の捜査員だったんです。ご存じかもしれませんが、いちまつ事件は現在も未解決のままです。それがずっと引っかかっているのか、事件から二十二年も経って、警察を定年退職した後も調べているようなのです。父のことですから、この前の発砲事件には並々ならぬ興味を抱いているはずなんですが、息子の私とはいろいろ関係がこじれてしまい、ずっと音信不通の状態にありましてね」

「はあ……」

将真があいまいに相槌を打った。いきなり現れた刑事に身の上話をされて、ひどく居心地が悪そうだ。

窪寺が腕時計に目を落とした。

「主任、そろそろ」

日向は慌てたように口に手をやった。

「おっと、失礼しました。つい話しこんでしまって。この写真の男性ですが、日向繁と言います。もしかすると、渡井さんの前に現れるかもしれません」

「ど、どうして、この人が私のところなんかに」

「父はいちまつ事件絡みなのか、あなたのお父さんに深い関心を抱いているようなのです」

「私の父に……ですか？」

「ですので、大変お手数ですが、もし日向繁が現れたときは、連絡をいただけますでしょうか。息子の私が会いたがってると」

「わ、わかりました」

刑事たちが席を立つと、将真が静かに息を吐いた。

将真に別れの挨拶を済ませて、カーディーラーを後にした。ミニバンに乗りこみ、都道7号線の狭い道に出る。

後ろを振り向き、カーディーラーの建物が見えなくなると、窪寺に訊いた。

「どう思いましたか？」

「あのあんちゃん、素直な性格なんだろうな。えらくわかりやすかった」

「そうですね」

「とは言っても、主任と同じ歳か。最近は三十代の野郎でも、学生みたいに若く見えるもんだ」

「父は将真とすでに接触してますね」

「シラを切ったってことは、いろいろとワケアリだな。親父さんの写真を見た途端に、顔がカチカチになってやがった」

ミニバンのなかは猛烈な暑さだった。カーディーラーに車を停めていた間に、サウナと化している。夏の太陽に照らされ、いくら冷房を効かせても、肌がひりひりと痛む。しかし、気分は悪くなかった。

日向と窪寺は阿吽《あうん》の呼吸で、将真に対する聞き込みを早々に切り上げた。父を知らぬと否定されたからには、あとはなにを尋ねても無駄だと判断したためだ。依怙地《いこじ》になって、より態度を硬化させるだけだ。

日向たちとしても、渡井の存在を知ったのはほんの数時間前だ。将真が嘘をついていると気づいても、その嘘を追及できるだけのカードを持ち合わせていない。

ただし、父の目的は徐々に明らかになりつつあった。ターゲットにしていたのは、やはり渡井義之のようだ。それも並々ならぬ執念を見せている。息子の将真にも会っていると思われる。

日向が父の話をしたのは、いわばメッセージのようなものだった。将真を通じて父の耳に届くように——あんたが警察官を辞めてからも、いちまつ事件を追っているのはわかったぞ。

父は人間としては尊敬に値しなかったが、刑事としては優秀だった。特捜本部にシロと判断され、すでに他界している男に喰らいついているのも、なんらかの確証があっての行動だと思われた。

携帯端末を取り出した。班員を事件資料の読みこみで部屋にこもらせるよりも、優先すべき目的がはっきりしたからだ。

「渡井義之をさらに洗ってみましょう」

「息子のほうもな」

日向はうなずき、部下たちに連絡を取った。

12

日向は塩飴を口に入れた。熱中症対策だ。

夜になってからも、気温はなかなか下がる様子はなく、エンジンを切った車内は蒸し風呂状態だった。運転席の彦坂が二リットルサイズのペットボトルの水をガブ飲みする。

「整備士も楽な仕事じゃないですね。いつになったら帰るんだ」

日向は腕時計に目を落とした。夜九時半を回っても、整備工場の灯りはついたままだ。

日向がいるのはコンビニの駐車場だった。将真のカーディーラーから約百メートルの距離にある。店長に断りを入れ、駐車場で張りこんでいた。

カーディーラーの営業時間が終わる夜六時から見張り、将真の行動確認をする予定でいたが、看板やショールームの灯りが消えるのみで、整備士たちは車と格闘し続けていた。

彦坂が携帯端末の画面に目を落とした。

「九時過ぎても、気温が二十九度です……どうなってるんだか」

「特捜本部《チヨウバ》に戻るか？　エアコンが効いている」

「勘弁してください。あそこに比べたら外は天国ですよ」

彦坂は大袈裟に手を振った。

昼間に将真と会った後、日向らは特捜本部に帰った。府中署の周りには相変わらず多くの記者が情報を得ようと集まり、聞き込みから戻った日向たちは揉みくちゃにされた。府中署の駐車場はおろか、近隣のコインパーキングもふさがり、署の業務にも支障を来しかねないほどで、近隣住民から苦情が殺到した。署員が炎天下のもとで交通整理に追われていた。

線条痕一致の情報漏れで、特捜本部の空気は悪かったが、さらに日向繁が関与しているとの情報が幹部たちを震わせていた。日向は上司の岳とともに署長室に呼び出された。そこには署長だけでなく、府中署を管轄する第八方面本部の管理官の姿もあった。方面本部が事情を問いただしたくなるのも当然だった。自分が彼らの立場にいれば、やはり同じ行動を取るだろう。

日向は、父との関係を署長たちに打ち明けた。発砲事件に父の影がちらつきだしたときから、忌まわしい家族関係を秘匿し続けるのは無理だと覚悟していたのだ。

　警察組織において、家族と揉める警察官は欠陥ありと見なされる。警察官にプライベートはないのだ。

――十年も会わずにいたとはいえ、父親は父親だ。しかも、それだけ根深い遺恨があれば、客観的な視点で捜査に挑めるとは思えんな。憎しみで目が眩むこともあるだろう。

　署長に捜査から外れるよう遠回しに言われた。しかし、岳が抗ってくれた。

――お言葉ですが、日向繁の情報《ネタ》を摑んできたのは、その息子であるこの男です。昨日、特捜本部《チョウバ》に加わったばかりの。

――父親と組んで、なにかやらかす気じゃないのか？

　管理官から胡散臭げに見られた。日向は首をひねってみせた。

――〝なにか〟とは？

――それは……たとえば、いちまつ事件に取りつかれている父親を、ひそかに援助しているとか。そもそも、父親が自宅を売却したことも、行方をくらましたのも、まるで知らなかったというのは奇妙な話だ。

――奇妙に思われるのなら、内部調査にでもなんでも応じます。通信記録から銀行口座まで。好きなだけ洗えばいいでしょう。

　売り言葉に買い言葉だった。遥か年上のベテラン管理官に、開き直った被疑者のような口を叩いた。

署長らが忌々しそうに顔を歪めたところで、岳が助け船を出した。

——根拠もなく部下を疑うのは止めていただきたい。我々をこの特捜本部《チョウバ》に送ったのは、うちの課長の喜多嶋ですよ。日向が親子でなにかを企んでいるというのなら、喜多嶋さんも一枚噛んでいることになります。

岳は喜多嶋の名をさりげなく強調した。

彼の口調はあくまで穏和だったが、捜査一課と喧嘩する気なのかと署長らを脅しつけてもいた。〝捜一《ソウイチ》の喜多嶋〟といえば、警視庁では知らぬ者はいないノンキャリアの星だ。効果は抜群のようで、署長たちは押し黙った。

岳が咳払いをして続けた。

——捜査は前に進んでいます。情報漏れなんてチョンボが起きましたが、その問題にしても、ここから漏れたとは考えにくい。科警研から鑑定結果が伝わるのと、ほぼ同時期にマスコミに手紙という形で暴露されたわけですから。府中署の責任ではない。

——なにが言いたいんだ。

——歴代の府中署長がいちまつ事件に手を打てないまま、任を終えざるを得なかった。ここで三大未解決事件のひとつにピリオドを打てたら、我々の警察人生もだいぶ変わるでしょう。

——勝算はあるんだろうな。

——もちろんです。そのへんは特捜本部《チョウバ》のやる気次第ですが。

署長はしばらく考えこむように中空を睨んだ。そして、岳と日向に発破をかけた。

――大見得《おおみえ》を切ったからには結果を出せ。

――もちろんです。

岳は自信たっぷりにうなずいてみせた。

殺人捜査では、捜査一課員が主導権を握って進めるものの、事件の解決には所轄の協力が欠かせない。

赤バッジや腕章を見せびらかし、エキスパートでございと傲慢に振る舞えば、所轄の反感を買うばかりだ。見知らぬ土地で孤立する羽目になる。岳は所轄をうまく乗せる能力に長《た》けていた。

上司の巧みな交渉術のおかげで、日向は事件から外されずに済んだ。当の岳はといえば、胸を張って署長室を後にすると、一転して肩を落としていたが。

――やっちまった……勝算はあるにはあるが、東大野球部が六大学野球でリーグ優勝するくらいの確率だ。

――ありがとうございます。なんと礼を言っていいのか。

――お前のためじゃないさ。少しでも勝算をアップさせるための手段だよ。十年も疎遠だったとはいえ、日向繁をよく知るのは息子のお前だろう。相手は名うての鬼刑事だ。こっちがどう動くのかは全部お見通しだろう。捜査員にさっそくこのあたりのホテルやウィークリーマンションを洗わせてるが、日向繁の行方は未だに不明だ。

──そんな足がつきやすいところにはいないでしょうね。

──見つけてくれよ。ここの署長さんが野心家で助かった。やっこさんが甘い夢を見ているうちにどうにかするぞ。つまり、時間はないってことだ。頼むぞ。

岳に背中をきつく叩かれた。

首の皮一枚でつながったとはいえ、日向が特捜本部の注目の的になった事実は変わりなかった。

約二週間前の発砲事件に、元捜査員が関与しているかもしれない。それだけでも衝撃だったが、情報を得てきたのが現在の捜査員である息子とわかり、特捜本部の士気は上がるどころか、疑心暗鬼に包まれた。情報漏れの件もあって、新参の日向班には疑いの目が向けられた。彦坂たちにとっては、特捜本部は針の莚だ。

日向は車を降りると、コンビニで氷と缶コーヒーを買った。警察車両はミニバンからセダンに替えていた。昼間はミニバンでカーディーラーを訪れており、監視対象者の将真に気づかれるおそれがあった。

「苦労をかけるな」

セダンに戻ると、袋入りの氷を彦坂に渡した。彼は一礼して受け取り、首筋にあてて身体を冷やす。

「主任のせいじゃないですよ。謝らなきゃならないのは、おれのほうです。なんにも知らずに、親父さんのことをあれこれ訊いたりして」

「秘密にしていたんだ。しょうがない」

携帯端末が震えた。窪寺からの電話だった。電話に出て尋ねた。

「どうですか」

〈健康食品の販売所もキャバクラも、すでに消えて何年も経っていたよ。それぞれ医療メーカーの営業所と、チェーン系居酒屋に変わっていた。渡井義之を知る人物は見つかっていない。親父さ……いや、日向繁についても同様だ〉

「簡単にはいかないでしょうね」

日向班は渡井義之の捜査を任された。

窪寺たちには、渡井のかつての自宅や職場をあたらせている。彼らは府中駅前にいる。本来であれば、特捜本部にこもり、いちまつ事件に関する資料を一から読みこむのが常道だ。しかし、状況は目まぐるしく変わっている。

発砲事件には父の影がちらつき、その父は渡井義之に強い関心を抱いていた。執着していると言ってもいい。渡井を洗っていれば、おのずと父の狙いもわかると考えたが、時間の壁に阻まれていた。すでに渡井自身は三年前に死亡しているのだ。

不動産会社を経営していた渡井は、バブル崩壊で会社を潰し、それからは職を転々としている。岩尾の話によれば、サラ金の社員、キャバクラの雇われ店長、健康食品のセールスマンなど、借金返済のために怪しげな職場を渡り歩いたらしい。窪寺たちには当時の職場をあたらせたものの、どこからも跡形もなく消えていた。

〈明日は法務局に行って、渡井の勤務先だった会社の登記簿を洗ってみる。役員名簿などの線から、渡井を知る人物を見つけられるかもしれない〉

「頼みます」

窪寺の声には張りがあった。特捜本部で孤立する日向を助けようと、部下らが奮闘している様子が痛いほど伝わってくる。

通話を終えると、彦坂が袋入りの氷を後部座席のフロアマットに放った。

「工場の灯りが」

彦坂がカーディーラーを指さした。オフィスと整備工場の電灯が消えた。時計は夜十時を回っていた。

「思ったよりも遅かったな」

彦坂がエンジンをかけた。冷房の強さを最大にする。

「高校の同級生で、やっぱりディーラーの整備士になったやつがいますけど、始業時間の一時間前には出社して、夜中まで車のメンテナンスにかかりっきりだそうです。今どきはどこも人手不足のようで」

カーディーラーの出入口から、退社する整備士たちの車が出てきた。職場は駅から遠いため、徒歩で通勤する者はいないようだ。将真もそうだ。

彼の車は白のステーションワゴンだ。九〇年代に流行したタイプで、デザインが今と違って角ばっている。車の整備士らしいこだわりが見えた。

父親とは対照的に、将真の人生は手堅いようだった。介護士の岩尾に電話で再び連絡を取り、彼から将真の話を聞かせてもらった。

岩尾は協力的だった。仕事を抜け出せるいい口実ができたと、疲れた声で礼を述べてくれた。病院で会ったさい、日向が腹を割ったのも大きい。岩尾も日向も、父の繁に翻弄されたという共通の経験がある。

岩尾によれば、山あり谷ありの父とは対照的に、将真は中学時代から手に職をつけようと決めていたという。地元の工業高校に進み、整備士の資格を得るために自動車大学校へと進んだ。今のカーディーラーに勤務して十年以上になる。

――渡井はろくな人生じゃなかったな。いかがわしい職に就いて、しゃかりきになって働いて、ようやく楽になれるかと思ったら脳梗塞だ。箸もまともに握れなくなって、言葉もうまく喋れねえってんで、ベッドじゃ泣いてばかりいたよ。それでも、あいつは恵まれていたほうかもな。あんなに息子が立派に育ったんだからさ。

将真は整備士として忙しく働きながら、その合間を縫って、所沢の病院に頻繁に見舞いに来ては、落ち込んだ父を励まし、施設に移ってからも身の回りの世話をした。

将真のステーションワゴンは、国分寺市の職場を出ると、府中市へと南下した。自宅があるJR西府駅付近を通り過ぎ、さらに南へと進んだため、後を追う日向らは緊張した。

将真が京王線中河原《なかがわら》駅近くのスーパーに車を停めるのを見て、肩の力を抜いた。どこかへ寄り道するのかと期待したものの、買い物のために二十四時間営業の店を訪れただけのようだった。彦坂も駐車場に車を入れ、ステーションワゴンから離れた位置に停車した。

車から降りた将真は、昼間のツナギ姿と違って、半袖のワイシャツにスラックスという恰好だった。

面が割れている日向はセダンに残った。彦坂が将真の後を追い、スーパーに入った。

しかし、彦坂は三分もしないうちに店から出てきた。将真がすぐに買い物を済ませたらしい。レジ袋を手に提げ、店から姿を現した。夜遅くまで働いたせいか、疲れた表情をしていた。

彦坂が早足でセダンに戻った。きつい汗の臭いがした。

「早かったな」

「鍋ですね。キムチ鍋」

「なに?」

「あっという間でした。おれが店に入ったときには、もうレジに向かっていて。買い物カゴに豚肉と野菜とキムチ鍋の素が入っているのが見えましたけど」

「この暑さで鍋物か」

「珍しくないですよ。夏に辛いものを食えば代謝が向上して、胃腸の血流も増えますから。野菜もたっぷり摂れますし。帰り道の途中にコンビニがいくつもあったのに、スーパーにわざわざ寄った理由がわかりました。評判どおり、なかなか真面目な男のようですね」

彦坂が真顔で言った。

「妙なところで感心するんだな。毎日、コンビニ弁当や出前で済ませてるおれたちが、不真面目みたいじゃないか」

「この前、OB会で大学時代の恩師に会ったら、面と向かって嘆かれましたよ。ヘラクレスみたいな肉体だったのに、えらく貫禄が出ちまったなって」

彦坂が悲しげな顔をしながらエンジンをかけた。

彼は学生時代にアマレスで活躍し、それなりに名の知られた選手だった。捜査一課に配属されたとき、体格はすでに相撲取りのようだった。

「寝る前のカップ焼きそばを控えたらいい」

「あれは睡眠薬です。腹に入れないと眠れません」

「まったく……」

鼻で笑ってみせた。

もっとも、日向も他人にあれこれ言えるほど立派な食生活を送ってきたわけではなかった。二十代は暴食だけが楽しみで、回転寿司や食べ放題の焼肉をひたすら胃袋に詰めこんだ。刑事という職業を選んだのだから、それでいいと開き直ってさえいた。渚紗と出会っていなければ、身体を壊していたかもしれない。

この人のためにも生きなければ。そんな想いが芽生え、交際するようになってからは節制を誓い、睡眠を重視するようになった。彼女の手料理にありつける日は多くはないが、弁当や出前にしても、サラダやスープを積極的に摂るようになった。

子供ができると知ってからはなおさらだ。毎日三十分程度のトレーニングを課し、時間が取れるようであれば、自宅や職場の周辺でランニングもしている。

将真がステーションワゴンを走らせた。日向らは距離を取ってから後をつけた。

「女の匂いがあまりしないな。料理の材料をそれだけ手際よく買うってことは」

ステーションワゴンのテールランプを睨みながら呟いた。岩尾の話によれば、将真はまだ未婚だという。

「恋人がいたとしても、同棲まではしてないんじゃないですかね。材料も見た感じでは一人分でしたし」

彦坂がうなずいた。なぜか嬉しそうな口調だ。彼は仕事の合間を縫って、看護師や保育士と合コンしているが、今のところは連敗続きだ。

将真はスーパーから北上し、自宅のあるJR西府駅の北側に向かっていた。同駅は二〇〇九年に開業したこともあり、周りのビルや建物は真新しい。同じ府中市内でも、生活感と人間臭さが濃厚に漂う競馬場や競艇場付近とは雰囲気がまるで異なり、人工的でのっぺりとした街並みだ。

深夜の今は人気《ひとけ》がなく、コンビニのネオンがひっそりと灯《とも》っているだけだった。高いビルやマンションは少なく、広々とした夜空が見える。

将真の住処は町の雰囲気と同じく、新しさを感じさせるアパートだった。駐車場のアスファルトにひび割れはなく、白線がくっきりと描かれていた。

アパートの隣は市民農園で、トウモロコシやトマトの茎や葉が青々と茂っている。一軒家や集合住宅の窓の灯りはついているものの、外には人気がない。

日向らは車のヘッドライトを消し、市民農園の傍に停めた。二メートルにまで育ったトウモロコシの陰に隠れ、アパートに車を停めた将真の様子をうかがう。窓をわずかに開けると、鈴虫の鳴き声が聞こえた。

将真がレジ袋とカバンを抱えて車を降りた。ステーションワゴンのボンネットをポンポンと軽く叩いた。愛馬を労《いた》わる飼い主を思わせる。

「うん？」

彦坂がうなった。黒のワンボックスカーが、アパートにゆっくりと近づいていく。同じアパートの住民かと思いきや、駐車場には入らずに出入口の前で停車した。

日向は息を吞んだ。将真も足を止め、ワンボックスカーに目をやる。

ワンボックスカーの助手席とスライドドアが同時に開いた。四人の男たちが降り立つ。夏にもかかわらず、長袖のシャツに作業ズボンという姿だ。

男たちは明らかに異常だった。四人全員が頭をすっぽりとストッキングや目出し帽で覆っている。三人は金属バットを持ち、ひとりはナイフらしき刃物を握っている。

「な、なんだ……あんたら」

将真がレジ袋を地面に落とした。

男たちの動きは素早かった。三人が問答無用で将真を打ちのめす。警告も威嚇もなく、ためらわずに金属バットを振るう。暴力に慣れている連中のようだ。

金属バットで太腿や背中を殴られた将真は、両膝を地面について身体を丸めた。言葉にならないわめき声をあげる。

「急げ!」

彦坂にセダンを飛ばすように命じた。

無線のマイクを掴み、通信指令室に住所と状況を伝え、応援の要請をした。彦坂がセダンを走らせる。

刃物の男が将真のベルトを捕らえ、ナイフを彼の顎に突きつけて、ワンボックスカーに引きずりこもうとした。

刃物の男はひときわ体格がよく、身長は一八〇センチを超えている。長袖のシャツが筋肉ではち切れそうだ。連中の目的は将真の拉致のようだ。

セダンがアパートの横につくと、助手席のドアを開けて飛び出した。制服警官や機動捜査隊と違い、刑事はつねに拳銃を携行しているわけではない。

覆面の男たちも日向らに気づいた。刃物の男が、将真をワンボックスカーに押しこみながら日向を指さした。金属バットを持った三人が日向の前に立ちふさがる。

「警察だ。武器を捨てろ！」

警察という言葉が効いたのか、三人の間に動揺が走り、うろたえているのがわかる。

日向はひとりに向かって突進した。両脚にタックルを決める。柔道の双手刈《もろてが》りだ。

日向に脚を刈られた男が、アスファルトに後頭部を打ちつけ、短く悲鳴をあげた。さらに肘を鳩尾《みぞおち》に叩きこむと、身体をエビのように丸める。

ただし、相手にできるのはひとりのみだった。残りのふたりが金属バットを振り下ろしてきた。反射的に腕をあげると、脳まで痺《しび》れるような痛みが前腕に走った。骨に達するほどの激痛だ。もうひとりの金属バットが鎖骨に当たり、思わずうめき声が漏れる。涙で視界がぼやける。

「早く乗れ！」

ナイフの大男が三人に命じた。日本語だった。ワンボックスカーに乗せられたのか、将真の姿はもう見えない。

「主任！」

ガチンと固い音がした。

彦坂がマグライトで男たちに対抗していた。マグライトを警棒のごとく、力強く振り回していたが、多勢に無勢だ。二本の金属バットで彦坂は肩や腰を叩かれ、マグライトを取り落とした。地面に尻餅《しりもち》をつく。

日向らを痛めつけると、三人は撤退を始めた。双手刈りを喰らった男も、身体をふらつかせながらも立ち上がる。日向は男の足にしがみついた。

「……逃がすか」

男につま先で肩を蹴られた。

金属バットで殴打された箇所で、目の前に火花が散り、力が抜けていた。なおも地面を這《は》いずって、ワンボックスカーに近寄ろうとするが、襲撃者は日向を残して次々に撤退していく。

覆面の男たちがワンボックスカーに乗りこもうとした。

そのときだ。人が近づく気配がし、風を切る音がした。

ワンボックスカーのリアガラスが、けたたましい音とともに砕けた。粒状の破片が日向の顔にまで飛ぶ。

リアガラスには一メートルほどの立て札が突き刺さっていた。市民農園と書かれた立て札を、何者かが投げつけたのだ。日向が後ろを振り向くと、大柄な老人が目に入った。口ヒゲにメガネ——似顔絵の男とそっくりだ。変装をした父だった。

「あんたは……」

日向は目をこらした。

Tシャツにジャージを穿いた父の姿は、発砲事件の現場周辺で目撃された情報と一致していた。

父は立て札でリアガラスをぶち破ると、ズボンのポケットから小さなスプレー缶を取り出した。すばやくワンボックスカーへと駆け寄る。

彼は右脚をわずかに引きずっていた。その姿を見て、やはり父なのだと改めて認識した。後遺症が残っているようだが、その動きは速い。

父は砕けたリアガラスから車内へ向け、スプレー缶のトリガーを引いた。霧状の液体が噴射され、車内の男たちが一斉に悲鳴を上げた。

父が手にしていたのは催涙スプレーのようだ。覆面の男たちがのたうち回っているのか、ワンボックスカーが上下に揺れる。噴霧された液体が風に乗り、日向の頬にも付着した。肌がヒリヒリと痛みを訴える。

スライドドアから将真が飛び出した。車内の覆面の男たちに衣服を摑まれ、ワイシャツのボタンが弾け飛んだ。彼も催涙スプレーを浴び、顔を涙でぐしゃぐしゃに濡らしていた。連中の手を振り払って、車から脱出すると、駐車場のアスファルトに転がる。

「行け！」

ナイフの大男が怒鳴り、ワンボックスカーがスライドドアを開けっ放しにしたまま走りだす。

日向と彦坂が制止を命じたが、ワンボックスカーはけたたましくエンジン音を響かせ、その場からあっという間に立ち去った。父はテールランプをじっと見つめていた。

現場には四人の男たちが取り残された。肩と前腕の激痛をこらえ、将真に声をかけた。

パトカーのサイレンが耳に届く。

「渡井さん……大丈夫か」

みっともないほど弱々しい声が出た。

将真の耳に届いているとは言い難く、彼は顔を押さえたまま、激しく咳きこんでいる。

覆面の男たちは将真の身柄をさらおうとしていた。すんでのところで逃れられたとはいえ、かなり荒っぽい形となった。

じっと立っていた父が動いた。日向のもとに近寄り、傍らでしゃがみこんだ。右脚をかばうような仕草を見せながら、日向に呼びかけてきた。

「直幸」

名前を久々に呼ばれた。

「父さん……」

今や「直幸」と名前で呼ぶ人間は、一部の親戚ぐらいしかいない。一方の日向も「父さん」と口にする機会はなかった。父といえば、今はもっぱら渚紗の父親を指す。

父からはタバコ臭がしなかった。父はヘビースモーカーで、いちまつ事件が起きた二十二年前は、一日に三箱も吸っていたという。この十年で禁煙したのか、父の特徴のひとつであるヤニの臭いがまったくしない。

日向は目を見張った。変装で顔の印象を変えているが、体格にも大きな変化が見られた。六十過ぎの老人の体形ではない。上半身は逆三角形に絞られ、身体が引き締まっている。

よほど鍛えているらしく、重量のある立て札を投げつけ、すばやく移動して催涙スプレーを吹きかけたのだ。現役時代よりも、はるかに健康そうだ。

父の傍でビッグスクーターが停まった。運転手はヘルメットをかぶって顔を隠し、ネイビーのツナギを着ているが、体形から女性だとわかった。スラッとしたスタイルで明らかに父より若い。腰のくびれが官能的だ。

運転手の女がヘルメットを投げ、父は当たり前のように受け取った。女がタンデムシートを指さし、父に早く乗るように指示する。

「あんたは一体、なにを」

右腕を伸ばして父の脚に触れた。そこは奇しくも、日向がへし折った箇所だった。

父が笑みを浮かべ、催涙スプレーのトリガーを引いた。オレンジ色の液体をまともに浴びる。唐辛子の成分が肌を焼き、喉に無数の針が刺さったかのように痛んだ。目をまともに開けられない。

「待て――」

父には聞きたいことが山ほどあった。

あの連中はなんなんだ。あんたはなにをしてる。発砲事件はなぜ起きた。いちまつ事件と関係があるのか。その女は誰だ。

襟首を摑んで尋ねたかったが、言葉さえ出せなかった。右腕を振ったものの、空をさまようだけだ。

目を無理やり開けた。眼球にガラスの粉で擦られたような激痛が走る。大量の涙で視界がぼやけた。

ビッグスクーターの排気音がみるみる遠ざかっていく。なにも見えないが、父たちが姿を消したのはわかった。パトカーのサイレンだけしか聞こえなくなった。

13

日向は三角巾で吊った左腕を掻いた。

金属バットで前腕の骨にヒビが入り、全治二週間のケガをした。グラスファイバーのギプスのうえから包帯で腕を幾重にも巻かれているため、肌が蒸れて痒《かゆ》みを訴えていた。

鎖骨も殴打されたが、こちらは打撲で済んでいる。とはいえ、赤く腫れ上がり、冷感湿布を何枚も貼っているにもかかわらず、肩がストーブのように熱を放っていた。上半身は包帯だらけで、まるでミイラ男みたいな姿と化した。そのうえからワイシャツを羽織っている。

隣の彦坂も同じだ。肩や腰を殴られ、巨体を包帯でグルグル巻きにされていた。覆面の男からバットのグリップで頭を何度も小突かれ、消毒液をまぶしたガーゼを頭に貼っていた。

彦坂が露骨にため息をついた。

「やっぱり、ありませんか。心当たり」

「はい」

将真は視線をデスクに落とし、小さくうなずくだけだった。

彼の姿も無残だ。日向らのようなケガはせずに済んだとはいえ、催涙スプレーのおかげで目はまっ赤だ。着ているワイシャツのボタンは取れ、オレンジ色の液体が付着している。ワンボックスカーから脱出するさい、男たちともみ合いになり、腕や顎に擦過傷をこさえていた。

彦坂は疑わしげな目を向けた。

「なにかはあるでしょう。あの連中は通りがかりのひったくりや強盗なんかじゃない。明確にあなたを狙っていたんです。自宅に帰ってくるのをじっと待って、身柄をさらおうと周到に計画していたはずだ。おまけに、我々が警察官だと名乗っても、あの連中は怯みもしなかった。よほど暴力に長《た》けていて、警察官を叩きのめしてでも、あなたをさらう気でいた。とんでもないトラブルを抱えているんじゃないですか？」

「なにもありませんよ」

将真は不服そうに口を尖らせ、何度も瞬きを繰り返した。

彦坂よりも年上だというのに、童顔のおかげで、悪さをしでかした不良学生のように見える。

将真が日向らを見つめ返してきた。

「私は被害者だし、心当たりだってない。なのに、どうして犯罪者みたいに扱われなきゃいけないんですか。もう帰らせてください。刑事さんには助けてもらって感謝してます。だけど、こっちは明日も朝早くから出勤しなきゃいけないんです」

「あんなことがあったのに、明日も働くつもりですか」

彦坂が呆れたように口を開いた。

日向と彦坂は〝いい警官〟と〝悪い警官〟の役割分担をして、事情聴取に臨んでいた。彦坂は悪役に徹していたものの、救いを求めるように、日向に視線を送ってきた——想像以上の難物ですよ、どうします。

覆面の男たちによる襲撃は、青天の霹靂ともいうべき事態だった。一歩間違えれば、頭を金属バットで砕かれて重傷を負うか、下手をすれば命だって落としてもおかしくない場面だった。

府中署は緊急手配をして、覆面の男たちを捕らえるべく、包囲網を敷いた。しかし、未だに犯人逮捕の報は耳にしていない。父を乗せたビッグスクーターも同様だ。

駆けつけた府中署員が救急車を手配し、現場は一時やじ馬を含めて、大変な騒ぎとなった。日向たちは将真とともに病院で治療を受け、府中署に移動して事情聴取を行った。

寿命が縮まる思いをした。その一方で、真相に迫れるチャンスだと踏んだ。将真とは彼の職場で顔を合わせているが、そのときは固く口を閉ざされている。

この襲撃で貸しを作り、ワケアリの彼から事情を聞きだそうと試みた。だが、作戦はまるで通じなかった。

あれだけの暴力にさらされれば、たいていの人間は警察を頼りにする。死を恐れていないとイキる不良やヤクザが、敵対組織や仲間からリンチに遭い、あるいは監禁されて、あっさりと警察に泣きつくところを見てきている。カタギならばなおさらだ。それだけに、頑《かたく》なにシラを切る将真には驚かされた。

彼の嘘は相変わらずうまくない。なにも知らないと断言するが、日向らと視線を合わせず、知らないと言い張るたびに顎の筋肉が痙攣《けいれん》し、口元に手をやっていた。人は嘘をつくとき、無意識にサインを出してしまうものだ。

日向は軽く頭を下げた。

「申し訳ありません。すっかり遅くなってしまいました。ただ、御理解いただきたいのは、あの連中は大変危険だということです。野放しにしておけば、またあなたを襲ってくるでしょう。そうなれば、仕事どころじゃない」

「気をつけます。催涙スプレーでも買いますよ」

将真はワイシャツについたシミに触れ、自嘲的な笑みを浮かべた。

日向は首を横に振った。

「そういうことではないのです。あの覆面どもは暴力に長けていた。リーダーの指揮のもと、統率が取れていて、風のように現れてはあなたをさらおうとした。失敗したからには、当然あなたは警戒するでしょう。そうなれば、手口を変える」

将真の顔から笑みが消えた。

再び視線を下に向けた。彦坂が後を継いで、荒っぽい口調で告げる。

「あなたの職場にはたくさんの車が野外に停めてある。給油口カバーをこじ開けて、ガソリンタンクに砂を入れる。もしくは、あなたの周りの人を狙うかもしれない」

「……脅す気ですか」

「現実に起こりうると言っているんです。なぜ狙われるのかがわからない以上、家や職場が狙われる可能性を考慮しなければならない」

将真が目を泳がせた。

彼は覆面どもの正体に心当たりがありそうだった。覆面どもが危険な輩《やから》であるのも。

彼はそれでも口を開こうとはせず、顎に力をこめて押し黙ったままだった。

日向は写真を見せた。将真にはすでに一度見せてある。

「我々の救い主です。もう一度尋ねますが、この人物を知りませんか」

「あなたのお父さん、ということしか」

「本当に？」

「はい」

彦坂がこれ見よがしに頭を掻きむしった。

日向も困ったように眉をひそめてみせる。お前を助けるため、文字通り骨まで折ったというのに。この恩知らずめ。ふたりがかりで無言の圧力をかけても通用しない。

このままでは埒《らち》が明かない。参考人として尋問を続けても、この強情な男から情報を引き出せるかはわからなかった。絶対に口を割らないという強い意志を感じる。

取り調べ室のドアがノックされた。窪寺が部屋の外から顔を覗かせる。

「主任、ちょっといいかい？」

彦坂の肩を叩き、圧力をかけ続けるように無言で指示してから、部屋を出た。

窪寺とともに、隣の取り調べ室に入った。パイプ椅子に座った岳の姿があった。

「手を焼いてるようだな」

「真っ黒焦げです」

岳が苦笑した。

「踏んだり蹴ったりってところか。金属バットでボコボコにされたうえに、助けた相手からは袖にされて」

「おまけに父から催涙スプレーまで浴びせられて、その場からトンズラされました。父に手を貸す協力者までいるようです」

「それでも、今のお前はわりとついてる。宝くじでも買っておくべきだな」

「あの覆面どもは」

岳は首の後ろをぴしゃぴしゃ叩いた。

「府中署と近隣の所轄が血眼で追っているものの、行方をくらましやがった。うちの者《もん》がバットでやられたからには、すぐにでもひっ捕らえて、道場で木刀をたんと背負わせて懲らしめてやりたいところだったんだが」

窪寺がタブレット型端末を取り出した。

「犯行に使われたワンボックスカーだ。立川署員が約三十分前に、国立市谷保《やほ》の月極駐車場で見つけてる」

タブレット端末の画面を見せられた。

砂利が敷きつめられた未舗装の駐車場に、黒のワンボックスカーがあった。リアガラスには穴が空いていた。父が立て札を投げつけてできたものだ。ナンバーも将真が襲われたさいに目撃したものと同じだ。拉致に使用された車だ。駐車場の隣は小さな霊園で、路地が入り組んだ住宅街だった。

駐車場はロープで駐車スペースを示していたが、知ったことかと言わんばかりに、ワンボックスカーはロープの枠をまたぎ、二台分のスペースのうえで斜めに停められてあった。犯人たちは急いで乗り捨てたのだろう。

犯人たちからすれば、拉致の失敗は予想外の結果だったと思われる。拉致の成功率はひじょうに高かった。将真の帰りを静かに待ち、彼の身柄を迅速にさらう。それだけの機動力を備えていた。刑事ふたりに割って入られたものの、返り討ちにできるほどの武力と覚悟もあった。

ただし刑事だけでなく、立て札や催涙スプレーまで駆使する老人が現れて、計画は大きく狂ってしまった。結果、拉致に失敗して、その場から消えざるを得なくなった。

岳は「ついてる」と言った。皮肉でもなんでもない。対応に追われる所轄にとってはたまったものではないが、事件は多くの手がかりを残してくれる。

窪寺に尋ねた。

「覆面どもの車の所有者は？」

「ナンバーを照会したが、該当する車はなかった。つけられていたのは偽のナンバープレートだ」

窪寺が画面に触れ、画像を切り替えた。

ワンボックスカーの後部に取りつけられたナンバープレートが大きく映し出される。封印がない。

封印とは、ナンバープレートを固定するボルトにかぶせるアルミ製のキャップだった。しかるべき検査を受けて、ナンバープレートを取得したという証《あかし》でもある。これがないということは、ナンバープレートが不正につけ替えられている可能性があるのを示している。

覆面で顔を隠し、武器を用意するだけでなく、車にも細工をしていた。徹底した秘匿性は、将真を極秘裏にさらわなければならないという意志の表れでもある。

窪寺が続けた。

「グラブコンパートメントに車検証があった。それによれば、所有者は法人名義で『ウルシ興産』。五日前、府中署に盗難届が出されていた」

ウルシ興産は、府中市内に本社を構える中小企業だ。

日向らは聞き覚えがなかったが、府中署員によれば、それなりに名の知れた会社なのだという。

同社は府中市内で金融業を営みつつ、府中駅や立川駅などの周辺に複数の飲食店やコインパーキング、それにカラオケチェーンのフランチャイズを抱え、多角的に事業を展開させているという。拉致に使われたのは、この会社の社用車とわかった。

岳から尋ねられた。

「渡井将真とは仲よくなれそうか」

「いえ……想像以上の難物です」

「これ以上、引き留めておくわけにはいかんだろう。そこいらのチンピラヤクザだったら別件で引っ張って、たっぷりお泊まりしてもらうなり、道場で汗掻いてもらうなり、いくらでもやり方はあるんだけどな……」

窪寺が眉をひそめた。

「おいおい、おれたちのクビが飛ぶ」

岳はため息をついた。

「いかした旧車を持ってるんで、峠を攻めたとか、首都高をぶっちぎったとか、そんな武勇伝でもあるんじゃないかと洗ってみたんだが、なんと免許証はゴールドだそうな。前科《マエ》もない。整備士のあんちゃんにしろ、逃げた覆面どもにしろ、お前の父ちゃんにしろ、わけのわからん難物ばかりだ」

「これほどの事態になっても、口を固く閉ざすからには、将真はよほどワケアリのようです」

「押してダメなら引くしかねえ。常盤課長とも相談したよ。整備士のあんちゃんには、捜査員が二十四時間態勢で張りつく」

「お願いします」

岳がパイプ椅子から立ち上がった。日向の肩を優しく叩く。

「ぼやき屋のおれが言うのもなんだが、くよくよする必要はねえ。謎の連中に金属バットでボコにされて、被害者からは感謝どころか、貝のように口を閉ざされる。泣きっ面にハチみたいな気分だろうが、お前の目のつけどころは間違ってなかったって証拠だ」

日向は頭を深々と下げた。

岳はぼやいてばかりいるために、上層部からはネガティブ思考の軟弱者と見なされがちだ。しかし、日向にとっては部下をしっかり守る頼もしい硬骨漢だ。

将真襲撃事件は、府中署に張りついていたメディア関係者を興奮させた。日向は病院に搬送されて事件現場を離れたが、その後は府中署員とやじ馬も含め、記者たちが事件現場にあふれ、近隣住民から苦情が殺到している。

記者たちは、被害者の将真を刑事がマークしていた事実を摑み、発砲事件との関連性を府中署や捜査本部の関係者に訊きまくっているという。

刑事が張りついていたにもかかわらず、犯人を取り逃がすという結果に終わり、マスコミ対応に追われた副署長は、記者から突き上げを喰らった。岳はその副署長から、なぜ部下を武装させていなかったのかと問いつめられている。

捜査本部に組み込まれた府中署員にしても、武器を持ち歩く人間などおらず、副署長の詰問はいちゃもんに近かった。金属バットやナイフで武装した男たちが現れるのを想定して、聞き込みや尾行をしているわけではないのだ。

岳は副署長に対し、日向の対応は間違っていなかったと反論した。すみやかに応援を要請し、被害者の救出に一役買ったと。むしろ、逃走中の犯人をみすみす見失った所轄に問題があると、府中署の対応を批判。副署長と激しく睨みあう形となった。

弁の立つ岳が副署長をこっぴどく言い負かすところが目に浮かぶようだった。

しかし、外から見れば警視庁の内輪揉めであり、責任のなすりつけ合いにしか映らないだろう。油断していたつもりはないものの、危機意識が足りないと言われれば反論できなかった。

真夏の聞き込みは、屈強な刑事たちの体力をも吸い取る。軽装で捜査にあたるのが当然と考えていた。だが、発砲事件という事案を考えれば、いつ拳銃を持った犯人と遭遇するかもわからないのだ。

また、父が発砲事件に関与しているかもしれないと知ってからも、自分は捜査に対する姿勢を変えたりはしなかった。そんな息子の生ぬるさを嘲笑うかのように、父は催涙スプレーを浴びせてきた。

魔物と言われたいちまつ事件に、まだそんな態度のままで臨んでいるのかと。

「渡井将真をリリースして、私もこれから谷保の駐車場に向かいます。聞き込みでも防犯カメラの映像データの収集でも、なんでもやります」

日向が決意を述べると、岳は顔を曇らせた。

「そりゃダメだ。こんな真夜中に行ったところでしょうがねえ。犯人にボコられた刑事だと、記者に追っかけまわされるのがオチだ」

「しかし……」

岳が拳を振りおろした。

そして三角巾で吊った日向の左腕を小突いた。骨にヒビが入ったところだ。鈍い痛みが全身に広がり、意思に反してうめき声が漏れる。

岳の目は鋭かった。

「犯人《ホシ》や親父さんにリベンジしたいって意気込みは買うが、そんな身体でうろつけば返り討ちに遭うのがオチだ。拙速に動いて結果を出せるほど、この事件《ヤマ》は甘くねえぞ。今夜は休んで明日に備えろ」

「わかりました」

日向は引き下がった。岳の言うとおりだ。

長くハードな一日だった。発砲事件に父が関与しているかもしれないと知った昨夜から、心はずっと騒ぎっぱなしだった。父の線から渡井親子を知り、将真に目をつけたと思えば、覆面の男たちによる拉致未遂事件が起き、父も姿を現した。謎の協力者である女まで引き連れて。

真相を知りたい。まだまだ追いたい。気持ちははやるばかりで、脳も肉体も動きたがっている。

だが、それは錯覚でしかない。衝撃的な事実を次々に突きつけられ、躁《そう》状態に陥っているだけに過ぎない。昼間には冷静さを失い、岳に声を荒らげてもいる。

前腕の包帯に触れた。汗でぐっしょりと濡れている。腕や肩がストーブのように熱い。動きたがっているどころか、限界だと悲鳴をあげている。

岳が人差し指を立てた。

「休むといっても、ここのむさくるしい道場じゃねえぞ。家で休むんだ」

「それは……いえ、了解しました」

反論しかけたが、口を閉ざして再びうなずいた。岳がニヤリと笑う。

「お前の素直なところが好きだよ。アクセルベタ踏みの親父さんと違って、お前には賢いブレーキ機能がある。嫁さんに顔見せて安心させるんだ。お前がケガしたことだって、きっと知ってるぞ」

「それはどうでしょう。妻とはまだ連絡を取り合っていませんし……」

拉致未遂事件はすでに報道されている。しかし、被害者の将真の名前は伏せられていた。日向たちも同様だ。氏名は公表されていない。

「バカ。女ってのは旦那が知らないだけで、公安《ハム》もびっくりの情報網を持ってるもんなんだよ。ましてや、嫁さんはデキる警察官《サツカン》だったんだろう」

岳が鼻を鳴らした。彼には離婚歴があり、今は独身生活を送りながら、別れた妻子に養育費を送っている。

窪寺も苦笑しながら言った。

「どっちにしろ、心配してるはずだ。たまに帰っても粗大ゴミ扱いされるおれですら、女房がニュースを知って、泡食って電話かけてきたくらいだ。しかも、今は妊娠中の大事なときだろう」

「わかりました」

上司と先輩の両方から言われれば従うしかなかった。ふたりの言葉がちくりと胸に刺さる。

岳はブレーキ機能があると評してくれた。だが、果たしてどうだろうか。もうすぐ子供も産まれる。

自分だけの身体ではないと、頭では理解していた。だが、ケガをしてからも、ずっと頭にあったのは事件ばかりで、岳に言われるまで、渚紗のことを忘れていた。

14

家のなかは真っ暗だった。廊下の灯りをつける。

玄関のドアを閉めて施錠をした。ふだんはサムターン錠で鍵をかけるのみだ。今夜はドアガードまでかける。

リビングに入ると、ダイニングテーブルの椅子に腰かけた。重力が変化したかのように、急にずしっと身体が重たくなる。

時計の針は二時半を過ぎていた。将真と同じで、日向もまた朝早く出勤しなければならない。せっかく上司たちに帰宅するよう勧められたのだ。早く風呂に入って、自分のベッドで身体を休めたかった。

「おかえりなさい」

寝室のドアが開き、渚紗がパジャマ姿で現れた。彼女は日向を見て息を呑んだ。

「直さんだったんだ……ケガしたのって」

「起きてたのか」

彼女の眠りは深い。真夜中に帰宅すれば、リビングでテレビをつけようが、夜食を作ろうが、ぐっすり寝ていることのほうが多かった。きっと、眠れずにいたのだ。

「ニュース見たから。このあたりもパトカー《PC》がしょっちゅう走り回ってたし……それより大丈夫なの？」

両腕を上げてガッツポーズをしてみせた。将真の事情聴取のときこそ、三角巾で腕を吊ったりしていたが、今はつけてはいない。

「大したことじゃない。それを知らせたくて帰ってきたんだ。電話じゃ伝わらないだろうと思って」

渚紗が近づき、身体に巻かれた包帯にそっと触れた。

「痛む？」

「少しだけ。それより汗臭くないか？」

「臭《にお》うね。長いこと外を回ってきたんだってわかるぐらい」

ひやりとした。一転して日向が事情聴取を受ける立場になったような気がする。

彼女に心配をかけたくなかった。金属バットで頭をかち割られそうになったとは言えない。

とはいえ、岳の言うとおり、彼女はもうすべて把握していそうな気がした。包帯姿の日向を見て驚いた様子を見せたものの、かつての職場仲間からすでに聞かされていたとしてもおかしくない。眠れなかったのは、そのせいではないか。

態度が明々白々だった将真とは違って、渚紗の心のうちは読みにくかった。彼女の視線は、左腕に添えられたグラスファイバー製のギプスに向けられている。

渚紗が冷蔵庫を指さした。

「夜食、作る?」

「腹は減ってないよ。汗を流してすぐに眠る。君も寝てて」

「わかった。そうする」

渚紗が笑いかけた。

「心配かけてごめん」

「安心した。これで眠れそう」

渚紗が寝室に戻るのを見届けてから浴室へと向かった。

洗面所でワイシャツとスラックスを脱ぐと、砂がパラパラとこぼれ落ちる。

汗が冷たかった。あの金属バットが頭に振り下ろされていたら……。死の恐怖よりも、この世に残された人々の悲しむ姿が頭をよぎる。渚紗やお腹の子供、岳や班員たちの顔が浮かぶ。

帰宅を命じられた理由をようやく理解した。捜査一課に属し、多くの死を目撃しているにもかかわらず、自分や部下の死について深く考えていなかった。やはり、冷静さを欠いていた。

岳から厳しく言われなければ、渚紗にはケガのことを知らせず、今も事件現場をうろつき、覆面の男たちや父の行方にこだわり続けていたかもしれない。

肩と腕の包帯をなるべく濡らさぬように注意しつつ、冷えたシャワーで頭と肉体を冷やした。

髪を洗っていると、先日事件を起こした河田夫妻の顔が勝手に浮かんだ。幼い息子が邪魔になって、虐待の末に死に到らしめた人でなしだ。

――おれの目を盗んで、勝手にエサやりやがって。

秋雨が降る寒い夜に、自分を外へと追い出した父の声が、頭のなかで響き渡った。河田夫妻に代わり、父の顔が割って入った。催涙スプレーを噴霧しながら、頭のなかの父はニヤニヤ笑っている。お前もおれと同じだと言いたげだった。

身体を洗い終えると、脱衣所でデオドラントスプレーを吹きつけた。Tシャツと短パンに着替える。冷蔵庫のドアを開け、ビール缶を手にしたが、缶を元の棚に戻す。睡眠時間にあてられるのは四時間程度しかない。酒が抜けきらないまま、職場に顔を出すわけにはいかなかった。医者に処方してもらった鎮痛剤を、水道水で呑みくだす。

寝室に移動して、ベッドに身体を横たえた。渚紗が隣で仰向けに寝ていた。彼女は目をつむっているものの、まだ眠りに落ちている様子はない。

静かに声をかけた。

「眠れないのか」

「まだね。少し昼寝したからかも」

「スワローズは今日勝った?」

渚紗が軽く噴きだした。

「どうしたの?」

「いや、なんとなく」

「勝ち負けなし。今日は移動日だもん」

他愛もない雑談から入った。野球にさほど興味があるわけではなかったが。渚紗から不思議そうに見つめられ、にわかに緊張を覚えた。

唾を呑んでから告白した。

「行動確認《コウカク》中に、監視対象者《マルタイ》が何者かに拉致されそうになったんだ。目出し帽をかぶって、金属バットとナイフで武装した男たちに」

彼女が目を丸くした。日向はそのまま続けた。

「監視対象者《マルタイ》を救うために、男たちを取り押さえようとしたが、金属バットで返り討ちに遭った。もみ合い程度なんかじゃない。危うく部下まで大ケガをさせるところだった」

彼女が眉をひそめた。

「捜査情報を漏らしていいの？　刑事さん」

「本当のことを知ってもらいたかった。もみ合いなんてものじゃなかった。すまない」

渚紗が両腕を伸ばし、日向の頭を抱きかかえた。甘く柔らかい香りに包まれた。

「ようやく眠りにつけそう」

「……知っていたか？」

彼女は思わせぶりに微笑んだ。

日向は苦笑した。女は公安顔負けの情報網を持っているという岳のアドバイスは案外正しいのかもしれない。

「父に会った」

「えっ」

彼女がはね起きた。父の存在までは知らなかったらしい。張りつめた顔になる。

「どういうこと？」

父の行動こそ部外秘の情報だった。

とはいえ、渚紗には耳に入れておいてほしかった。父なにをしでかすかわからない。

父はおそらく日向を恨んでいる。暴君だった父にしてみれば、服従して当然の飼い犬に嚙みつかれたような気持ちかもしれない。復讐の機会をうかがっていたとしてもおかしくなかった。じっさい、約十年ぶりに対面した息子の顔に、催涙スプレーを浴びせかけてきたのだ。

父が未だにいちまつ事件を追っているとすれば、特捜本部にいる息子から情報を引き出すため、今後も狙ってくることは充分に考えられた。

今や父はおたずね者に等しい存在だ。日向だけでなく、身重の妻をも狙うかもしれなかった。今回の事案では、もう〝まさか〟は通じないのだ。

日向は発砲事件の目撃者証言から、父の存在が浮上したところから話し始めた。

15

壇上の岳が捜査員に呼びかけた。

「昨夜の犯行はきわめて大胆不敵だ。その一方で盗難車を用意し、偽装のナンバープレートをつけ、全員が覆面で顔を隠すなど、用意周到でもあった。こちらの網にかからなかったのも、事前に逃走ルートを練っていたものと思われる」

朝の捜査会議は府中署の講堂で行われた。特捜本部の部屋では、もはや捜査員が入りきらないからだ。

本庁から岳や日向が派遣されただけでなく、昨夜の拉致未遂事件で捜査員の数はさらに増えた。府中署だけでなく、立川署や調布署といった近隣の警察署からの応援が加わり、一気に大所帯となった。

昨夜の事件を受け、今朝は捜査一課長の喜多嶋も姿を見せた。顔ぶれだけを見れば、刑事部長や府中署長が加わった昨日のほうが豪華といえた。しかし、お通夜のようだった昨日と異なり、今日は熱気が充満していた。

岳が語気を強めた。

「昨夜の襲撃犯と日向繁は、約二週間前の発砲事件と関連があるものと思われる。どちらも捜査員に対し、ためらいなく金属バットや催涙スプレーで攻撃を仕かけてきた。捜査員は防弾防刃ベストを着用するなど、各自警戒を怠らずに捜査を進めてほしい」

父が容疑者として語られるのが不思議に思えてならなかった。しかも、容疑は息子に対する公務執行妨害なのだ。

府中署に来てから、夢のなかをさまよっているような気がする。二十二年も前の事件を捜査しにきたというのに、二十世紀をとっくに過ぎた今になってなにかが進行している。

しかし、左腕の痛みは夢などではない。現実だった。催涙スプレーを浴びた顔の皮膚が未だにひりひりし、前腕の骨にはヒビが入っている。

特捜本部は各班に指示を出した。日向繁と彼を乗せた女の確保。頑なに口を閉ざす渡井将真の身辺調査と行動確認。それに彼を拉致しようとした襲撃犯の洗い出しなどだ。まず、発砲事件以後に起きた拉致未遂事件を明らかにすることが、〝いちまつ〟の真相に近づけるとして、最優先で取り組むように発破をかけた。

捜査員の人数が増えた分、解決すべき事案の数も一挙に増大していた。父を自身の手で捕まえたい。それが日向の本音ではあったが、息子の自分が追うわけにはいかない。

朝の捜査会議を終えてから、日向はトイレで顔を洗った。

仕事柄、徹夜には慣れっこのつもりだった。家で睡眠を取ったにもかかわらず、頭がいまいちすっきりしない。トイレはすでにたくさんの男たちが利用しているため、清掃が追いついていない。アンモニアの臭いがきつく漂っている。今日もハードな一日になりそうだった。

襲撃犯をどう追うべきか。拉致未遂事件から一晩が経ち、襲撃犯の抜け目のなさがより明らかになった。将真の拉致には失敗しているものの、尻尾を掴ませないために悪知恵を働かせている。

鑑識班が、国立市谷保に捨てられたワンボックスカーを調べている。車内には襲撃用の金属バットといった遺留品が残されていたが、犯人にたどりつけるかといえば、現段階では答えようがないという。連中は手袋をしていたため、車からはわずかな指紋しか採取できなかった。

ハンカチで顔を拭いながらトイレを出ると、廊下に立っている常盤と出くわした。昨夜は襲撃犯を徹夜で追いかけていたらしく、目をまっ赤に充血させていた。

常盤が口角を上げた。

「寝不足のようだな。ひどいツラをしている」

「苦労をおかけします」

日向は頭を下げた。

「苦労しっ放しさ。あんたが来てからというもの、こっちはてんやわんやだ」

府中署に来てから、常盤とはうまくいっていない。所轄と良好な関係を築くのも、捜査一課の人間の腕の見せどころだが、今のところいい関係を構築できたとは言い難い。

「すみません」

「まったく、あんたの親父はなに考えてんだ」

「私にも」

常盤が廊下を見回して距離を縮めてきた。

彼の身体からはきつい汗の臭いがした。不良番長に体育館の裏へと呼び出された学生みたいな気分になる。

「えらいことになったよな」

「ええ」

相槌を打ってやりすごした。常盤がふいに声をひそめる。

「じつを言えばよ。〝いちまつ〟なんて迷宮《おみや》入りの事案、警視庁《カイシャ》のメンツのため、とりあえず恰好がつく程度の捜査をしてりゃ、それでいいと思っていた。ここの歴代の課長はみんなそうさ。おれの代になって、その慣例がぶち破られちまった」

「寝た子を起こしてしまった、ということですか」

「そんなところだ。ずっと手に負えなかった魔物に、親父さんが一太刀浴びせたってところか。傷を負わせたかどうかはわからねえ。余計に魔物を怒らせただけかもな」

常盤はふいに真顔になった。

「例の線条痕の件もある。科警研がよく似てるってんで、気張って捜査してもハズレくじばかりだった。二十年以上も前の事件《ヤマ》ともなれば、もう犯人《ホシ》だって生きてるかどうかもわからねえ。ただ、このままじっと静観するのはまずいってことだけは痛感したよ」

常盤がなにを言いたいのか、わかったような気がした。

彼は照れたように頬を赤らめている。見た目が暴力団員みたいにいかつく、第一印象も悪かったため、陰湿にねちねちと絡んでくるものと身構えていた。

日向は彼の目を見た。寝不足で落ち窪み、目の下には隈ができていた。ただ、目には強い輝きが見て取れた。

「私もそう思います」

「大山鳴動してネズミ一匹ってなオチになりそうな気がするし、そうなったときにケツをどうやって拭うのかを考えてるよ。それでも力《リキ》入れてやる価値はある」

「ありがとうございます」

「礼を言うようなことじゃねえ。まずは、うちの縄張り《シマ》で暴れた連中をどうにかしよう」

「そうですね」

「とりあえず、おれも顔を洗わせてくれ。それとコーヒーも飲んでおきたい。おもしろい話がある」

常盤がトイレへ消えた。洗面台の水が勢いよく流れる音がした。

常盤とともに特捜本部に戻った。多くの捜査員はすでに外回りに出ている。

彼は甘そうな缶コーヒーを一気飲みした。禁煙に成功したかわりに、重度のカフェイン依存症に陥ったのだという。

彼は日向らを前にして言った。

「さっきの捜査会議でも触れられていたが、襲撃犯は谷保にワンボックスカーを捨てて、別の車に乗り換えて逃げてる。目撃者《マルモク》も見つからず、今は車種すら特定できてない。周囲の防犯カメラの画像データを必死に集めている段階だ」

日向は訊いた。

「ワンボックスカーはウルシ興産なる会社から盗まれたものだとか」

「まったく、ドキッとしたよ」

「というと?」

「ウルシ興産の社長は、漆戸泰治《うるしどたいじ》って爺さんだ。地元じゃちょいと知られた名士でな。商工会の長老で、娘婿は市議会議員をやってる」

「〝いちまつ〟となんらかの関係が?」

「ああ」

常盤がうなずいた。

部下たちが顔を見合わせた。彦坂がノートパソコンを開き、キーを叩いては、容疑者リストを検索する。

窪寺が遠い目をしながら口を開いた。彼は十年前、特捜本部にいた時期がある。

「ウルシ興産の漆戸……事件発生当初は、なかなかクサい野郎だと注目されていたらしいですな」

「本当ですか」

思わず声が大きくなった。

「まあ、落ち着けよ」

常盤が二本目の缶コーヒーのプルタブを空けた。ひと口飲んでから教えてくれた。

「ウルシ興産は酒類販売から商売を始めた。『漆戸酒店』という、どこの町にでもあるような家族経営のちっぽけな酒屋だ。父親の漆戸三郎《さぶろう》がわりとなんにでも手を出す商売人で、インベーダーゲームだかカラオケ機器の販売だかで大儲けした。それを元手に金貸しもするようになってな。会社を継いだ泰治も父親を見習い、酒屋だけでなくゲームセンターにテレクラ、レンタルビデオ店と、儲かりそうな商売になんでも手をだした」

「容疑者として睨まれたということは、〝いちまつ〟が起きたころ、商売が左前だったのですね」

「平成大不況に規制緩和ってやつだ。あのころは景気のいいやつを見つけるほうが難しかった。おれはそのころ新米だったが、リストラされて行き場のないサラリーマンが、パチンコで有り金摩《す》って、店の便所で首くくってるのを何度か見たよ。漆戸も台所が苦しかったようだ。大手スーパーが酒を安売りするようになって、本業の酒屋が徐々に立ちゆかなくなった。レンタルビデオ店も同じだ。大手に進出されて、たちまち業績が悪化した」

彦坂が顎をなでた。

「そういえば、昔は小さなレンタルビデオ店が、あちこちありましたね。ゲームセンターってのも懐かしいな。よく不良のいない隙に、『バーチャファイター』とかやってましたよ」

彦坂がディスプレイを見つめながら続けて言う。

「……当時の捜査資料によれば、稼ぎ頭である金融業の利益で、それらの店の赤字を補てんしていたらしく、経営陣に加わっていた親族とトラブルも起こしていたようですね。いちまつ事件が起きた年には、父親の漆戸三郎が経営の悪化を理由に会長職を辞して、会社から去っています」

介護士の岩尾との話を思い出した。

将真の父親である渡井義之と岩尾も史上空前の好景気と、その後の不況に人生を翻弄された男たちだった。

渡井義之も父親から不動産屋を受け継いだ。一時期は土地転がしがうまく行き、豪邸を購入するなど派手に金を使ったが、バブルが弾けて倒産に追いこまれた。

いちまつ事件と向き合うのは、平成史と対峙するのと同じだ。今ではゲームセンターもレンタルビデオ店も数を減らしており、酒はスーパーやコンビニなどどこでも気軽に買えるようになった。テレクラという業態も死滅しつつある。

日向は常盤に尋ねた。

「容疑者リストに名前が載ったのは、会社の経営悪化のせいだけではないのでしょう?」

「むろん、それだけじゃない。漆戸は当時、愛人に店を持たせていたのさ。『エルニド』って名のスナックだ」

「なんですって」

日向は思わず声をあげた。部下たちも顔を強張らせる。

そのスナックの名は日向を含めた全員が、捜査資料を読み込んで頭に叩きこんでいた。いちまつ事件の被害者である女子高生の北尾理佐は、高校に籍こそ置いていたものの、当時は不登校の状態にあり、いちまつ以外でも年齢をごまかして、府中市内のスナックで働いていたことが判明している。そのスナックこそがまさに『エルニド』だった。

「襲撃犯が使ったワンボックスカーがウルシ興産の社用車だったと知って、捜査会議の間もずっとモヤモヤしていた。ただの偶然かもしれないが……」

常盤がため息をついた。

いちまつ事件の被害者が働いていた酒場。そのスポンサーの名が二十二年も経ったとはいえ、いちまつ事件絡みで浮上したのだ。

日向は首を横に振ってみせた。

「偶然かもしれませんが、調べてみる価値は大いにある」

16

日向は警察車両のセダンを降りた。

セダンは府中駅南口のコインパーキングに停めた。運転して案内してくれたのは、府中署の若手警官である今田だった。

彼は河川敷での発砲事件で、組対五課の捜査員とタッグを組み、日向の自宅まで聞き込みに来ている。ふだんは駅前の交番に勤めており、今は特捜本部の応援として駆り出されていた。

「こちらです」

今田はきびきびとした動作で道案内をしてくれた。

彼は刑事志望者だ。この捜査をきっかけに、刑事たちに名前を憶えてもらおうと奮闘している。目的地をウルシ興産と告げると、ベテランのタクシードライバーのように、迷うことなく案内してくれた。花形といわれる捜査一課の主任とタッグを組み、だいぶ肩肘を張っているのが見てとれた。

ウルシ興産の事務所は、府中駅南口の西側の飲食街にあった。古い雑居ビルの最上階の七階にあり、その下にはウルシ興産系の貸金業者である『ラッカーファイナンス』が、一階は大手のカラオケチェーン店が入っている。出入口のスピーカーから最新のヒットチャートの曲を流していた。

渚紗と一緒に駅前のデパートやシネコンには何度か行ったが、居酒屋やラーメン店などが並ぶこの飲食街を訪れるのは初めてだった。真夏とあって、生ゴミが腐敗したような甘酸っぱい臭いが漂っている。昼間なのでどの店も大半は準備中だ。

ウルシ興産と北尾理佐の接点が発覚してから三日が経った。それを知り、漆戸に面会を申しこんだが、彼は台湾に出張中とのことだった。

この三日間は、決して実りがあったとは言い難かった。襲撃者たちの足跡を追い、ワンボックスカーが乗り捨てられた谷保を中心に、国立市や府中市の店舗やマンションを片っ端から訪問した。目撃者捜しと防犯カメラの映像データ収集に明け暮れた。

目撃者の数は少なかったが、防犯カメラが日本中で睨みを利かせている時代で、捜査手法も変わりつつあるが、捜査というものは今も昔も地味なものだ。靴底をすり減らして一軒ずつ回り、膨大な映像データを集め、映像分析のプロである捜査支援分析センター《SSBC》に送っている。

襲撃者はワンボックスカーを捨て、別の逃走車に乗り換えている。だが、その車種の特定にすら未だ到っていない。車が乗り捨てられた地点には防犯カメラが設置されていなかった。犯人たちが警察の追跡をかわす目的で、逃走車を前もってその場所に放置するのを決めていたものと思われた。

ワンボックスカーから採取された指紋は、本来の持ち主であるウルシ興産の社員のも

双葉文庫
創刊40周年
クレヨンしんちゃん×たばぶー
双葉文庫公式キャラクター
イラスト:臼井儀人&UYスタジオ／くにのいあいこ
©臼井儀人／双葉社

のと判明した。連中の狡猾な計画性が改めて浮かび上がった。

計画性においては父も同じだった。彼がいなければ将真の身柄は間違いなく襲撃犯の手に落ちていただろう。あの場にいたのは偶然とは考えられず、捜査員は二十四時間態勢で将真を監視下に置き、父の姿を捜し求めた。

警視庁は埼玉県警にも手配書を配った。父の自宅があった所沢市近辺でも聞き込みが行われている。

父が勤務していた東村山署や田無署、それに退職後に勤めた所沢市の病院に改めて捜査員を送り、当時の同僚たちから話を聞くなどして、父のアジトを割り出そうと懸命に動いている。くまなく洗っているが、襲撃犯と同じく発見できていない。

父の逃走を手助けした女も同じだった。ビッグスクーターのナンバープレートは折り曲げられており、Nシステムは読み取れず、所有者の割り出しに到っていない。捜査員が防犯カメラの映像を集めて精査しているところだ。

日向は腕を掻いた。皮がポロポロと剝がれる。真夏の太陽が照りつけるなかで歩き続けたため、日向を含めて班員はまっ黒に焼けていた。うっかり日焼け止めを忘れた者は、肌がまっ赤になり、紫外線によって軽い火傷を負った。

今日も日差しは容赦ない。摂氏三十五度を超えると天気予報は伝えていた。

雑居ビルの入口には、『漆戸ビル』と金文字のプレートが掲げられていた。ウルシ興産の自社ビルだ。日向らが車を停めたコインパーキングも同社が管理していた。

エレベーターで最上階に向かって事務所に入った。リフォームがなされているのか、なかは思ったよりも新しい。二十人ほどの社員が忙しそうに働いている。

壁には、経営している牛丼店やラーメン店の新メニューを謳《うた》ったポスターなどが貼られていた。もっぱら大手チェーンのフランチャイズで、日向がよく利用する店もあった。

三日前、常盤からウルシ興産の歴史をざっとレクチャーしてもらった。個人経営の酒屋から始まり、新しい時代の波に乗っては事業を拡大してきた。いちまつ事件が起きたときは、レンタルビデオ店やテレクラなどを営業していた。

そのビジネススタイルは今も変わっていないようで、ポスターのなかには、台湾のスイーツを扱うカフェや北欧の食器などを扱う雑貨店のものもあった。正社員の数は少なく、会社を支えているのは、そうした店舗で働くパート職員だという。

玄関近くにいた女性社員に声をかけた。事前にアポイントを取っていたこともあり、スムーズに社長室へと案内された。

社長室はかなり大きかった。部屋の奥には巨大なデスクが置かれ、社長の漆戸が肘かけのついた革椅子に座っていた。老眼鏡をかけて書類を睨んでいたが、日向らの姿を認めると、すばやく立ち上がった。

「やあ、どうもどうも。このたびはなにかとお世話になっております」

漆戸は一転して営業スマイルを浮かべ、舞台役者のような張りのある声で挨拶をしてきた。

彼はもうじき古希を迎えるはずだが、豊かな頭髪をまっ黒に染めており、精力的な印象を与えている。身体も大きく、肩幅はがっしりとしていた。昨日の夜遅くに台湾から戻ったというが、肌艶は妙によく、疲れを感じさせなかった。

「警視庁の日向です」

日向らは名刺交換を済ませると、応接セットのソファを勧められた。

オーナー経営者というものは、概してアクが強いものだ。漆戸も例外ではなく、まだろくに言葉を交わしていないというのに、彼の自己主張の強さを感じ取った。

社長室のキャビネットのうえは、数えきれないほどのトロフィーで埋め尽くされ、壁には額に入った賞状が飾られている。

彼が着ているスーツの襟には、鎖つきのバッジが銀色の輝きを放っていた。手首にはいくつもの数珠とともに、スイス製の有名ブランドの腕時計が存在感を発揮している。隣の今田などは早くも圧倒されたようで、就職試験に訪れた学生みたいに身体を硬直させていた。

「捜査一課の刑事さん」

漆戸は名刺に目を落とした。

彼の営業スマイルが曇った。日向の腕に巻かれた包帯を訝しむように見やる。

「うちの車が犯罪に使われたとは聞いてました。捜査一課というのは、殺人だの放火だのを扱うところでしょう」

「よくご存じですね」

女性社員が茶を運んできてくれた。

日向は気を遣って会話を止めたが、漆戸は気にする様子もなく続けた。

「なにしろ台湾から戻ったばかりで、まだ詳しく聞いていませんでした。物騒な強盗事件にでも使われましたか」

日向は茶をひと口すすった。女性社員が部屋を出てから、日向は口を開いた。

「強盗ではないのですが、それに近いことがありました。ある人物の身柄をさらうために、御社の社用車が使われたのです。幸いにも未遂に終わっていますが」

「身柄……人さらいですか」

漆戸が目を見開いた。日向は間を置かずに尋ねた。

「渡井将真さんをご存じですか？」

「どなたですって？」

漆戸は眉をひそめて耳を近づけた。

渡井と耳にして、彼がどう反応するかを見たかった。それとなく注意を払い、彼の仕草をチェックした。とぼけているのか、本当に知らないのかは判断できない。

「では、渡井義之さんのほうは？」

漆戸は顎に手をやって考える仕草を見せた。

「待てよ……渡井将真さんというのは、ひょっとして義之さんの息子さんですか」

「そうです」

「なんてことだ。義之さんのほうは知っています。仕事をお願いしていた時期があったくらいですから。二十年以上も前のことですがね」

「取り立て屋ですか」

漆戸はうなずいた。

バブル崩壊で不動産屋の経営に失敗した渡井は、その後に職を転々とした。借金取りから健康食品のセールス、キャバクラの雇われ店長などだ。借金取りをしていたのは、いちまつ事件が起きる前の約二年間だ。

「いわゆる街金のうちは、フリーの取り立て屋だった渡井さんに何件か依頼した過去があります。きっちり仕事をやり遂げる優秀な人でした。商工ローン問題で騒がれる前の話ですから、荒っぽいこともだいぶやったかもしれませんね。あの人自身も多額の借金を背負っていただけに、ヤクザよりもピリピリとした雰囲気があった」

「渡井さんとはその後、お会いしたことは」

漆戸は首を横に振った。

「ありませんね。仕事ができるので、うちの正社員になってもらおうかという話が出たくらいですが、渡井さんに断られてしまいました。取り立て屋自体に向いていないとね。それっきり今に到るまで会っていませんね。元気にしてますか」

「三年前に死亡しました」

「そうですか……まだ若いのに」

漆戸は腕組みをし、感慨深げに中空を睨みながら言った。

「あれから二十年以上の年月が流れたかと思えば、うちは何者かに車を盗まれ、渡井さんの息子が狙われた。どういうことでしょうな。接点といえば、父親に取り立てを任せた過去ぐらいしか思いつかない」

「接点はそれだけじゃないのです。現在、私は府中署の特別捜査本部に詰めておりまして。二十二年前のいちまつ事件について調べています」

漆戸の表情に影が差した。

「いちまつの事件を。そうですか……」

「覚えてらっしゃいましたか」

「この土地で生きる者にとっては、忘れたくとも忘れられません。痛ましい事件だった。そういえば少し前に発砲事件があって、それがあの〝いちまつ〟で使用された拳銃と同じだったとか」

「同じだと断定できたわけではありませんが――」

「その拉致事件に使われた車がうちのもので、私はいちまつ事件と少なからず関係がある。それでここにやって来たわけですか」

「その通りです」

日向が率直にうなずくと、漆戸がうなだれた。テーブルに目を落とす。

「じつを言えば、拳銃がいちまつ事件と関係していると知ったときから、警察の方が近々来るのではないかと思っていました」

「いちまつ事件の被害者の北尾理佐さんは、あなたが親しくしていた女性の店で、週に三日ほど働いていたらしいですね」

「そうです」

漆戸は素直に認めた。

三日前、常盤から北尾理佐についても聞かされた。

漆戸は渡井義之と同じく、いちまつ事件の容疑者リストに載っていた男だ。当時は商売がうまくいっていなかったことに加え、被害者と接点もあったためだ。

当時の漆戸には、愛人がいた。その愛人が切り盛りしていたのが、理佐も働いていたスナック『エルニド』だった。

母子家庭の理佐は、学校の成績こそ芳《かんば》しくなく、補導歴もあった。一方でいちまつでアルバイトをしつつ、学校には内緒で『エルニド』でも働いていた。美容師になるため、専門学校の学費を貯めようと、掛け持ちの労働に励んでいたのだ。

いちまつ事件に使われた拳銃は、フィリピン製のスカイヤーズビンガムだ。渡井義之はフィリピンとのルートもあり、さらに理佐とも接点があったことになる。そこに漆戸が繋がった。カネという動機もあり、街の金融屋もしていただけに、裏社会とのつながりもあった……。

かつての特捜本部は、怨恨説と強盗説のふたつに意見が分かれていたが、漆戸はそのどちら側からも疑わしいと睨まれていたのだ。

日向はこの三日間、昼は拉致未遂事件を追い、夜は二十二年前にさかのぼって捜査資料を頭に叩きこんだ。漆戸とウルシ興産に関する資料は膨大で、彼がいかに注目されていたかを思い知らされてもいた。

結果的にはシロと判断された。怨恨説を唱えた捜査員は『エルニド』を中心に、従業員や常連客、出入りしていた業者を徹底して洗った。

理佐は十七歳で未成年であるにもかかわらず、『エルニド』で夜十時以降も働いていたことが判明した。

カウンターのなかで酒を作りながらの接客業務が、理佐の仕事ではあったが、未成年なのに客に勧められて飲酒をし、カラオケでデュエットもするなど、風営法にも引っかかる違法行為をしていた。

経営者である漆戸の愛人や店のチーママを、連日のように府中署に引っ張り、厳しい事情聴取が行われたようだ。臭いメシを食いたくなかったら、洗いざらい話せと強く迫っている。パトロンだった漆戸にもだ。

彼は切なそうな顔をしながら電子タバコを吸った。

「私も当時あの娘《こ》を見かけたことがある。あの娘が未成年だというのは、いちまつ事件の後になって知りましたけれど。当時はコギャルといったかな。安室奈美恵を真似て、肌を茶色く焼いたりして、不良少女みたいだったが、愛想もよくて真面目ないい娘だった。放課後は夜までいちまつで働いて、くたくたに疲れてもいただろうに。つらそうな顔を見せずに、いつも店じゃ明るく笑ってた。警察の方にもだいぶ絞られましたがね。それに、今でも考えるときがある」

「なにをです?」

漆戸の饒舌ぶりを意外に思いながらも、顔には出さずに耳を傾けた。

「もしかすると、あの娘はうちの店に勤めていたせいで、あんな悲惨な目に遭ったのではないかと」

「そうですか」

日向は相槌を打った。当時の捜査本部が、その線はないと判断していたが。経営者の愛人やチーママは違法営業を素直に認めている。ただし、理佐が他人から恨みを買うようなトラブルは起こしていないと主張した。捜査員は他のスタッフや客にも尋ねたが、思い当たるフシはないという。

当時は、女子高生のブルセラや援助交際が社会問題になっていた時期でもある。理佐がスナックを介して、客と寝ていたのではないかと、彼女のPHSの電話帳や通話履歴を解析し、友人たちにも聞き込みをしているが、特定の客と深い仲にもならず、売春に手を染めた形跡もなかった。

殺害されたスーパーいちまつ店長の桑畑や、フリーターの倉貫からも命を狙われるだけの揉め事は見つからなかったため、やがて特捜本部は強盗説に的を絞ることになる。

日向は前もって断りを入れた。

「気を悪くされるような質問をしますが、どうかご容赦ください」

「かまいませんよ。二十二年前のときに慣れてますから」

漆戸は冗談とも本気ともつかぬ口調で言った。

「いちまつ事件が起きた当時、御社の経営状態はかなり悪化していたと聞きます」

「そのとおりです。規制緩和に大手チェーンの進出、携帯電話やネットの普及。その他もろもろの時代の変化にまるでついていけなかった。あのころ手がけていたのは、テレクラだのゲームセンターだの、今じゃ絶滅しかけてる商売だ。そちらの若い刑事さんは知らないでしょう。テレクラなんてのは」

突然、話を振られた今田は真顔で答えた。

「歌舞伎町にはまだあるんで、行ったことあります」

「お、そうですか」

漆戸が目を白黒させた。今田は己が場違いな答えをしたと気づき、恥ずかしそうに顔を赤らめて下を向いた。

日向は咳払いをして軌道修正を図った。

「しかし、事業を立て直すことに成功した」

「成功……といえるかどうか。生き残るために多大な犠牲も払いましたよ。父が遺《のこ》したがっていた酒屋も潰し、生家をも売り払って、泣く泣くリストラを繰り返した。おかげで、今にいたるまで絶縁状態の親族もいる。父とも経営方針で対立して、無理に引退させるしかなかった。最期は私を恨みながらあの世に旅立っていきました。多くの犠牲を払ったのも確かです」

漆戸は謙虚な言葉を述べ続けた。

しかし、彼は平成という厳しい時代を生き抜いてきたという自負を覗かせてもいた。背筋をわずかに伸ばすと、誇らしげに顔を上げた。

いちまつ事件が起きたころは、父親の三郎と経営方針をめぐって対立。最終的には、ウルシ興産の大株主だった母と結託し、三郎を会社から追放した。三郎の派閥にいた叔父や従兄弟《いとこ》とも対立し、裁判沙汰にもなっている。

結果的には、漆戸が牛耳ったおかげでウルシ興産は今日まで命脈を保った。大手のカラオケボックスや飲食チェーンと手を組み、府中市一帯でフランチャイズ店を展開させている。

漆戸が遠い目をした。

「当時は警察の方から疑われもしました。なにせ被害者と関連があるうえ、商売も左前だったわけですから」

「とはいえ、スーパーの売上金程度では焼け石に水です」

「借金は億単位でしたから。当時の刑事さんにも言ったものですよ。これは不謹慎な話ですけど、かりに強盗をするんだとしたら、いちまつみたいな小さいスーパーじゃなく、現金輸送車か銀行を狙うだろうと」

漆戸がシロと判断されたのは、彼にアリバイがあったからだ。

当時の捜査資料によれば、いちまつ事件のあった夜は、メインバンクの支店長や融資課長を、府中駅前の高級焼肉店で接待していたことが判明している。

「なるほど」

日向は耳を傾けつつ、腕時計に目をやった。

漆戸から出てくるのは、過去の捜査員がすでに洗い出している昔話であり、今のところ目新しい情報は得られていない。約二週間前の発砲事件や将真が襲われた件について、漆戸は報道されている以上のことは知らないと答えた。

渡井親子と奇妙な接点があるものの、漆戸は会社のワンボックスカーを盗まれた被害者でしかない。日向としても、彼を追及できるだけのカードを持ち合わせてはいない。

念のために、将真襲撃事件や発砲事件のアリバイも尋ねた。覆面の男たちに将真が拉致されかけ、日向が金属バットで殴られていたとき、漆戸は台湾に出張していた。これ以上ないアリバイだった。

約二週間前の発砲事件についても訊いた。漆戸が初めて口ごもった。

「どうかしましたか?」

漆戸は室内を見回すと、急に声の音量を下げた。

「……秘密は守っていただけますか?」

「もちろんです」

「調布のコレのところに」

漆戸は小指を立てた。日向はうなずいてみせたが、若い今田はジェスチャーの意味がわからないのか、目を白黒させた。

「例の『エルニド』を経営していた女性ですか。今夜にでも、お話をうかがえたらと思っていました」

漆戸は大きく手を振った。

「や、あいつとは別れてます。とうの昔に。店は〝いちまつ〟の直後に閉めて、よその者《もん》に譲りました。今も国際通りのあの場所にはスナックがあるようですが、うちとは関係ありません」

「経営者は木村《きむら》マリアさんと言いましたね。あの方は今どちらに」

マリアは日本とフィリピンの血を引き、漆戸の当時の愛人だ。北尾理佐が出入りしていた店のオーナーでもある。

「うーん、わかりません。もう二十年近く連絡を取ってないので……」

漆戸は腕組みをしてうなるだけだった。

彼によれば、〝いちまつ〟の約三年後に関係を清算したという。つまり今から十九年前だ。現在は会社の二十代の女性社員を囲っており、発砲事件当日は彼女のマンションで過ごしていたと語った。

「今となっては、生きているかどうかも。社員を容赦なくリストラしてるとき、愛人に店をやらせてるとは何事かと、身内からも突き上げをさんざん喰らいましたからね。手放さざるを得なくなったんです。そんなこともあって関係もぎくしゃくしてしまった」

消息不明なのはマリアだけに限らなかった。渡井のアリバイを証言した小料理屋の女将も〝いちまつ〟の翌年に蒸発し、理佐を知る『エルニド』の客やスタッフも二十二年が経過した今では消息不明か、すでに死亡している。

携帯端末が震えた。液晶画面に目をやり、上司の岳からの電話とわかった。漆戸に断りを入れ、社長室の外に出た。

岳に電話をかけ直すと、彼は急《せ》いた調子で言った。

〈親父さんの住処《ヤサ》が割れたぞ〉

突然の知らせに、日向は息をつまらせた。声がどもる。

「ほ、本当ですか」

〈西立川駅近くのアパートだ。渡井将真が襲われたときと同じく、覆面をかぶった連中に押しこまれたらしい〉

オフィスのなかは冷房が効いていた。にもかかわらず、額から汗が滝のように流れ出した。

17

アパートは昭島《あきしま》市の外れにあった。西立川駅から約三百メートル離れた位置だ。周辺には広大な公園が多いためか、緑の香りが濃厚に感じられる。昭和公園にある球場や陸上競技場から、スポーツに打ちこむ学生たちの声が耳に届く。自然豊かな郊外だ。

アパートは住宅密集地にあり、警察官らがタオルやハンカチで汗を拭いながら、現場の保全や鑑識に励んでいた。住民たちが道ばたに出ては、現場のアパートを不安げに見つめていた。

日向はセダンを路肩に止めた。漆戸への聞き込みを切り上げると、今田からハンドルを奪って、父の住処というアパートに急行したのだった。

セダンを降りると、アパートまで小走りに駆けた。むっとするような熱気に目がくらみ、強烈な紫外線に肌を焼かれる。

アパートは古いことだけが特徴のような木造建築だった。洗濯機が共用通路に置かれており、築三十年以上は経っていそうな年代モノだ。父の部屋は二階にあるという。

二階の共用通路には鉄柵が設けられてあったが、ところどころが大きく外側にひしゃげ、あるいは格子の金属棒が外れ、一階の地面に転がっている。一階の敷地には血痕らしきものがあり、鑑識係員がカメラで撮影していた。

父と思しき初老の男性が、目出し帽の四人組に部屋を襲われた。金属バットやナイフで武装した男たちに、父は木刀などを駆使して対抗したという。連中を撃退したものの、父も無事では済まなかったらしい。現在は両者ともにアパートから姿を消しており、行方をくらましている。

岳がアパートの日陰で、昭島署員の中年警官と話しこんでいた。日向を見つけると手招きした。

日向は彼らに頭を下げた。

「日向です。お世話になります」

岳が日向を親指で指し、中年警官に紹介した。昭島署刑組課の刑事で中村《なかむら》といった。

「例の倅ですよ」

「ああ、あなたが……」

中村は戸惑ったような顔で挨拶した。彼の手にはタブレット端末がある。

「さっそくですみませんが、これを見ていただけますか」

中村はタブレット端末を操作した。液晶画面を指でタッチし、動画を映し出す。

「このあたり、ずいぶんと高齢化が進んでましてね。空き巣被害が絶えないもんで、自前で防犯カメラを設置している家が少なくないんですよ」

動画にはアパートの前の道路が映っている。

アパートの向かいにある一軒家が、玄関に取りつけていたものだという。アパートの前を走る公道を撮っていた。その家は過去に空き巣に入られたため、本格的な防犯カメラを設置していた。画面の隅には日時が表示されている。事件が起きたのは午前中で、ちょうど日向がウルシ興産を訪れたころだ。

一台のワンボックスカーが路地を走り、アパートの前で急ブレーキをかけて停止した。同時にドアが開き、四人の男たちが一斉に車から降りる。

連中はあの夜と同じだった。将真を襲ったときと。全員がストッキングや目出し帽をかぶり、カンカン照りのなかで長袖のシャツと作業ズボンという恰好だ。違いがあるとすれば、催涙スプレー対策として、ゴーグルで両目を守っていることぐらいか。

液晶画面のサイズは小さいが、防犯カメラの解像度は高く、男たちを離れた距離からしっかり捉えている。顔は隠れていてわからないが、その体格などから、あの夜の襲撃者と同じだとわかった。

四人のなかには、あのリーダー格と思しき大男もいた。抜き身の長大なシースナイフを握り、残り三人にハンドサインで指示を飛ばす。その仕草はアウトローというより、特殊部隊の警官や軍人を思わせた。残りのふたりは金属バット、もうひとりはバールを手にしている。

「どうです」

中村に尋ねられた。

「四日前の襲撃犯と同じでしょう。顔《メン》こそわかりませんが、体形はもちろん、武器《エモノ》から恰好までがほぼ同じです。また、前に痛い目に遭ったのか、ゴーグルを着用しているのが、なによりの証拠です」

声が思わず熱を帯びた。金属バットで殴られた左腕が鈍い痛みを訴える。

目をこらした。金属バットのひとりは、後頭部に不自然な膨らみがある。おそらくタンコブをこしらえて、ガーゼでも貼りつけているものと思われた。日向に双手刈りを決められ、アスファルトに後頭部をしたたか打ちつけていた男だ。

襲撃者は液晶画面の隅に移動した。防犯カメラは、かろうじてアパートの共用通路をも捉えていた。

今でこそ警官ややじ馬であたりは騒がしいが、映像の時間帯は襲撃者以外に誰も見当たらない。バールの男を先頭に、四人は慎重に階段をのぼり、二階の父の部屋の前まで近づいた。

部屋のドアは貧弱そうだった。木目調の合板で、何度か体当たりを喰らわせればへし折れそうだ。

先頭の男がドアの隙間にバールを差しこみ、テコの要領でドアをこじ開けようとする。

そのときだ。ドアが勢いよく開け放たれ、玄関から木刀の突きがすばやく繰り出された。

バールの男が胸を木刀で突かれ、衝撃で共用通路の鉄柵に背中を打ちつけた。防犯カメラにマイクはなく、音声までは収録していない。それでも、打撃音が聞こえそうなほど強烈な一撃だった。

父が玄関から共用通路へと飛び出した。タンクトップと股引《ももひき》という姿で、変装用のメガネはつけていなかった。伸ばした黒髪もボサボサだ。男たちの来襲は、父にとっても寝耳に水だったようだ。

ただ、父は襲撃に対して備えていた。バールの男に先制攻撃を加えると、さらに肩から体当たりを喰らわせた。

「なっ」

思わず口を押さえた。

鉄柵は経年劣化していたのか、バールの男もろとも一階に落下した。男は敷地のコンクリートに身体をしたたかに打ちつけ、痛みで身体をくねらせた。

日向は目を見張った。父の身体が異様だったからだ。タンクトップ一枚のため、過剰に隆起した筋肉の盛り上がりが見て取れた。かつて機動隊に所属していたこともあったため、筋肉の鎧に覆われた姿を見てはいる。だが、どんな男であれ、寄る年波には勝てないものだ。

木刀を構える父は、若いころを思い出させた。事件しか頭になく、母や自分に因縁をつけて暴力を振るっていたころを。タンクトップの生地は分厚い胸板で伸び、肩の三角筋と僧帽筋は岩のようにゴツゴツとしている。股引は丸太のように太くなった太腿でパンパンに膨らんでいた。

四日前に、父の姿を目撃していたものの、覆面の男たちの登場に加えて、夜中という時間帯が重なり、じっくり観察する暇もなかった。催涙スプレーの餌食となり、視覚を奪われてもいる。

岳が液晶画面の父を指さした。

「このあたりのジムや道場も当たらなきゃダメだと思ったよ。六十男の身体じゃない」

父は柔道と機動隊での訓練で、頑健な肉体を誇っていたものの、不規則な生活を強いられる刑事畑を歩んでからは、目に見えてたるんでいき、腹に贅肉をたっぷりとまとわりつかせていた。大病こそ患ったりはしなかったが、頭はいつも事件でいっぱいで、己の身体にも大して関心を抱いてこなかった。

十年前、息子に、なす術もなく叩きのめされたころの父とは比較にならない。贅肉はすっかり消え失せ、体形は逆三角形となっている。二の腕は生ハムの原木みたいに太い。この襲撃者と対峙するために、今日まで肉体をいじめ抜いてきたようにさえ思えた。

父はひとりを地面に鉄柵もろとも叩き落とすと、残り三人と対峙した。共用通路という狭い場所が、父にとっては有利に働いた。三人がかりといえど、一対一で向き合わざるを得ないからだ。

父は木刀を八双《はっそう》に構え、金属バットの男に振り下ろした。男は斬撃を金属バットで防ごうとしたが、グリップのあたりを素早く打たれた。男は金属バットを取り落とし、苦しげに身体を丸めて指を押さえた。木刀で指を叩かれたようだ。

父はすかさず金属バットの男に突きを見舞った。丸腰になった男は口のあたりに突きを喰らって倒れ、口を押さえながら共用通路の床を這いずる。

中村が解説を加えてくれた。

「うちの鑑識がこのあたりで歯の欠片《かけら》を見つけています。この男のものでしょう」

父は再び木刀を八双に構えた。瞬く間にふたりを倒され、襲撃者たちの間にも動揺が走る。

防犯カメラの映像では、父の表情までは確かめられない。しかし、奇襲を仕かけられたにもかかわらず、その攻撃は不気味なほど冷静だった。先手を打ったばかりか、木刀を決して大振りせず、最速の攻撃を試みている。感情を乱した者にはできない動きだ。

もうひとりの金属バットの男が父に襲いかかった。父とは対照的で、金属バットをむやみに振り回す。バットは空を切り、鉄柵にぶつかっていた。肝心の父には後ろに下がられてかわされる。

日向は複雑な想いで液晶画面を見つめた。全身から汗が噴き出しているが、暑さだけが原因ではなかった。

覆面の襲撃者は将真を襲い、日向をも殴打してきた犯罪集団だ。ためらいもなく武器を駆使して暴力を振るえることを考慮すると、ヤクザや半グレといった組織に所属している可能性もある。そして、いちまつ事件となんらかの形でつながっている。

父がこの犯罪集団を返り討ちにするたびに安堵を覚えつつも、父になす術もなくやられる姿に苛立ちを覚えてもいた。

自分ならもっとうまく父を痛めつけられる——警官らしからぬ凶暴な感情も渦巻く。

襲撃犯のリーダー格が、金属バットの男を下がらせた。彼が手にしているのは先日の襲撃の時と同じく長大な刃物だ。刃はブラックブレードで、先端は鋭く尖っている。このままでは、むざむざと木刀の餌食になると判断したのだろう。

リーダーは手下の代わりに先頭に出ると、間を置かずにシースナイフで父の喉を刺し貫こうとした。その無駄のない動きは手下と異なり、プロボクサーのジャブを思わせた。最速で相手を切り裂こうとする。

父は後ずさって距離を取り、リーダー格の手を狙って木刀を振り下ろした。

リーダー格は半身になって木刀をかわした。同時に前へ近寄り、父の右肩をシースナイフで刺した。父のタンクトップが切り裂かれるのが見え、日向は思わず息をつまらせた。

「大丈夫ですか」

中村が映像を止めようと、液晶画面をタッチしようとした。それを押し留め、映像を流し続けさせる。

リーダー格は手下と動きが違った。明らかに訓練を受けた者の攻撃だ。刺された父は右腕をだらりと下げた。左手で木刀を握っているが、もはや勝負にならないのは明らかだ。

リーダー格はトドメを刺そうとはせず、父に話しかけているようだった。下のワンボックスカーを親指で差す。殺されたくなければ、同行しろとでも言っているのかもしれない。

路上に人の姿がちらほらと現れだした。あくまで映像は無音だが、大の男が二階から地面に落下したり、金属バットが鉄柵に当たるなど、住宅街の静寂を打ち破ったことだろう。

父は話し合いを拒むように、左手の木刀を大きく振りかぶった。リーダー格に木刀を投げつけると、くるりと反転して部屋へと逃げこむ。

リーダー格は木刀を両腕でブロックし、父の後を追いかけた。父の部屋の前まで来たところで、リーダー格は身体を大きく泳がせた。ゴーグルをしているにもかかわらず、催涙スプレーでも浴びたように顔をそむける。

なにが起きたのかがわからなかった。だが、すぐに理解できた。再び父が部屋から飛び出してきていたからだ。左手にはヤカンがある。父は男たちに向かって、熱湯を撒いたようだ。

男たちをひるませると、父は玄関のドアを閉じた。金属バットの男が顔に熱湯を浴びたらしく、目出し帽を取ろうとした。しかし、リーダー格が腕を摑んで制止する。

リーダー格はシースナイフを、ベルトホルスターにしまった。時間切れと判断したのだろう。周囲の住民だけでなく、アパートの住人も何事かとドアをおそるおそる開ける。

リーダー格は閉ざされたドアをひと睨みすると、父に返り討ちにあった手下たちを起き上がらせ、アパートから引き揚げていった。苛立ちを隠しきれないようで、階段を下りながら手すりに拳を振り下ろした。手すりが大きくへこむ。

一階では、事情を知らぬ老人が傍まで近寄り、携帯電話をかけようとした。リーダー格が老人の携帯電話を取り上げ、遠くへと放り投げる。老人はショックを受けたのか、石のように固まったまま動けずにいる。

リーダー格は落下した子分の尻に蹴りを見舞って活を入れ、手下たちをワンボックスカーに乗せると、自らハンドルを握って現場から走り去った。

防犯カメラは、車のナンバープレートを捉えていた。府中ナンバーだ。

日向は中村に尋ねた。

「車の所有者は」

「該当者なしです。今度も偽のプレートのようで」

岳が二階を顎で指し示した。

「部屋に救急箱の中身が散乱していた。ここの部屋の主は、簡単に応急処置を済ませたらしい。連中が去った後、すぐに部屋を出て行ってる。主要道路と駅をふさいで、病院や診療所にも連絡しているが、どちらもかくれんぼが巧みだ」

日向の脳裏に、ビッグスクーターを運転する若い女がよぎった。いくら父が身体を鍛えていたとはいえ、ナイフで刺された状態で姿をくらませるとは思えない。またも協力者の手を借りたのかもしれなかった。

中村から略帽と足のビニールカバーを渡された。

「日向さんには、室内も確認していただきたいのです。部屋は平田次郎《ひらたじろう》という名義で借りられていました。名前に聞き覚えはありますか？」

脳をフル回転させた。平田なる人間に賃貸契約をさせて、この部屋に住みついたのだろうか。人の顔と名前を覚えるのが得意ではあったが、いくら考えてもリストアップできない。そもそも、父の交友関係など知らずにいる。

「……わかりません」

日向は首を横に振った。

いちまつ事件に関わって以来、父に関する質問は山ほど受けた。しかし、大半は答えられなかった。自分が役立たずに思えてくる。

炎天下、現場保全に努めている制服警官に一礼した。略帽をかぶり、手袋を嵌めながら階段を上った。階段はスチール製で踏板は赤錆が浮かんでおり、手すりも腐食が進んでいる。

手すりのへこみを指で触れた。風化しているとはいえ、金属は金属だった。本来なら、殴れば痛めるのは拳のほうだ。異常と思えるほど鍛え上げられた父の肉体にも仰天したが、リーダー格の戦闘術と力にも驚かされた。

戦闘の場となった共用通路では、鑑識係員が撮影や指紋採取に励んでいた。発生直後の事件現場は鑑識の聖域だ。靴のうえからカバーをつけ、彼らの邪魔にならないよう慎重に歩む。

二階の共用通路は、人間同士のケンカというより、バイクの暴走事故現場に似ていた。鉄柵の一部は落下し、大きく外側に膨らんで破損した部分もあり、金属バットで打たれて歪みが生じている。

床には水溜りがあった。血と水でびしょ濡れだ。父が撒いた熱湯と出血によるものだ。

「大丈夫ですか？」

中村が日向を気づかうように言った。日向は力強くうなずいてみせた。

虚勢を張っているわけではなかった。父が刺されたのは衝撃ではあったが、退却に追いこまれた襲撃犯に不甲斐なさを感じてもいた。

元刑事のくせに、勝手になにをしでかす気でいるのか。いくら遺恨があるとはいえ、現役の刑事である自分になにも話さず、催涙スプレーを浴びせ、警察をも翻弄している。あの襲撃犯のように武器まで持ち出すことはないにしても、いざ父と対面したさいは、冷静に話し合えるとは思えない。

水溜りを避けて入室した。部屋は六畳の和室のみのワンルームだ。押入れの襖は茶色いシミがあり、畳は日に焼けて変色している。ふたりの鑑識係が部屋を調べている。

和室には見覚えのあるタンスがあった。所沢の実家で愛用されていた桐ダンスだ。年季が入って飴色に光っている。引き出しにはいくつもの傷があった。母や自分が頭を叩きつけられたり、激昂した父が棒切れを振り回してつけたものだ。

　中村らに答えた。

「借主の平田某《なにがし》はわかりませんが、父が住んでいたのは間違いありません」

「答えが早いな。本当か」

　岳に念を押された。

　日向は桐ダンスについて語った。それ以外にも、見覚えのあるものがいくつかある。

　キッチンの洗い場には、茶碗とともにカップ焼きそばと豆腐の空容器が積まれてあった。父は汁なしの麺類を偏執的に好み、朝からカップ焼きそばや油そばをよく食べた。また、中華麺だろうがうどんだろうが、豆腐を一丁ぶちこんでいた。豆腐と麺をグチャグチャにかき混ぜるのだ。身体つきは大きく変化していたが、食生活は変わっていないようだ。食器棚の扉を開けると、なかにはインスタントの焼きそばとサバ缶が山積みになっていた。

　父はしょっちゅう職場に泊まりこみ、連絡もなしに所沢の自宅へぶらっと戻ってくる。そのため、つねにカップ焼きそばと豆腐を常備していた。豆腐は日持ちしないため、母は賞味期限の切れたものを使い、麻婆豆腐や湯豆腐をこしらえていた。

　坊主憎けりゃ袈裟まで憎くなるもので、今の日向は焼きそばと豆腐をめったに食べない。

　洗い場の茶碗も父がずっと使っていたものだ。場所も部屋も初めて訪れるが、そこかしこに父の残り香があった。

変わった点もあった。四日前に会ったときにも感じたが、部屋からはタバコ臭がまったくしなかった。冷蔵庫を開けてみると、好物の豆腐を中心にヨーグルトや野菜ジュース、納豆といった健康的な食材が多く、ビールや日本酒は一本もない。かつての父は、タバコを肴に酒を飲むような男だった。

和室の中央にはちゃぶ台が置かれ、壁側には小さなテレビがあった。一見すると、平凡な独居老人の部屋に映る。

しかし、ちゃぶ台のうえに灰皿はなく、代わりにサプリメントやプロテインの瓶や袋が林立している。まるでなにかのスポーツ選手のようだ。部屋の隅にはダンベルや、腕立て伏せ用のプッシュアップバーもある。

「拳銃は」

日向は岳に訊いた。拳銃とは、約二週間前に発砲されたスカイヤーズビンガムだ。

「ないな。まだ、部屋を調べ終わったわけじゃないが。日向繁は連中に襲われた後、ボストンバッグひとつ抱えて姿を消している。ちなみに、親父さんはこのあたりの土地も詳しいのか」

わかりません。反射的に口にしそうになる。幼いころまでの記憶を漁り、少しでも父を思い出そうと粘る。

いつもは刑事として、事件関係者や被疑者に対し、思い出せと迫る側の立場だ。

いざ自分が訊かれる側になってみると、いかに酷な要求をしてきたかがわかる。殺人だの強盗だのと、一刻も早く忘れ去りたいであろう記憶を、あるときは捜査資料を読み上げ、またあるときは犯行現場の写真や動画を突きつけてほじくり返してきたのだ。ずっと父を怖れながら生きてきた。そのころの記憶はひどく曖昧だ。人間は忌まわしい思い出を無意識に封じ込めてしまう生物なのだと実感した。

ハンカチで頭の汗を拭った。

「父は栃木出身ですが、母は立川市で生まれ育ちました。ちょっと離れたところに、母方の墓地があるくらいで」

「まあ、かりに土地勘がなかったとしても、親父さんなら逃走ルートを前もって練り上げていたとしてもおかしくない。西立川駅方面まで徒歩で逃げているところを目撃されているが、電車に乗ったのか、車に乗ったのかはまだ不明だ」

鑑識係員に断りを入れてから、桐ダンスの引き出しや押入れの襖を開けた。

押入れにはオーダーメイドらしき礼服や冬用のコート、値の張りそうなダウンジャケットが残されていた。桐ダンスのなかには、衣服や下着がしまわれており、とくに目を引くものはない。

岳が押入れの天板を押すと、砂や埃がボロボロと落ちた。

「それにしても意外だな」

「なにがです?」

「この部屋だよ。日向繁は〝いちまつ〟に執着している。だから期待してたのさ。『セブン』って映画見てるか？　ブラッド・ピットが出てる」

「いえ……」

「刑事たちが犯人の住処《ヤサ》に踏みこんだら、思わずドン引きするくらいに、新聞の切り抜きだの、犯行に関する資料だのが、どっさり出てくるのさ。あの映画みたいに、おれたちが知らないような資料やスクラップがどっさり見つかるんじゃないかと期待したんだ。あの覆面どもがどうやって、ここを突き止めたのかはわからんし、日向繁となにを揉めてるのかもわからんが、漁夫の利ってやつで、このアジトを漁れば謎が一気に解けるんじゃないかってな。例のスカイヤーズビンガムや弾薬《ギョク》も見つかってな。だけど、ここにはノート一冊もありゃしねえ。この徹底ぶりにむしろ狂気を感じるよ」

「拳銃はともかく、資料は持っているはずです」

日向はテレビを見やった。

テレビ台には液晶テレビとともに、Wi-Fiのルーターがあった。ノート型ＰＣやスマートフォンを所持していた証拠だ。父独自の捜査資料があるとすれば、コンピューターに保存していると見るべきだった。

その後も時間をかけて、父の部屋を調べた。残された衣服や食物から、父の匂いを感じ取った。ひたすら事件に没頭しながら、トレーニング機器を駆使し、老体をいじめ抜いて鍛える姿までが目に浮かぶ。

部屋を調べながら思った。あのとき脚なんかではなく、二度とうろちょろできないよう、背骨を壊しておけばよかった。そんな凶暴な怒りさえ覚えた。

18

帰宅したのは夜中一時過ぎだった。

室内の灯りはすべて消えていた。しかし、つけっぱなしのテレビが、スポーツニュースを流していた。

スワローズの試合結果を確かめようとしているうちに、渚紗はソファで眠ってしまったらしい。パジャマ姿で寝息を立てていた。日向は寝室からタオルケットを持ってくると、彼女の身体にかけた。

リビングの隅には、ミニサイズの仏壇があった。母の位牌と遺影がある。線香に火を灯すと、手を合わせて瞑目した。

「直さん？」

線香の匂いで渚紗が目を覚ました。目を擦りながら身体を起こす。

「ごめん。うっかり寝てた。夜食でも作る？」

「大丈夫」

寝ぼけ眼の彼女を寝室に促した。

リビングの長椅子では身体に触る。さらにいえば、今夜は眠っていてほしかった。わずかに罪悪感を覚えつつ、優しくベッドへと導いた。

「寝ないの？」

「風呂に入ってからね」

渚紗が寝てから、再び仏壇の前に正座すると、静かにお鈴《りん》を鳴らした。

忙しさにかまけて、祈りを捧げる時間が減った。仏壇に飾っている遺影は、母がまだ元気なころのものだった。父の鉄拳で前歯を折られる前で、まだ腰も曲がってはいない時代の。

テレビのアナウンサーが、騒々しい音楽とともにJリーグの試合結果をハイテンションで伝えていた。思わず口を歪めた。

渚紗には秘密にしているが、昔から深夜のスポーツニュースを目にすると心がざわついた。

母が危うく父に殺されそうになったときも、テレビはスポーツニュースをやっていた。アナウンサーと解説者が、スワローズの好調ぶりを熱っぽく語っていたのを覚えている。父がいちまつ事件から外され、新宿署で働いていた時期だ。父がもっとも荒れ狂っていたときでもあった。

中学生だった日向は茶の間でぼんやりとテレビに目をやっていた。スポーツにそれほど興味はなく、ゲームボーイをやりたかったが、深夜に遊ぶのは禁じられていた。

父は激務で知られる新宿署でつねに何かの事件を追い続けており、十日も所沢の家には戻っていなかった。まるで空襲に怯える戦時中の市民みたいな日々を母と送っていたが、その日も父は帰宅せず、一日は静かに過ぎていくものだと思っていた。

母は風呂に入っていた。母の唯一の楽しみは風呂だった。ドラッグストアで買った安物の入浴剤を入れて、ぬるい湯に長いこと浸かっていた。死ぬまでに由布院《ゆふいん》か指宿《いぶすき》に行ってみたいと口にしていた。その願いはついにかなわなかったが。

深夜ラジオでも聴きながら寝ようと思ったときだった。玄関の扉のドアノブがガチャガチャと音を立て、恫喝するようにチャイムが何度も鳴った。

日向家に緊張が走った。空襲警報が鳴らないまま、いきなり爆撃されたようなものだ。日向は玄関へと走った。母もバスタブから慌てて立ち上がったのか、風呂場から派手な水音が聞こえた。

玄関のドアが激しく音を立てた。今にもドアをぶち破りそうな調子で、父がドアを叩くたびに家に震動が走った。

――い、今開けます。ごめんなさい。

サムターン錠を外してドアを開けると、強いニコチンの臭いがした。父が憤怒の形相で鉄拳を見舞ってきた。加減のない一撃を頬に喰らって土間に尻餅をつき、三和土《たたき》に後頭部をしたたかに打ちつけた。

――このガキ！　ナメた真似しやがって！

ドアを加減なしに叩いたためか、父の拳の皮膚はボロボロで血を滲ませていた。アルコールの臭いはしなかった。あのころの父は素面でいようが、酔っていようが違いはなかった。いつでもキレやすく、手がつけられなかった。

——すみませんでした！　すみませんでした！

日向は土間で土下座をしながら、父の足にすがりついた。

父は帰宅するさい、前もって連絡するのが常だった。かつては家の固定電話に電話を入れるか、あるいは留守電にメッセージを残していた。

連絡手段が電子メールや携帯電話に取って代わられる時代だった。機械に疎い母も例外ではなく、携帯電話を肌身離さず持ち歩くようになった。いつ何時、父から電話がかかってくるかわからないからだ。バッテリー切れを起こさないようマメに充電していたものだった。

風呂を愉しんでいるときでさえ、携帯電話をフリーザーバッグに入れ、浴室のなかに置いて、いつでも出られるように待機していた。当時の最新のテクノロジーは、母をさらに縛める道具として使われた。

その日も母はいつでも電話に出られるように、携帯電話をシャンプー台に置いていた。しかし、なにかの手違いでドライブモードになっており、つながらない状態になっていた。家計がつねに苦しかったこともあり、家の固定電話は解約していた。

——ご、ごめんなさい。

母はバスタオル一枚巻いただけの姿で廊下を駆けた。身体を拭く暇がなかったためにびしょ濡れだった。父は有無を言わさず母を蹴飛ばした。

――お前は警察官の妻だぞ！　殺しや強盗に遭った被害者《ガイシヤ》が、おれが結果を出すのを待ちわびているというのに、お前は電話にも出ずにのんきに風呂か！

床を転がった母のバスタオルが外れた。思春期を迎え、母親の裸体を目にするのはつらかった。しかし、止めないわけにはいかなかった。父は母の腹や胸をつま先で何度も蹴りながら怒鳴った。

――恥を知れ、恥を！

父は刑事である自分に酔いしれていた。

　家族の面倒を見ないどころか、暴力で家族を支配する大義名分として、市民だの犯罪被害者だのを持ち出した。母が光熱費や食費に事欠き、給料を家にもう少し入れてほしいと懇願すると、やりくりが下手だと激昂した。

ふざけた戯言《ざれごと》でしかなかったが、あのころはもっともらしく聞こえたものだ。恐怖と暴力で洗脳されていたといえる。ただし、あの日は父の腰にすがりついて止めに入った。父が全裸の母の髪を鷲摑みにし、風呂場にまで引っ張っていくと、バスタブの湯に顔を沈めたからだ。

――そんなに風呂が好きなら、ずっと入ってろ！

父自身もずぶ濡れになりながら、手足をバタつかせてもがく母を押さえつけていた。

風呂場に充満する蒸気と、入浴剤の安っぽいライムの臭いを今も覚えている。

――お母さんが死んじゃう！　もう止めて、止めてください。僕らが悪かったです。

――ナメやがって！　殺された者《もん》の苦しみはこんなもんじゃねえんだぞ。

父は日向を持ち上げると、母と同じくバスタブに放りこんだ。親子三人全員が水浸しになった。

母は溺死《できし》を免れたが、風呂の湯が気管に入ったのが原因で肺炎を起こし、一週間ほど寝込んだ。

ゲーム少年だった日向が、武道の道を選んで身体を鍛えるようになったのは、あれがきっかけだった――。

リモコンを手にしてテレビのスイッチを切った。ちょっとしたきっかけで、あの夜の修羅場が頭をよぎり、そして決まって胸が悪くなった。父が警視庁を去ったこともあり、ここ数年は思い出さずに済んでいたというのに。

きつい一日だった。渡井将真を襲った襲撃犯を追うどころか、再び襲撃犯が昭島市で姿を現し、今度は父に奇襲をかけた。第二の襲撃事件の初動捜査に追われ、炎天下、事件現場付近の聞き込みと防犯カメラの映像データの収集を行った。

昭島署や立川署の係員、自動車警ら隊が現場周辺を回り、父や連中の行方を捜索したが、発見の報告はついになかった。

一方で、部屋の名義人である平田次郎はすぐに判明した。父が働いていた武蔵野所沢病院に出入りしている清掃業者のスタッフだった。

六十代の男性で、父とは麻雀仲間だった。妻に内緒で、愛人と逢引《あいびき》するための部屋として借りたい。そう父から切り出され、平田は名前を貸したのだという。その礼として、彼は父から五万円をもらっている。物件が物件だったため、審査は緩く、すんなり借りられたらしい。

聞き込みにあたった窪寺によれば、父がとっくに妻と死別しているのを、平田は知らなかったようだ。父の願いを疑わず、警察を定年まで勤め上げた人間ともなれば、愛人を囲うだけのカネを貯めこんでいるのかと、羨んでさえいたという。いちまつ事件について尋ねると、彼はただ目を白黒させるだけだった。

日向は祈りを済ませると、小物入れに置かれてあった車のキーを手に取った。渚紗を起こさないよう静かに歩き、部屋を後にした。

日向の車はマンションから徒歩二分の月極駐車場にあった。ブラッドオレンジのコンパクトカーで、車種や色は渚紗が決めた。購入してから五か月が経つが、日向は数えるほどしかハンドルを握っていない。

エンジンを掛けて車を走らせた。くたくたに疲れ、身体は重たかった。あのまま渚紗と同じく、朝までぐっすり眠りたかった。

昭島市内で聞き込みをしている間、ずっと引っかかりを覚えていた。父はなぜあの土地にアジトを構えたのか。いちまつ事件にタッチするのなら、府中市内に潜伏するのが一番のはずだ。もっとも、今日のように、襲撃者に狙われるのを避ける意図もあったのかもしれない。

父がいちまつ事件のために、途方もない長い年月と労力を費やして調べているのが、その足跡から明らかになった。その一方、二十二年が経ったというのに、調べられたくない者がいるということも。

肉体を鋼に変えたように、父は何重にも備えているものと思われた。覆面の男たちに対抗するために。昭島市のボロアパート以外にも、アジトを構えているのかもしれなかった。

防犯カメラで見たかぎり、父が負った傷は決して浅くはない。血に染まった共用通路からしても、出血量は多いはずだ。ただし、近隣の医者を頼った形跡はなかった。父はなんでもありの男だ。だからこそ、引っかかりの正体を確かめずにはいられなかった。

国道20号線を西に向かって立川市へと入った。新奥多摩街道を経て、西側に位置する住宅街を走った。立川市歴史民俗資料館の近くにある寺院に車を停める。

昭島市のアパートからは一キロ程度の距離だ。あのアジトがそうだったように、寺院も周りは住宅に隙間なく囲まれていた。

寺院の門は開いていた。灯りはいっさいなく、周囲の住宅の灯も消えており、濃密な闇に覆われている。

小型の懐中電灯をポケットから取り出し、灯りをつけて墓地へと歩んだ。盆や彼岸などで何度も訪れてはいる。しかし、こんな真夜中に来るのは初めてだ。

墓荒らしにでもなったようで、後ろめたさを覚えつつ母の墓にたどりついた。母だけではなく、祖父母や曾祖父母も眠っている。墓石は母が死去したさい、ひび割れやシミで傷みが激しかったために修理がなされていた。光沢のある御影石《みかげいし》が鎮座している。

懐中電灯で花立香炉を照らした。その下には遺骨が眠るカロートがある。雨水が浸入しないように、花立香炉と一体となっているフタはコーキングされ、カロートは密閉されているはずだ。

懐中電灯を口にくわえ、花立香炉を両腕で抱えた。かなりの重量があり、骨にヒビが入った前腕が悲鳴をあげる。懐中電灯を噛みしめて、フタを動かした。カロートが露わになり、母の骨壺が見える。

骨壺の横には、透明な袋に包まれたなにかがあった。思わず懐中電灯が口からこぼれ落ちそうになる。右手で袋を拾い上げて、中身を確かめた。

グリップが木製で、銃身の短いリボルバーだ。スカイヤーズビンガムと思しき拳銃だった。

日向は息を呑んだ。

口にくわえていた懐中電灯を、左手に持ち替えた。改めてリボルバーの入った袋を照らす。ファスナー付きのフリーザーバッグだった。

フリーザーバッグを二重にし、乾燥剤を入れて、リボルバーを湿気から守っていた。

黒色のリボルバーには馬の刻印があった。コルト社のシンボルマークだ。スカイヤーズビンガムは同社のコピー品で、同じくこのマークが刻まれている。細かな傷やへこみが時の流れを感じさせ、刻印もだいぶ消えかかっている。古さを感じさせたが、保存状態はよく、弾薬を装塡《そうてん》すれば発砲も可能のようだ。

バレルに灯りを向けて目をこらした。バレルには英文字が記されてあった。かすれて見えにくいものの、"SQUIRES《スカイヤーズ》 BINGHAM《ビンガム》 PHILIPPINES《フィリピン》"と記されてあった。

全身から汗が噴き出して敷石に滴《したた》り落ちた。ハンカチで汗を拭い取る。ハンカチでは間に合わない。タオルを持ってくるべきだったと後悔しつつも、火酒を口にしたように興奮で頭が熱くなり、手が小刻みに震えた。

袋ごしに木製のグリップを握った。いちまつ事件で使われた凶器かどうかはまだわからない。だが、河川敷の発砲事件や父のこれまでの行動を考えれば、二十二年前に三人の命を無慈悲に奪った凶銃と考えるのが妥当だった。

思わず声が漏れた。

「……イカれてる」

昼間に謎の襲撃者たちを返り討ちにした映像を見せられ、老いておとなしくなるどころか、狂気に磨きがかかっていると感じた。いちまつ事件に対する執念は、常人に理解できない領域に達してしまったと。

父はいちまつ事件から外されてからも、ひたすら捜査を続けてきたのだろう。その結果、最大の物証である凶器を手に入れるまでに到った。きっと犯人の見当もついているはずだ。

わからないのは、これほど決定的な証拠を入手しておきながら、なぜ古巣の警察にコンタクトを取ろうとしないのか。犯人を満天下に知らしめて、逮捕させようという気がないのか。異様ともいえるほど筋肉を鍛え上げ、誰と戦いを繰り広げているのか。

日向はポケットからビニール製の手袋を取り出した。両手につけると、フリーザーバッグを開けた。心臓の鼓動が激しかった。

思わずあたりを見渡す。実母の墓を荒らし、罪もない人間を殺した拳銃に触れる。とんでもない禁忌を犯しているようで、背筋が震えてくる。

父の目的はわからないことだらけだ。しかし、行動はわずかに読めるようになった。この付近のアパートで暮らしていたのは、ここに母の墓があったからだ。

今日のように、アジトを探り当てられたとしても、重要なブツは近くに隠していられる。自分の伴侶とその親たちが眠る聖なる場であったとしても、それを絶好の隠し場所としか捉えない。それが日向繁という男だった。

リボルバーは金属の塊でずしりと重い。慎重にラッチを押して、シリンダーを横に振りだした。回転式の筒のなかに弾薬は一発もなく、レンコンのように穴が開いている。弾がないのを確かめてから、銃口を覗いてみた。モデルガンのように穴が塞がっておらず、奥深くまで抜けている。まぎれもなく実銃だ。

リボルバーをフリーザーバッグにしまい直した。まだ、これで終わりではない。日向は頻繁になったつもりで考えると、自然と手は再びカロートへと伸びていた。


「ごめん」

天にいる母に詫びつつ、骨壺を両手で抱えた。カロートから取り出して敷石に置いた。なかには遺骨しか入っていないはずだ。しかし、妙な重みがある。骨壺を包む納骨袋には、筆文字で南無阿弥陀仏と大きく記されている。

掌を合わせてから納骨袋を取り去った。約十年間、カロートに納められていたため、白色の納骨袋は茶色く汚れていた。手袋に土埃がつく。

骨壺のフタを開けた。日向は奥歯を嚙みしめた。目がくらんで、身体がふらつく。

骨壺にはふたつのフリーザーバッグが入っていた。母の遺骨はひとかけらもない。

フリーザーバッグをすべて取り出した。バッグにはそれぞれ乾燥剤が入っている。懐中電灯の灯りを照らすと、口紅のような形の弾薬が金色に輝いた。

薬莢《やっきょう》が長めの.38スペシャル弾だ。世界でもっとも普及しているリボルバー弾薬で、いちまつ事件でも使用されたものだ。日本の警察官が持つスミス&ウェッソンM360JSAKURAでも使われており、なじみのある弾薬ではあったが、ことさら凶悪な代物に見えてならない。弾薬は十発入っていた。

別の袋には、収納ケースに入ったUSBメモリがあった。ふたつのフリーザーバッグをポケットにしまおうとした。

そのときだ。頬に固い衝撃が走った。

首がねじれ、視界に火花が散った。墓の外柵に肩を打ちつけた。歯茎と上腕骨に激痛が走り、視界がぐらついた。口内に血がどっとあふれ、小石のような固い塊が舌のうえを転がった——上の奥歯をへし折られたらしい。

傍に男が立っていた。灯りが乏しいために、姿ははっきりしない。とはいえ、墓地に長くいたおかげで、目はもう暗闇に慣れていた。懐中電灯を向けるまでもない。

スウェットのズボンにジップアップパーカ姿の父が立っていた。近くのコンビニに買い物に行くような恰好なだけに、履いているごついブーツが目立つ。作業員が履く鉄板入りの安全靴だった。なにが起きたのかを悟る。鉄棒で殴られたかと思ったが、安全靴で蹴られたのだとわかった。

「警察官《サツカン》じゃなくコソ泥だな」

父が言い放った。

伸ばした黒髪を七三に分け、口ヒゲをたくわえており、昔とは違った姿だ。しかし、間違いなく日向繁だった。今の彼はメガネをかけていない。かけていたとしても、すぐに見破れただろう。人を見下すような口調と、十年ぶりだというのに情のない言い草——まさに父だった。

「母さんの——」

骨をどこにやった。問い質したかったが、口に血が溜まる一方だ。

日向は堪えきれずに血を吐き出した。母の墓を汚したくはなかった。しかし、まともに呼吸もできない。思ったよりも大量の血があふれ、着ていたワイシャツと敷石を濡らした。

頬と歯茎が燃え上がるように熱い。口を動かすだけで激痛が走り、吐く息は血の臭いをともなっていた。衝撃のせいで頭がふらつく。

骨壺を指さした。

「骨をどこにやった」

父の左手にはマグライトがあった。全長四〇センチはありそうなサイズで、警棒のように使えば人の頭を叩き割れる。

そのマグライトで顔面を照らされた。ＬＥＤの白い光が網膜を刺激してくる。思わず顔をそむける。

「おれは忙しい。相手をしている暇はないぞ」

「骨をどこにやりやがった！」

聞きたいことは山ほどあった。いちまつ事件だけではない。まずは母の墓を倉庫代わりに使ったことが許しがたかった。

母の葬式そっちのけで捜査に没頭し、親戚から白い目で見られただけでなく、怒った息子に制裁まで受けた。にもかかわらず、懲りずに母を愚弄し続けている。

「海に撒いた。こんな窮屈なところより、ずっとマシだろう」

父は腰を折って、地面の拳銃や証拠品を拾い上げようとした。

「ふざけるな!」

右腕で突き飛ばそうとした。

父がすばやく上半身を起こした。拾い上げようとしたのはフェイントだった。日向の反撃を待っていたかのように。マグライトをすばやく振りおろし、日向のわき腹に叩きつけた。

肝臓のあたりを殴打されて息が止まる。下半身の力が抜け、玉砂利の地面に片膝をついた。わき腹を押さえて、痛みを訴える内臓を懸命になだめる。

怒りのあまり、彼が木刀を軽々と操り、覆面の男たちをぶちのめしていたのを忘れていた。暗闇のせいもあるが、マグライトによる一撃を目で捉えるのは難しい。

止まっている暇はなかった。父が左足を振り上げていたからだ。地面に伏せると、頭上を安全靴が通り抜けた。鉄板の入ったつま先が、日向の頭髪を掠めて外柵に衝突する。石造りの外柵が安全靴によって砕け、細かな破片が顔に当たった。かわしていなければ、頭蓋骨を蹴り割られていただろう。

父の攻撃はさらに続き、マグライトを日向の背中に何度も振り下ろしてきた。亀のように身体を丸めて衝撃に耐える。腎臓のあたりを打たれ、股間から脳まで電流のように激痛が走る。

これだけの暴力にさらされるのは、学生時代に実践空手を学んだとき以来かもしれない。今夜からしばらくは血尿に悩まされそうだ。

たまらずうめき声を漏らし、唾と血液が地面を濡らした。老人の動きとは思えぬ力に圧倒される。心肺機能も強化しているのか、ここまで動いても息を乱してはいない。

ひとしきり日向を痛めつけると、父は再び腰を折って、拳銃を拾った。袋入りの拳銃をマフポケットにしまう。地面のフリーザーバッグをマグライトで照らした。

「ひとつ足りん」

父は苛立った様子でうなった。眉間にシワを寄せ、口を歪ませる。それは機嫌が悪いときに、よく浮かべる表情だった。

「返せ」

マグライトを顔に向けてきた。

強い光に網膜を刺激されたが、視線をそらさずに、父を上目でじっと見据えて拒んだ。スラックスのポケットには、USBメモリの入ったフリーザーバッグをねじ込んでいた。その直後に、安全靴で蹴飛ばされたのだ。

父は舌打ちすると、忌々しそうに唾を吐いた。

「相変わらずうっとうしいガキだ。とんだ恥をかかせやがって。育ててもらった恩も忘れて、とことん逆らうつもりか。松葉杖なしで歩くのに、えらく時間がかかったぞ」

唾は墓誌にかかっていた。母たちの名前や戒名などが記された石碑に。日向の視界が赤く染まる。

玉砂利が敷きつめられた地面に手をついた。

「あんたはなんのためにこんな真似をしてる。犯人《ホシ》はわかってるんだろう。何年も何年も〝いちまつ〟に身を捧げた末に、犯人《ホシ》からカネでも強請《ゆす》ろうとでも考えてるのか?」

父がマグライトを肩に担いだ。あからさまにため息をつく。

「警視庁《カイシャ》も堕ちたもんだ。お前ごときが捜査一課《ソウイチ》で大きな顔をしてるとは」

「笑わせるな。DV野郎のクズが」

父の顔つきが険しくなった。

「返せ」

マグライトが頭に振り下ろされた。

同時に日向は地面を這いながら、父の右脚に肩から突っこんだ。マグライトが背中に当たり、痛みが走るものの、日向は耐え抜いた。

右脚にタックルをした。父は半身になってタックルを切ろうとするが、右膝に頭突きを入れると、後ろに倒れながら尻餅をついた。墓石に背中をぶつける。

父が息をつまらせた。体勢を崩しながらも、マグライトを振ってきた。

マグライトが唸りをあげて顔へと襲いかかった。先端が鼻をかすめた。弾けるような痛みとともに、鼻血が噴き出した。生温かい液体が顔下半分を濡らす。

鼻の痛みで涙があふれた。視界がぼやける。ただし、父がなおもマグライトを振り上げているのがわかった。

日向は右の正拳突きを放った。加減している余裕はない。手には玉砂利を握りこんでもいる。重量の増した拳で、父の右肩を殴りつけた。

父の動きが止まった。うめき声をあげた。マグライトを持つ手を震わせる。さらに突きを右肩に叩きこんだ。右拳に血がべっとりとつく。

父の右肩が血で滲んでいた。パーカが赤く染まりつつある。覆面の男にナイフで刺された箇所だ。突きを二度喰らって傷が開いたらしい。

日向は実践空手の有段者だ。拳は相手のあばら骨や胸骨を折るほどの威力を持つ。空手家が石まで握って殴打するということは、ハンマーで殴るようなものだ。父は電流でも流されたように身体を震わせ、マグライトを取り落とした。

父は眉間にシワを寄せたままだ。威嚇する闘犬のような顔つきは変わらず、戦意を失った様子はまるでない。

十年前もそうだ。火葬場の駐車場で脚をへし折り、奇妙な角度に折れ曲がったところを踏みつけても、気弱な表情を最後まで見せず、口を歪めて敵意をむき出しにしていた。それが気に入らず、何度も踏みつけたのだ。

今もそうだった。屈服させて、反省させたい。母や自分に詫びを入れさせたい。その願望が叶った例《ためし》はなかった。

闇のなかでも父の顔色が悪くなっていくのがわかった。息が荒くなり、額に脂汗を浮かべている。パーカの血の染みが大きくなる。

「泣きわめくまでぶん殴っていたいが、口が利けなくなったら困る」

日向はワイシャツを脱いだ。ボタンが弾け飛ぶ。ワイシャツの袖を使って、肩の出血を止めなければならない。

そのときだった。携帯端末が鳴る音がした。父のズボンのポケットから光が漏れた。視線が思わずポケットに向いたのを後悔する。しかし、手遅れだった。

「やはり刑事失格だ」

父の左腕が動くのが見え、日向は再び頬に衝撃を受けた。

証拠品である拳銃で殴り払われた。墓の香炉に側頭部をぶつける。上顎骨が爆発したような痛みが走った。日向は苦痛に悶《もだ》えながら横転を繰り返した。本能がそうさせた。再び叩きのめされるのを避けるため、父と距離を取る。敷石や玉砂利のうえを転がり、外柵を越えて地面へと落ちる。

鼻と口の両方を出血でふさがれ、血を吐き出して酸素を求めた。気管にも血が入り、激しく咳きこむ。

「……わかった。早急に離れる」

父は電話で誰かと話をしていた。耳鳴りがひどく、父の声は聞き取りづらい。

簡潔に会話を済ませると、右脚をひきずるようにして立ち去ろうとする。

「待て……協力者の女か」

身体どころか、満足に口すら動かせなかった。奥歯の欠片が喉にひっかかる。

「お前のスタンドプレーで、貴重な証拠を手に入れそこなったな。これでお前は終わりだ。ざまあみやがれ」

父は口を歪めながら笑った。人を陥れるのに成功した悪役みたいな、虫唾《むしず》が走る笑みだった。

「小僧が扱う事件《ヤマ》じゃない。ちょろちょろしてるとぶち殺すぞ。こいつはおれの事件《ヤマ》だ！」

父は自分を指さして吠えた。

肩の出血はひどく、スウェットのズボンまで赤く染まりつつある。だが、その咆哮は力強かった。

暗闇に覆われた空が赤く染まる。パトランプを点灯させながら、警察車両が近づいてきているようだった。

父が警察の網を潜り抜けられた理由が、今の電話でわかった。警察内部に、父に情報を流している者がいるとしか思えない。あの父ならば、かつての仲間を情報提供者に仕立て上げていても、なんらおかしくはない。

「袋は預けておく。誰にも渡すな。腹膨らませた女房が痛い目に遭う」

「てめえ、ぶっ殺してやる！」

日向は立ち上がろうとした。

しかし、マグライトや拳銃で殴打されたダメージは大きい。脚がガクガクと震え、隣の墓石にもたれかかった。目が回る。

父は母の墓から離れた。右脚を引きずっているものの、足取りはしっかりしていた。墓石と暗闇にまぎれ、やがて姿が見えなくなった。

「逃げんじゃねえ。殺してやる！」

複数のパトランプの灯りが近づいてきた。あたりを見渡すと、墓場の周りのマンションの住人が窓を開け、あるいはベランダに立っては、日向を見下ろしている。

激痛に耐えながら、自分が警官なのを思い出す。ポケットから警察手帳を取り出し、警官がやって来るのを待った。

19

岳に頬を張り飛ばされた。

「このバカ野郎！」

叩かれたのは、父に安全靴や拳銃で痛めつけられた箇所だ。レントゲンの結果、骨は折れてはいなかった。

ただし奥歯は砕け、歯茎は裂傷を負った。歯根の位置から折れているため、歯髄が露出しており、常温の水を含んだだけでも刺激で激痛が走った。

医者からは、口腔外科でマメに治療を受けなければ歯髄が壊死し、嚙み合わせもおかしくなると脅された。包帯で頭から顎にかけて、グルグル巻きに固定された。

警察車両で病院に運ばれながら、墓場に駆けつけた立川署員に事情を説明した。

戦いでのアドレナリンが失せ、傷の痛みに容赦なく襲われ、口を動かすのにも苦労した。口を開けば血があふれるため、ときおり血を呑みこみながら筆談でやり取りせざるを得なかった。

日向が本庁の刑事とあって、立川署員の制服警官たちは丁寧に接してくれた。しかし、刑事という肩書きが通じるのはそこまでだった。

立川市内の救急病院で治療を受け、一番に駆けつけた岳から、痛烈な一撃をもらった。業務用冷蔵庫のような体格から繰り出すビンタは、もはや掌底というべき打撃で、周りにいた看護師らが悲鳴をあげた。

岳が怒るのは当然だ。誰にも相談せず、単独で墓場まで行っては、キーマンである父を確保できず、せっかくの拳銃をも持ち去られてしまったのだから。しっかりとチームで動いていれば、こんな不手際は起こらなかった。

また、事件に関与しているのが日向の父とわかり、捜査本部の上層部が関係性を問題視するなか、岳は彼らを説得して日向を起用し続けてくれたのだ。彼のメンツを潰し、信頼を裏切ったも同然だった。

岳とは救急病棟の通路で話し合った。日向の説明を辛抱強く聞き、やはり筆談を交えてやり取りしていた。冷静に耳を傾けていたものの、やがて頭から湯気が出そうなほど怒気を露《あらわ》にしていた。後から日向班のメンバーも病院に来たが、岳が怒りを爆発したのはそのときだった。

「この事件《ヤマ》からは外す。おれがどれだけ骨を折って、上を説得したと思ってるんだ。くだらねえ親子喧嘩なんかおっぱじめやがって」

ぼやき屋の岳が、これほど激昂するのを見るのは初めてだった。部下たちも同じで、顔を凍てつかせたまま動けずにいる。

「お前にまで、親父みたいにちょろちょろ動かれたら、たまったもんじゃねえ。こんなもんいらねえだろう。脱げ、バカ野郎」

岳はビンタだけでは収まらず、憤怒の形相で日向の靴を無理やり脱がせた。血と土埃で汚れた靴だった。廊下の床に砂がこぼれ落ちる。

彼は通路に設置されていたゴミ箱に靴を放りこむと、カバンを担いで時間外出入口へと立ち去った。日向班のメンバーたちは、暗い表情で岳の背中を見やった。

府中署の道場で休んでいた彼らは、頭髪に寝癖をつけ、目ヤニを付着させていた。猛暑でくたびれきったところに来て、上司がスタンドプレーでミスを犯したのだ。おっとり刀で駆けつけてくれたものの、その顔には疲労とやりきれなさが滲んでいた。

彦坂がゴミ箱に向かおうとした。日向はそれを止める。

「自分で拾わせてくれ」

彦坂が肩を落とした。

「あんなにブチギレた岳さんを初めて見ましたよ」

「キレもする。おれが岳さんの立場なら、やっぱり同じことをやる」

「でもですよ。あのスカイヤーズビンガムと弾薬まで見つけ出したんですよね。この発見はでかい」

日向は力なく首を振った。

「日向繁の考えてることはわからない。なにをしでかすかも。母の遺骨を捨てたように、肝心の凶器だって海にでも捨て去るかもしれない」

「さすがにそれは……」

「古巣の警視庁《カイシャ》に持ちこまず、裏でねちょねちょやっているかぎり、なにをしでかしても不思議じゃない。それに、日向繁もケガをしている。例の覆面たちも狙っている可能性が高い。やつらの手に渡ったら、それこそ証拠は永遠に手に入らなくなるだろう」

覆面の男たちが初めに狙ったのは渡井将真だった。渡井親子も事件に絡んでいるのは間違いない。

頑なに口を閉ざした将真の顔が思い出された。いずれにしても、もはや推理を披露できる立場ではない。

「とにかく、すまなかった。今後は岳さんの指示に従ってくれ。迷惑をかける」

日向は椅子から立ち上がった。背中にいくつもの打撲傷を負い、苦痛に苛まれたが、できるだけ深く頭を下げた。

「直さん」

渚紗がマタニティワンピース姿で救急出入口から入ってきた。張りつめた表情で駆け寄ってくる。

「では、おれたちはこれで」

妻が駆けつけたのを機に、部下たちも病院から去ろうとする。窪寺が声をかけてくれた。

「身体中が痛むだろう。早く頭を上げてくれ。親父さんの件はこっちに任せろ」

言葉に甘えられず、日向は頭を下げ続けた。

部下たちとしても、日向に文句のひとつもぶつけたかっただろうが、岳の怒りとビンタの強烈さを目にして、責める気も失せたのかもしれない。

渚紗と部下たちがすれ違った。彼女は手短に挨拶を済ませると、日向のもとへと走ってきた。ほぼスッピンで髪も乱れている。寝ていたところを電話で起こされ、部下たちと同じく、慌ててすっ飛んできたのだ。

「どうしたの……」

彼女は絶句し、包帯だらけの夫を痛々しそうに見つめた。

無理もなかった。左の前腕をケガしただけでなく、顔面まで包帯に覆われ、唇も腫れ上がっていた。上司の雷などよりも、渚紗に驚かれるほうが辛かった。大事な時期にもかかわらず、彼女を労わるどころか、逆に心配ばかりかけている。

彼女は日向の足元に目を落とした。

「ケガもひどいけど……靴は?」

「ああ」

日向はゴミ箱に向かうと、手を突っこんで靴を引っ張り出した。彼女は眉をひそめる。

「ややこしいことになってるみたいね」

「わりとな」

靴を履き直した。渚紗とともに病院を後にする。

もうじき朝を迎えるというのに、外は熱気が滞留していた。アスファルトが熱を持ち、足に粘っこい暑さが絡みついてくる。

今日も酷暑となりそうだった。まだうす暗いのに、さっそくセミが騒々しく鳴いて暑苦しさを増幅させていた。

歩くたびに背中がずきずきと痛み、身体がひどく重く感じられた。包帯が巻かれた前腕や顔が、汗で蒸れてかゆみを訴える。

駐車場はガラガラで、日向らのコンパクトカーは救急病棟の側に停まっていた。ケガをした今ではやけに遠く思える。腹のなかに子供がいる渚紗のほうが足は速い。

「大丈夫?」

彼女が肩で支えようとした。大丈夫だと手で制した。

コンパクトカーの助手席に乗りこんだ。ちっとも大丈夫ではなかった。座席に乗りこむと、シートに身体を預けた。渚紗に心配をかけたくなくて、できるだけ気丈に振る舞いたかった。

腎臓を打たれたせいで、背中が内側と外側の両方で痛んだ。尿意を覚えており、自宅に戻ったらすぐに小便がしたい。しかし、血尿が出るのは間違いなく、排尿時の痛みを考えると、トイレに行くのが億劫だった。捜査から外れるように命じられたが、居残りたくてもこれでは使い物にならない。

車は都道16号線を南下した。営業時間外のファミレスやカーディーラーを通り過ぎた。

彼女がハンドルを握りながら訊いた。

「一度、家に帰ってきてたんだね」

「君はソファで寝てた」

「全然気づかなかった……」

「『夜食でも作る？』とまで言ってた」

「本当？　全然覚えてない」

渚紗は朗らかに笑った。

夜中に叩き起こされ、ヘマをやらかした旦那を、グチひとつこぼさず迎えに来た。それればかりか、とりわけ明るく振る舞っている。彼女の愛情に涙が出そうになった。

「母の墓参りに行ってきたよ」

「喋ると痛まない？」

「聞いてほしいんだ」

日向は墓場で起きたことを話した。

それが彼女の愛情に報いる一番の形と考えたからだ。骨壺が保管庫として使われ、それらを入手しようとしたときに、マグライトと安全靴で武装した父が現れ、血みどろの戦いを繰り広げた。痛み分けで終わり、せっかくの証拠品を逃したことも。

甲州街道を東に走って府中市に入る。徐々に空が明るくなっていく。早朝とあって道は空いており、昼間の半分ほどの時間しかかからない。自宅近くの月極駐車場が近づいたところで、コンビニに寄るように伝えた。

「買っていきたいものでもあるの？」

「そうじゃない」

渚紗がコンビニに寄った。駐車場には八台分のスペースがあり、すべて空いている。車が停まると、バックミラーに触れた。コンビニの前の公道を確かめた。後ろを振り返って肉眼で確認したいが、顔と背中の痛みが許してくれない。

渚紗が日向の意図に気づき、あたりを見回してくれた。彼女も元警官だ。久しぶりに鋭い目つきになった。

「尾けられてはいないみたいだけど」

彼女の言葉にうなずくと、スラックスのポケットから、フリーザーバッグを取り出した。なかにはUSBメモリが入っている。彼女に見せると、目を丸くされた。

「それって」

「父から持っていろと言われた。他人に渡せば、君を痛い目に遭わせると」

渚紗はため息をついた。

「会ったことはないけど、直さんのそのケガを見るかぎり、お義父《とう》さんならためらいなくやりそうね。お腹にいる孫でさえ、安全靴で蹴り潰してきそう」

「やるだろう」

警官でいるかぎり、脅しや暴力は日常茶飯事だ。日向も渚紗もさんざん危険な輩を見てきている。

飼い犬の糞の始末やゴミの出し方といったささいな揉め事から、包丁で隣人をめった刺しにした中年男。自分の子供に犬用の首輪をつけ、しつけと称しては、電気ゴタツの脚で日常的に殴りつけていた河田夫妻もそうだ。簡単に一線を越えてしまう連中だ。父も明らかにその部類に入る。

「なんて言っていいかわからない。君まで巻きこんでしまった。おまけに、こんな重要な証拠品まで隠し持ってる」

「直さんも、お義父さんにだいぶ似てきたかも。血は争えないね」

「ああ……そうだな」

彼女の言葉が胸に突き刺さった。身を守るためとはいえ、墓場では父に本気の正拳突きを放ち、ナイフで刺された傷口を抉《えぐ》った。殺してやるとも罵った。遺骨のない母の骨壺を見たとき、自分もまた一線を越えて堕ちていった。

「嘘よ。あなたとお義父さんはやっぱり違う」

彼女は笑いながら日向の肩を叩いた。ふいに表情を引き締める。

「そのUSBメモリだって、岳さんとしっかり打ち合わせしたうえでのことでしょう?」

「やっぱり見抜いてたか」

「その靴、ピンと来たもの」

彼女に靴を指さされた。

日向が履いているのはブラックのスニーカーだった。父との戦いで汚れた靴は、岳がひそかにカバンに入れて持ち帰っている。

スニーカーの靴底にはGPSの端末が組み込まれている。もともとは、徘徊する高齢者や子供の位置を把握するために販売されているものだ。

日向がいる位置を、岳はリアルタイムで追いかけることができる。渚紗は、ゴミ箱から拾い上げられた靴が、日向がふだん履いているものと違うとすぐに気づいたのだ。

日向は治療の合間に電話で岳と話し合った。父に拳銃と実弾を持ち去られたことを打ち明け、手元にUSBメモリが残った事実を率直に伝えた。特捜本部の動きが父に知られている可能性が高いとも。

部下を疑いたくはなかった。しかし、墓場では見計らったように父が姿を現した。日向と殺し合いのような親子喧嘩を繰り広げ、通報を受けた警察車両が墓場に駆けつけているが、父は誰かからの電話の後、警官が来る前に姿をくらましてもいた。部下のなかには、古株の窪寺のように、かつて父と同じ部署にいた者もいる。

窪寺のみを怪しんでいるわけではない。今の捜査本部は大所帯だ。日に日に陣容が拡大しており、近隣の署員も駆り出されている。父と通じている警察官が交じっていてもおかしくはない。身内を欺くために、岳と一芝居打ったのだ。日向が捜査から外されたことを強く印象づけるために。

USBメモリを持っているかぎり、父はコンタクトを取ってくるだろう。日向を囮《おとり》として使い、父とその背後関係を洗い出そうと、岳と示し合わせたのだ。

渚紗に尋ねられた。

「そのUSBメモリの中身はなんなの?」

「わからない。パスワードもかけられてるだろう」

わざわざ母の墓に預けていたのだ。なかのデータを一刻も早く確かめたくはあった。とはいえ、パソコンを睨み続けられるだけの体力はない。エアコンの風を浴び、腫れで熱くなった頬や身体を冷やした。しかし、今は身体の芯がゾクゾクする。

渚紗が額に手をあてた。

「熱があるみたい。早く戻らないと」

コンビニの駐車場を出ると、自宅近くの月極駐車場に戻った。

灼熱の昼間を避けるためか、ジョギングに励む住民の姿が多く見られた。照りつける太陽が疎ましかったが、闇討ちに遭わずに済みそうだった。ケガ人と妊婦ではひとたまりもない。

月極駐車場から自宅マンションまで、ふたりで周囲を警戒しながら歩いた。行き交う人の数が多いのはよかったものの、傷だらけの顔を見つめられるのが恥ずかしかった。

自宅に戻ってからも不安は消えなかった。果たしてここも無事なのだろうか。父がすでに合鍵を作っており、いとも簡単に入ってこられそうな気がした。サムターン錠だけでなく、ドアガードをかけた。

「ゆっくり休んで」

渚紗に寝室へ促された。

日向としてもうなずくしかなかった。シャワーも浴びて、汗や土を洗い流したかったが、身体を一刻も早く横たえたかった。

20

シーツがぐっしょりと濡れていた。

日向は思わず股間に手を伸ばした。下半身はトランクスのみで、太腿の肌に触れた。

小便を漏らしたわけではなさそうだった。アンモニアの臭いもない。過去に疲労のあまり、失禁したまま眠りこけていたことがあった。

ほっと息をつくとともに、頬や身体がずきずきと痛みを訴え、自分が置かれた状況を思い出した。ここは署の道場ではないのだと。

記憶が蘇ってくる。帰宅してから疲労や打撲傷が積み重なって発熱したらしく、寝室に促されてからの記憶がなかった。

道場の布団と違って、自宅のベッドは寝心地がよかった。シャワーを浴びる間もなく眠ってしまったらしく、シーツや布団に土や砂が落ちていた。身体もベタベタとして、ひどく気持ちが悪かった。

額に濡らしたタオルが載っていた。すっかりぬるくなっているが、渚紗が看病してくれたのだとわかった。ナイトテーブルにペットボトルの水があり、手を伸ばして口をつけた。喉がカラカラだ。

五〇〇ミリリットルの水を一度に飲み干して渇きを癒やした。べたついた身体を洗い流し、鎮痛剤を呑んで痛みを和らげたかった。ベッドから降りてリビングに移動する。

大量に汗を掻いたおかげか、熱は下がったようだった。ゾクゾクするような悪寒はなく、身体もだいぶ軽くなった気がする。

時計の針は正午を指しており、窓から入る日差しは悪辣といえるほど強い。

エアコンが効いているおかげで、室内は快適な温度が保たれている。体調がいくらか上向いたとはいっても、まだとても外を自由に歩けるほどの体力はない。今は父や謎の連中たちとわたり合うために、コンディションを整える必要がある。

静かなリビングのなかで、エアコンの作動音とマウスをクリックする音がした。

渚紗が、隅にあるデスクトップのパソコンに齧りついていた。警官時代のような真剣な顔つきで、ディスプレイを食い入るように見つめている。本体の端子には、母の墓に隠されていたUSBメモリが挿さっていた。彼女に中身を確認してくれと頼んでいた。

寝室のドアが開く音に気づき、渚紗が後ろを振り返った。まるで親の仇のごとく画面を凝視していたが、一転して柔和な表情に戻った。

「具合はどう?」

「寝汗をたっぷり掻いた。おかげで、熱は下がったみたいだ」

彼女は椅子から立ち上がり、日向のほうに駆け寄った。掌を彼の額にあてる。

「なにか食べる?」

「あいにく、口のなかがまだ痛い」

「だよね」

渚紗はエプロンをつけてキッチンに立った。日向はパソコンの画面に目をやった。

やはりUSBメモリの中身を確かめるには、パスワードを入力する必要がありそうだった。パスワードを打ちこむよう指示されているが、まだ空欄のままだ。

「パスワード、わかりそうか」

渚紗が鍋に火をかけながら、口をへの字に曲げた。

「まさか」

「だよな」

「ハッカーじゃあるまいし。ロックがかかってなかったらいいなって、ダメ元で確かめただけ。ＡＴＭと同じで、下手に打ちこんで失敗しようものなら、ログインすらできなくなるやつだってあるらしいよ。場合によってはスパイ映画みたいに、中身のファイルごと消えちゃうものもあるっていうし。素人がいじくれるものじゃないよ。同期にサイバー犯罪に詳しいやつがいるから、相談してみようかと思ってたところ」

「ＡＴＭね……」

パスワードの入力画面を睨んだ。

やはり、まだ体調が悪い。小さな文字を見つめているだけで、胃のあたりにむかつきを覚える。

腹をさすりながらキーボードに触れた。渚紗に注意をされる。

「ちょ、ちょっと。開けなくなるかもよ」

父になったつもりでパスワードを考えた。

ともに暮らした時期は、日向が高校を卒業するまでであり、父の考えていることなど、今に到るまでろくにわかってはいない。とはいえ、思い当たるフシがないわけではない。母の墓まで利用したのと同じく、あの男は独特の哲学に基づいて動いている。

〝ＧＢ０４５〟と入力して、エンターキーを押した。パスワードは正しかったらしく、作動音とともに、ＵＳＢメモリのなかのデータが一斉に表示された。

　渚紗が驚きの声をあげた。

「ええ？　なんでわかったの？」

「刑事の勘ってやつさ」

　うまく答えられなかった。一発で解読できたことよりも、やはり自分はあの男の息子なのだという事実にむかつきを覚えた。

　警察官には、異動や昇任をしてもずっと変わらぬ六ケタの職員番号と、自分の所属先を示す識別番号が与えられる。

　後者はアルファベット二文字と三ケタの数字で構成されており、異動などで職場が変わるたび、新たな番号に変更される。警視庁ならば、新宿署員は〝ＰＤ〟、本庁総務部企画課なら〝ＡＡ〟といったように。

　それぞれの警官に番号が割り振られ、所属長が識別番号の台帳を管理している。日向が所属する捜査一課は〝ＧＢ〟だ。〝ＧＢ０４５〟は父の識別番号だった。

　父はこの識別番号に愛着を持っていた。所轄に異動してからも、この番号を使い続けた。まさにＡＴＭがそうだった。母が持っていた警視庁職員信用組合のキャッシュカードの暗証番号も、〝００４５〟という、識別番号にちなんだ数字だった。

　その数字を知ったのは大学生のときだった。師走の寒い時期で、母が死ぬ一年前だ。

日向は所沢の実家を出て、都内で暮らしていたが、しばしば父が不在のときを狙って帰省していた。

学費はすべて自分で賄い、アルバイトを掛け持ちしながら学業と空手を続けていた。超がつくほどの貧乏学生で、いつも腹を空かせていた。母の手料理にありついて、ついでに米などの食糧をわけてもらうためだった。

いざ実家に戻って冷蔵庫を開けて、日向はひどく驚いた。なかにあったのは調味料のみで、米すらほとんど底をついていた。食糧だけではない。石油ストーブの灯油すらなかった。

母は長年の暴力にさらされて腰を悪くし、杖がなければ歩行も覚束《おぼつか》ないくらいに衰えていた。外出する機会も極端に減っていた。

食糧と灯油がないのはそのせいだと思い、日向は買い物をしてこようと申し出た。

――このままじゃまずいだろ。餓死しちまうよ。さっと行って買ってくるから。

手を差し出す日向に、母は申し訳なさそうに答えた。

――ごめんね、おカネがないの。

――米も買えないくらいに？　嘘だろ？

日向が問いつめると、母はモジモジと恥ずかしそうにうつむくだけだった。

――あの野郎……。

日向は怒りに燃えて拳を握りしめた。

ただでさえ、家計はつねに火の車だった。父が捜査に給料を使いこむからだ。暴力をふるうだけでなく、家族を飢えさせる気なのかと憤慨したものだった。しかし、母は首を横に振った。

——私が悪いの。ATMのパスワードが思い出せなくなって。おカネが引き出せないだけ。

——思い出せないって……。

初めはつまらない嘘だと思った。骨を折られるようなケガをしても、母は父に対して文句を言わない。まるで犬のように躾けられていたからだ。

だが、母がパスワードを忘れたのは事実だった。暗証番号を頻繁に変えていたわけでもない。のちにわかったことだが、ストレスと疲労でうつ病を患っていたのだ。うつ病性仮性認知症と医者から診断された。

父に叱られるのを怖れ、母はパスワードを聞けず、じっと飢えや寒さに耐えていたのだ。腹ぺこだった日向は、母の財布や家計簿を必死に調べ、家計簿のあるページに記されてあった四ケタの番号を見つけた。

暗証番号がわかると、キャッシュカードを持って、一目散に銀行へと駆けこんだ。現金を引き出すと、スーパーで米や食材を買いこみ、母に簡単な料理を作ってもらった。ドンブリで一度にかっこみ、メシを喉に詰まらせたものだった。

自分が生き残ることしか考えていなかった。母の病に気づいていながら、メシを腹いっぱいつめこむと、さっさと都内に舞い戻った。母を見捨てたのだ。

その一年後に母が世を去ると、己の酷薄さを棚上げして、父に怒りをぶつけた。しかし、父を責める権利などありもしなかった……。

父の遺留品が、眠っていた記憶を蘇らせた。世間から忘れられていたいちまつ事件が、一発の銃弾によって注目を浴びたのと同じように。

USBメモリ内のデータは膨大だった。ファイルの数だけでも百は超えている。文字やアイコンを凝視していると、車酔いに似た不快感がこみあげてくる。

パソコンから離れ、浴室に移動してシャワーを浴びた。パスワードの解析に夢中になり、身体の汚れやべたつきを忘れていた。頭にこびりついていた砂が落ち、タイルの床が茶色くなる。鏡には、顔を腫れ上がらせた三十代の男が映っており、歯茎や上腕が痛みを訴えた。冷水をかぶって肉体を冷やす。

ついでに頭をたっぷり冷やした。冷静になるよう自分を戒める。覆面の男らを取り逃がし、父に不意討ちを喰らった。ミスを繰り返すわけにはいかなかった。

風呂から出ると、玄関をチェックし、鍵とドアガードがしっかりかかっているのを確認する。

渚紗が重湯《おもゆ》を作ってくれた。重湯を啜っていると、渚紗がパソコンの前に陣取っていた。新しいおもちゃを手にした子供のように目を輝かせている。

「……見てもかまわない？」

「助かる」

日向は即答した。

かつてなら、たとえ元警官といえども、一般人である妻に捜査資料など見せたりはしなかった。

渚紗を巻きこみたくはなかったが、もはやそうも言っていられない。なにも知らせないままのほうが危険だ。事件の当事者のひとりと言えた。父や覆面の男たちに急襲されるかもしれないのだ。今の日向は父と同じく、事件の当事者のひとりと言えた。渚紗の身にもなにかが及ぶかもしれない。

「すごい数ね。一日や二日じゃ、とても読み切れそうにない。捜査資料をのきなみコピーしてたみたい」

渚紗がうなった。

日向はうなずいた。父はいちまつ事件の捜査から外されてからも、真相を追い続けていた。警官を退職してからも。捜査資料を持ち出したとすれば、地方公務員法に反する犯罪行為だが、もう驚くに値しなかった。

重湯を胃に収めると、抗生物質と鎮痛剤の錠剤を呑み下した。昨夜よりもコンディションはよくなっているが、それでもパスワードの解析に神経を費やしたせいか、目がくらくらする。

ソファに身体を預けた。七時間も眠ったのは久しぶりだった。熱っぽい痛みは取れても、自分の身体とは思えないほど重い。

パソコンの横のプリンターが音を立てた。渚紗がデータをプリントアウトしたらしい。

「なにか見つけたのか？」

日向が尋ねると、渚紗は苦笑した。

「さっぱり。せっかく見せてもらったけど、全部目を通すだけでも数週間はいりそう」

渚紗はプリントアウトされた用紙を日向に手渡した。彼女は言った。

「とりあえず、USBメモリのなかで一番新しいPDFのデータを印刷してみたんだけど。作成されたのが今年の初めだった」

用紙に目をやった。

警察関係の書類ではなく、とっさに中身がわからなかった。書類の最上段に〝保険証券番号〟とあり、大手保険会社の保険証券の写しだとわかった。

思わず前のめりになった。保険の種類は定期生命保険とある。保険契約者は豊永佐代《とよながさよ》とあった。

日向はその名をじっと見つめた。どこかで見聞きした名前だ。

「あっ」

思わず声が漏れた。豊永佐代はかつて『さよ』なる小料理屋をやっていた女将であり、渡井義之のアリバイを証言した人物だ。

目をこらした。気分がすぐれないときに、小さな文字を読むのは苦痛だったが、湧き上がる興奮が頭脳に活を入れてくれた。

生命保険の契約日は二十二年前と古い。加入したのはいちまつ事件と同じ年ということになる。被保険者は豊永則明《のりあき》といった。佐代の夫にあたる人物だ。

なんでこんなものを父は集めていたのか。考えるまでもなかった。いちまつ事件と関係しているからだ。

保険証券によれば、夫の豊永が死亡した場合、妻の佐代には三億円の保険金が支払われるという。

当時の佐代は三十八歳で、夫の豊永は四十一歳。働き盛りの男性は万が一のために高額な保険に入りがちとはいえ、それでも突出した高さだ。犯罪の臭いがしてくるほどの。小料理屋の女将までが〝いちまつ〟と関係しているとなると、渡井義之のアリバイが揺らぐことになる。

そのときだった。固定電話が鳴り、思わず渚紗と顔を見合わせた。彼女が電話に出ようとするのを止め、ソファから立ち上がった――立ちくらみに襲われて身体がふらつく。脚に力をこめ、固定電話が置かれている棚まで歩いた。ナンバーディスプレイには非通知の文字が表示された。コードレスフォンを手にして電話に出る。

「日向です」

名乗ってはみたものの、相手からの返事はなかった。

くぐもった笑い声が耳に届いた。不快な嘲笑いに、カッと頭が熱くなった――今度は首の骨をぶち折ってやろうか。喉元まで罵声がこみあげる。

「……なにか言ったらどうだ」

〈無事に捜査を外されたらしいな。今ごろは痛みにのたうちながら、カユでもすすっているころか〉

「くだらない挑発はよせ。忙しいんじゃなかったのか?」

〈貴重な時間を割いて、息子を再教育してやっているだけだ。勘違いするな、とな。赤バッジなんぞつけて、殺人《コロシ》の捜査を手がけるのは百年早い。田舎の所轄で自転車泥棒でも追いかけてるほうが、お前にはお似合いだ〉

父は耳障りな笑い声をあげながら愚弄した。

その言葉からあからさまな嫉妬を感じた。ふつうの親子関係であれば、息子が花形の部署に取り立てられたとなれば喜ぶものだろう。

だが父にとって、日向は主人の手を噛む躾の悪い犬に過ぎない。そんな犬が、なぜ捜査一課という職人集団にまぎれこんでいるのか。とっくに警察をお役御免になったくせに、まるで同年代のライバルみたいなギラギラとした敵意を向けてくる。

父は『白鯨』のエイハブ船長のようなものだ。いちまつ事件という巨大な鯨を殺すためなら手段を選ばず、自分以外に仕留めようとする者を許さない。

「あんたこそ、いつまで警官ごっこを続けている。どれほど老骨にムチ打ったところで、捜査一課《ソウイチ》に戻れやしないんだ。いちまつ事件を解決するどころか、今のあんたはただのお尋ね者だ。無法者に教えてもらうことはなにもない」

渚紗が肩に優しく触れてくる。

父の挑発に乗せられつつあると気づき、ゆっくりと深呼吸をした。受話器を握る手を緩める。危うく握り潰すところだった。

〈絶好調だな、出来損ない。女房の腹まで蹴りつけたくなる。出来損ないのガキは、どうせまた出来損ないだ。生まれてこないほうがいい〉

口のなかが燃えるように痛んだ。生臭い血の味が広がる。無意識に奥歯を嚙みしめ、傷ついた歯茎から出血していた。

父は自分のセリフがツボに入ったのか、さもおかしそうに噴き出した。

刑事をやっていれば、参考人や容疑者の口を開かせるため、あえて挑発を行うときがある。取り調べにおいて、〝悪い警官〟に徹し、相手が気にしているコンプレックスをからかい、大切にしている人やモノを悪く言う。刑事のなかには、ラッパー顔負けの〝罵りの名人〟ともいうべき男もいる。

とはいえ、それらは落とすためのテクニックに過ぎない。父の声からは、混じり気なしの悪意が感じられた。これこそが今の父の原動力となり、突き動かしているのだ。目がくらむような怒りを覚えつつ、不気味にすら思えた。

父が笑うのを止めた。

〈ブツは持っているな〉

「あるわけがない。警官ごっこに興じている誰かさんと違って、おれは本物の刑事だ。

捜査から外されたとはいえ、上に黙って隠し持ったりはしない」

〈つまらん駆け引きは止めろ。特捜本部《チョウバ》の情報は、おれの耳に入ってくる。病院に担ぎこまれて、上司に思いきり引っ叩かれたこともな。墓場でおれに折檻されたことをもう忘れたのか？〉

父はなんでもお見通しだと言いたげだ。余裕に満ちた口調ではあったが、息遣いに乱れが生じているのを聞き逃さなかった。

昨日は覆面の男に刃物で刺され、その日の夜中に息子から正拳突きも喰らった。激しく血を流しながら、墓場から姿を消している。日向よりも重傷を負っているはずなのだ。

「持ってるよ」

投げやりに答えると、父は鼻を鳴らした。

〈お前も刑事の端くれってことか。おれの言うとおりに、ブツを保管していたことは褒めてやる〉

「あんたに褒められるなんて。今日は雪が降る」

〈出来損ないであることには変わりないがな〉

日向は苦く笑った。

また母の姿が脳裏に浮かんだ。この病的なサディストが彼女の人生を破壊し、薄情な日向もさっさと見放した。出来損ないの息子だったのは事実だ。

「おれもあんたを褒めてやるよ。まさか保険金が絡んでいたとは。本当によく調べたものだと思う」

USBメモリの中身を覗かせてもらった。遠回りにそれを告げると、父は沈黙した。日向を苛立たせるような嘲笑いもない。

いかれたDV野郎なのは変わりないが。父の嫌味もそっくり真似てやりたかった。渚紗がいなかったら、うかうかと挑発に乗って、父と同じレベルにまで落ちていただろう。

父がぶっきらぼうに言った。

〈……今夜だ。そいつを持ってこい。車は女房に運転させろ。ボロボロのお前が運転したんじゃ事故を起こしかねない〉

「ふざけるな。あんたなんかに会わせられるか」

〈時間と場所はあとで知らせる〉

父は一方的に告げて電話を切った。

身体から力が抜け、床に膝をついた。シャワーを浴びたばかりだというのに、下着が肌にぴったりと張りつくほど汗をかいていた。

「大丈夫?」

渚紗に声をかけられ、日向はうなずいてみせた。

パソコンを指さした。画面には、保険証券の写しが表示されている。

「残らずチェックしよう」

己自身に活を入れた。へたばっている場合ではないと。

父が抱えているダメージは自分よりも深刻なはずだ。警察の目もあって、まともな病院にも行けないはずだ。それでも止まろうとはしない。負けてはいられなかった。口内の血をまた呑みこむと、パソコンの前に座った。

21

日向はコンパクトカーの助手席に座った。

ギラギラと照っていた太陽が沈み、対向車がヘッドライトをつけている。コンパクトカーは甲州街道を走って調布市内へと向かった。目的地は味の素スタジアムだ。

隣町にあるスタジアムまでは大した距離ではない。しかし、真夏の帰宅ラッシュは手強く、路肩を走るバイクや自転車に追い抜かれた。

──スタジアムの北側駐車場だ。すぐに向かえ。

夕方六時ちょうどに、また父から電話があった。昼間のような駆け引きや罵り合いはなく、ただ簡潔な指示のみだった。

むろん、これまでの経緯を考えれば、罠である可能性は高い。息子だからといって情をかけるような男ではない。むしろ、息子であるからこそ、強烈な敵意をぶつけてくる。

「すぐに向かえって言われても、こんな帰宅ラッシュの時間じゃ、なかなか動けないね」

緊張する日向とは対照的に、ハンドルを握っている渚紗は弾んだ口調で答えた。むしろ、このキナ臭いドライブを愉しんでいるかのような調子だ。

「すまない。君まで完全に巻きこんでしまった」

「謝らない。べつに直さんのせいじゃないんだから。だって、私がドライバーに指定されたんでしょ」

「ああ」

「悪くない提案だと思う。今の直さんが運転するのは危なっかしいし、それにお義父さんには一度会っておきたかったから」

あんなイカれた男に会う必要なんかない。喉元まで言葉がこみ上げたが、今は議論している場合ではなかった。

渚紗が危険を冒してでも、会いたがる理由はわからないでもなかった。会えるとしても、最初で最後の出会いになるだろう。父が捕まる日はそう遠くない。拳銃の所持や発砲、数々の暴力沙汰を考えれば、長い懲役暮らしは免れない。あの覆面の男たちに消される可能性もある。

ベルトホルスターには特殊警棒があり、スーツの内ポケットに果物ナイフを隠し持っていた。まるで自分が半グレにでもなったような気分に陥るが、とても丸腰でいられる状況ではなかった。なにがあっても渚紗だけは守り切らなければならない。

渋滞に巻きこまれて、指定の場所に着いたのは七時前だった。駐車場は、スタジアムでコンサートやサッカーの試合があるときは利用できない。今日はなんの予定もないようで、だだっ広い駐車場には、いくつかの車が停まっているだけだった。

駐車スペースに車を停めると、ベルトホルスターの特殊警棒を握った。左腕の骨にはヒビが入り、顔面や背中は打撲傷を負っている。とても昨夜のようには暴れられない。

ポケットの携帯端末が震えた。電話に出ると、父の声が耳に届いた。

〈駐車場を出て調布インターから高速に乗れ。新宿方面だ〉

「おい――」

電話はすぐに切られた。

日向はあたりを見渡した。灯りのないスタジアムには人気《ひとけ》がなく、駐車場にも人の姿は確認できない。窓を開けて耳をすましたが、ひっそりと静まり返り、重たい熱気が車内に入りこんでくるだけだった。

日向たちが駐車場に入ったのを見計らったかのように電話をかけてきた。父はどこかで見張っているのだろう。あるいは誰かに見張らせているか。出口で精算を済ませて駐車場を後にする。

「まるで誘拐の身代金の受け渡しみたいね。すぐに会えるとは思ってなかったけど」

渚紗は軽く息を吐いた。

「長いドライブになるかもしれない」

「任せといて。交通畑が長かったし、運転なら直さんにもお義父さんにも負けない自信がある」

渚紗はハンドルを八の字に握り直した。

彼女がいつも以上に頼もしく思えた。渚紗にしても、恐ろしくないはずがないのだ。にもかかわらず、気丈に振る舞っては日向を鼓舞し続けている。今は自分だけの身体ではなく、人生の重大な局面に立っている時期だというのに。

再び甲州街道を走り、調布インターチェンジへ向かった。料金所の手前に設置されている電光掲示板が、首都高の混み具合を表示していた。幸いにも、中央道や首都高4号線の上り線が渋滞しているとの情報はなく、新宿まではスムーズに進めそうだった。

日向は携帯端末で電話をかけた。

「日向です」

〈新宿方面に向かってるのか?〉

「はい」

相手は上司の岳だった。

彼は捜査員たちの前で、日向を激しく叱責し、いちまつ事件の捜査から外した。その一方でGPS発信器付きの靴を渡し、日向と連携して動いていた。捜査一課に話を通し、他班から密かに応援を借りてもいる。内部情報を得ている父の裏を掻くためだった。

〈お前らの安全を確保しながら、日向繁が現れたら即座に逮捕《パク》る……と言いたいが、やっこさんも慎重になってるな〉

「逮捕はもう少し待ってくれませんか」

〈泳がせろってのか。危険すぎる。お前らの身になにかあったら、悲しいのはもちろんだが、おれがケジメをつけさせられる〉

「お願いします。あの男は犯人《ホシ》が誰かを把握してますが、我々に強い対抗意識を抱き、自分の手で捕まえることにひどくこだわってます。ここで逮捕《パク》ったとしても、いちまつ事件や覆面の男たちについてなにひとつ語らぬまま刑務所に行くでしょう」

岳はしばらく唸ったのちに言った。

〈せいぜい仲良くやれよ。親子喧嘩はもうたくさんだ〉

「ありがとうございます」

岳との通話中、別の電話がかかってきた。新しい相手に切り替える。

「もしもし」

〈代々木パーキングエリアに寄れ〉

父の声が耳に届いた。挑発してはこなかった。そっけなく指示だけし、すぐに電話を切った。

外の風景に目をやった。高井戸インターチェンジを通過し、首都高4号線に入っていた。

日向は後ろを振り向いた。複数のヘッドライトが眩しく照りつけるだけで、車体をまったく確認できない。尾行の有無はわからなかった。渚紗にパーキングエリアに寄るように指示した。

代々木パーキングエリアに入った。上り線にだけあって、こぢんまりとした建物と駐車場がある休憩所だ。存在は知っていたものの、立ち寄るのは初めてだった。駐車場はほぼ満杯で、一台分の空きスペースをなんとか見つけて車を停めた。

あたりの車をチェックした。トラックや営業車やスポーツカーなどが停まっている。父の車を特定できない。

マスクをつけた。バックミラーで顔の隠れ具合を確かめる。頬と唇が腫れ上がり、嫌でも人の注目を浴びるツラにされていたので、これで隠せる。

車を降りると、見計らったように父から電話があった。

〈レストランだ〉

「おれひとりで構わないな?」

〈ふざけるな。女房も一緒だ。ケータイは車に置いていけ〉

一方的に電話を切られた。

日向は渚紗とともに建物へ向かった。

駐車場の雰囲気は悪かった。休憩中のトラック運転手やサラリーマンを見かけるが、だからといって安全とは言いかねる。駐車場には、なかの様子をうかがえないワンボックスカーも数台停まっており、金属バットやナイフで武装した男たちが飛び出しそうな気がした。

建物の二階まで階段であがると、スパイスとしょう油が混ざり合ったような匂いがした。レストランというより軽食コーナーというべきか。簡素なテーブルと椅子が並び、作業服やワイシャツ姿の男たちがカレーやラーメンを食べている。

セルフ式のレストランの横には、コーヒーショップもあったが、夜八時を過ぎた今は閉まっている。レストランも夜九時までとあって、人の数は少なかった。二階の壁はガラス張りとなっており、外の首都高を見下ろせる。ライトをつけた車が絶えず通り過ぎ、光の川のようだった。

日向は施設内を見回した。レストランや自販機コーナーに父の姿はない。

「そっち」

渚紗が日向の後ろを指さした。エレベーターから父が出てくるのが見えた。日向はベルトホルスターに手を伸ばす。

父は昨夜とほぼ同じ姿だ。スウェットのズボンにジップアップパーカ。履いているのは安全靴で、歩くたびに床がゴツゴツと鳴った。ベースボールキャップを目深にかぶり、黒縁のメガネをかけている。

はっきりと違うのは顔色だ。やはり肩の刺傷と出血がひどかったためか、死人のように青ざめている。身体も重たそうで、歩みも遅い。階段ではなく、エレベーターを使ったのも、体力が尽きかけているからかもしれなかった。

それでも油断はできない。昨夜のような不意討ちや、父の協力者に囲まれることも想定しなければならない。元来た階段にも目をやる――誰かが上ってくる様子はない。

「とっとと返すんだ、コソ泥」

父はゆっくり近寄りながら手を出した。日向は首を横に振った。

「おれがコソ泥なら、あんたは立派な指名手配犯だ。ここであんたをしょっぴいたほうが、早くケリをつけられる」

ベルトホルスターから特殊警棒を抜いた。互いにケガ人同士だったが、父のほうがより重傷に見える。強がってはいるが、階段さえ上る力もなさそうだった。足腰が立たなくなるまで叩きのめせる絶好のチャンスに思えた。

「直さん」

渚紗が日向の怒気を察したらしく、諫《いさ》めるように身体を寄せた。

「返せ」

父は特殊警棒を見ても無反応だった。ジップアップパーカの内側にゆっくりと左手を伸ばすと、面倒臭そうに拳銃を抜き出した。日向は息をつまらせる。

拳銃はリボルバーではない――いちまつ事件のスカイヤーズビンガムとは明らかに違う。銀色に光り輝く自動拳銃だった。銀メッキでコーティングされ、一見するとぴかぴかで新しそうに映るが、〝銀ダラ〟と呼ばれる粗悪品のトカレフだった。日本の裏社会でもっとも出回っている自動拳銃の一種だ。

「思い上がるな、クソガキが。その棒きれでこのおれをぶちのめせるとでも思ったのか。

なんのために腹ボテの女房まで呼び寄せたと思う」

父は日向らの傍に寄り、銃口を渚紗の身体に向けた。

「クソガキのガキなど、どうせ生まれてきたところで、ロクな人間に育ちゃしない。なんなら、ここで間引いてやろうか？」

「なんだと……」

激怒に目がくらんだが、日向は父と渚紗の間に割って入りつつ、特殊警棒をベルトホルスターにしまった。三メートル先の標的にもまともに当たるかどうかもわからない代物だとしても、実銃には違いなかった。銃口の穴は暗くて深い。モデルガンの類ではなさそうだ。

ＵＳＢメモリをスラックスのポケットから取り出して父に渡した。父は受け取ると、不愉快そうに鼻で笑った。

「まだチョロチョロうろつくようなら、女房の腹にありったけの銃弾をぶちこんでやる」

「てめえは……」

どれだけ罪を重ねれば気が済むんだ。喉元まで言葉がこみ上げた。父ならば、それこそいちまつ事件と同じく、すでに人のひとりや二人ぐらいは殺害していてもおかしくないとすら思えてしまう。息子の自分や妊婦の義娘に対しても、ためらわずにトリガーを引くだろう。それができる男だというのも知っていた。

父が後方に下がり、エレベーターのボタンを押そうとした。渚紗がとっさに父へと駆け寄った。

「ようやくお会いできた。初めまして。直幸さんの妻の日向渚紗です」

渚紗は父にペコリと頭を下げた。

「あ？」

父は珍しく怯んだ様子を見せた。日向とて気が気ではない。自動拳銃の銃口は未だに渚紗の腹に向けられたままなのだ。それでも渚紗は陽気な態度で父に語り続ける。

「ずっとお目にかかりたかった。直幸さんとの関係は知っていましたけど、そうはいっても私のお義父《とう》さんだから。お腹には〝クソガキ〟の子がいます。私と直幸さんの血を引いた子が。つまり、お義父さんの血も受け継いでいるんです。主治医が言うには男の子なんだそうです」

「小賢《こざか》しい。おれの血がどうのこうのといえば、お前らクソガキどもに情が湧くとでも？」

憎まれ口を叩かれても、渚紗は怖じ気づいたりはしなかった。むしろ、心配そうに父の姿を見つめる。

「USBメモリを取り返すだけなんですか？」

「なに？」

「もうボロボロじゃないですか。階段すら上るのだってきついはず。本当は直幸さんの手を借りたいんじゃないですか?」

「なにを――」

日向は目を見張った。

無表情だった父の顔が、みるみる怒りで歪んでいく。青ざめていた顔が朱に染まり、自動拳銃を持った左手を振り上げた。銃把《じゅうは》で渚紗の顔を殴り払おうとする。

日向が右手を伸ばし、父の手首を摑んだ。間一髪のところで止めに入れた。父が渚紗の言うとおり、ボロボロの状態でなければ、彼女は今ごろ殴打されていただろう。

「ふざけた口を叩きやがって。このバカのガキを身ごもるだけはある」

日向は父の手首から自動拳銃のスライドへと摑み直した。これでいくらトリガーを引いても発砲はできなくなる。

「そのバカにパスワードを見抜かれたあんたはなんなんだ。USBメモリの中身は見せてもらったぞ。すでにコピーも取ってある」

「貴様ら……」

周りの視線が気になった。ラーメンやカレーを食べていた客たちが、物騒な気配に気づき、日向らに好奇の視線を向けてくる。

こうした衝突の場では、冷静さを失ったほうが負けだ。プライドの高い父は、渚紗を罵倒したものの、哀れむような目を向けられて激昂していた。

日向が隙を見て父の右肩を左拳で押した。刃物で刺された傷のあたりだ。父は苦痛に顔を歪め、足をガクガクと震わせた。さほど力を入れてはいないが、相当な激痛が走ったようだ。その隙に日向は自動拳銃を奪い取る。

「おれを連れていけ。嫌ならここで膝だけじゃなく、全身の骨を打ち砕いて署に引っ張るだけだ」

「やってみろ。お前の好きにはさせん」

父の顔は脂汗で滲んでいた。渚紗がエレベーターのボタンを押した。

「お義父さん、連れていってあげてください。あなたは認めないかもしれないけど、現役の刑事がいたほうが、なにかと都合がいいのでは？」

父は日向らをしばらく睨みつけた。右肩が痛むのか、浅い呼吸を繰り返す。

エレベーターのドアが開き、父は根負けしたように顎を振った。

「……ついて来い」

日向は自動拳銃をスーツの内側に隠しながら乗りこんだ。渚紗も後に続こうとする。

「図に乗るのも大概にしろ。腹ボテの女が来るところじゃない」

父は渚紗に厳しい視線を向けた。当の彼女は微笑を浮かべるだけだった。

渚紗と目で会話した。後は任せたと言いたげだった。彼女と一緒に行動していなければ、ここで父と泥仕合を展開してジ・エンドとなっていたかもしれない。

「気をつけて」

渚紗は日向に告げた。同時にエレベーターのドアが閉まる。

彼女の気持ちを考えると胸が痛くなった。刑事として未解決事件の真相に迫ってほしいと願ってはいるだろうが、すでにケガ人である日向に行ってほしくないというのが本音だろう。お膳立てまでしてくれた彼女には感謝しかなかった。この恩に報いるには、無事に帰宅するしかない。

自動拳銃を握りながら、エレベーターで一階に降りた。父が床に唾を吐いた。

「油断するなよ。あの墓場のときのように、不意打ちを食らわせるかもしれんぞ」

「そういう脅し文句はしゃきっと歩いてから言え。説得力が出ないぞ、お爺さん」

「クソが」

うなぎのように細長い駐車場を歩いた。大きく角ばったSUVに導かれた。巨大な金庫のようで頑丈そうではあるが、燃費の悪そうな古い国産車だ。

日向はあたりを見回した。古いSUVは施設から離れた位置にあり、SUVの両隣はミニバンとワンボックスカーが停まっていた。どちらも人は乗っていない。

人気がないのを確かめると、父のボディチェックをした。ポケットにあったキーホルダーと携帯端末を奪い、股間から足首まで入念に調べると、靴下に妙な膨らみを発見した。掌ほどのサイズの自動拳銃が出てきた。スパイ映画などで目にするワルサーPPKだ。

日向の背筋を冷たい汗が流れた。トカレフを奪い取って優位に立った気でいたが、父がいよいよ自制を失っていたら、あのレストランで乱射騒ぎが起きていてもおかしくなかったのだ。無事に帰宅してみせると誓ったものの、早くも決意が揺らぎそうだった。

父は小さく笑った。

「だから言っただろう。戻るのなら今のうちだ。家に帰って女房と乳繰りあってろ」

「憎まれ口はもう聞き飽きた。運転しろ」

父に車のキーを返した。キーには神社で売っているような御守りの形をしたキーホルダーがついている。父の趣味とは思えない。このSUVは誰の車なのか。尋ねてみたかったが、答えが返ってくるとは思えなかった。

父を運転席へと追い立てると、日向は助手席に乗りこんだ。ワルサーを腹に差し、トカレフを両手で握る。

父がSUVのエンジンをかけ、代々木パーキングエリアを出た。ポーカーフェイスを装っているが、顔はぐっしょりと汗が滲んでいる。その汗は暑さによるものだけとは言い難い様子だ。運転すら危うい状態のようで、日向までが嫌な汗をかき続ける。

首都高4号線から都心へと向かう。昼間は混雑することで知られる三宅坂ジャンクションへとすんなりとたどり着く。三宅坂ジャンクションから環状線の内回りへと入る。

おかしな気分だった。お尋ね者の父の横に乗り、得体の知れない拳銃二丁を抱えて霞が関を通り抜けている。すぐ近くには警視庁本部があるのだ。自分までがまっとうな道から外れ、アウトローの泥沼に片足を突っこんでしまったような気がした。

父はいちまつ事件と関係している。それを知ってから、ずっとひっ捕らえて問い質したかった。なぜ罪を犯してまで、いちまつ事件を追いかけるのか。父を襲う覆面の連中は何者なのか。事件の真相はどうなっているのか——。ふたりきりになってみると、思うように口すら開けない。

いちまつ事件だけではない。母のことを訊きたかった。長年の暴力によって死に追いやったのをどう考えているのか。やはり今も、日向に対して憎悪をたぎらせているのか。腹を割って話し合いたかった。

だが、なにを訊いたところで、明瞭な答えが返ってくるとは考えられず、雑談にすら応じるとも思えない。

運転に精一杯な父においそれと声をかけるのも憚《はばか》られた。かっとなった父が時速百キロの速度でハンドルを切り、外壁に衝突して心中を図ってもおかしくはないのだ。お互いに体力的にも精神的にも限界に来ている。

車内は消毒薬や湿布薬といった薬剤の臭気が充満していた。日向だけではなく、父も薬の臭いをぷんぷん漂わせている。

SUVは環状線で港区方面へと走り、浜崎橋ジャンクションに差しかかった。ベイエリアに林立するタワーマンションが光を放っており、多摩地域とは異なる人工的な街並みが見えてくる。

父は首都高1号線を羽田方面に走りながら、しょっちゅう後ろを振り返り、ドアミラーに目をやっては尾行の有無を確かめた。

父は芝浦インターで首都高を降りた。一般道を南に走り、東品川までやって来た。埋立地特有の平らな土地には、巨大なタワーマンションと、潮風でだいぶ傷んだ古いビルとが混在していた。

府中にマンションを購入する前、渚紗といっしょに物件を探したものだった。とても手が出る価格ではないうえに、タワーマンションの激増で朝の電車の混雑が凄《すさ》まじいことになっているという、不動産屋のアドバイスのおかげで断念せざるを得なかった。

「ここだ」

父がとあるタワーマンションを指した。

品川シーサイド駅から近く、四十階建てくらいの真新しい高層ビルがそびえ立っている。それこそ、警官の給料では手が出ないレベルの住居だ。

「あんなところに……」

意外に思いながらも、日向はそっと息を吐いた。

このまま埋立処分場にでも連行されるのではないかと、このSUVに乗ってから危惧してもいた。父には得体の知れない協力者もいるのだ。トカレフだのワルサーだの、実銃を与えられるほどの人物がついている。

父に鼻で笑われた。

「埋められるとでも思ったか」

「ああ」

「安心しろ。すぐには殺《や》らん。お前がおかしな真似をしないかぎり」

「ありがたい。嬉しくて涙が出る」

マンションの横には、同じく巨大なタワー式の立体駐車場がそびえ立っている。

父はマンションのエントランス近くの駐車スペースに車を停めた。SUVのサイズは規格外で、立体駐車場に収まる大きさではなさそうだ。

父は安心しろと言ったが、額面通りに受け取るわけにはいかず、トカレフを突きつけた。父とともにSUVを降りる。外に出ると粘りつくような熱気に襲われ、磯臭さが鼻につく。

父の背中に拳銃を突きつけつつ、タワーマンションのなかに入った。エントランスの自動ドアはオートロック式だった。キーレスエントリーとなっているため、電子音とともに自動ドアが勝手に開いた。

タワーマンションは想像以上に豪奢《ごうしゃ》な造りだった。一階はシティホテルのラウンジのようで、二階部分まで吹き抜けとなっているため、天井がかなり高く開放感にあふれていた。洒落た造りのソファとテーブルがあり、天井に設置されたライトや間接照明が、フロア内を柔らかく照らしている。

大理石の床は掃除が行き届き、ゴミひとつ落ちていない。バリアフリーにも対応し、階段の横にはスロープもある。昼間はコンシェルジュが常駐しているらしく、フロントデスクも設けられてあった。清水《きよみず》の舞台から飛び降りるような想いで買った日向のマンションとは比べものにならない。

エレベーターは八基もあり、そのうちの高層階の住人向けのエレベーターに乗りこんだ。父は最上階の四十二階を押した。エレベーターは高速で上昇する。

父の身体がふいに沈みこんだ。父の急な動きに、日向は思わず身構えた。

脚の力が抜けたのか、父は崩れ落ちそうになり、あわてて左手で手すりを摑んだ。父は険しい表情を見せ、忌々しそうに顔をしかめる。体力が尽きかけているのは明らかだ。

エレベーターを出ると、カーペットが敷きつめられた内廊下を歩き、奥の角部屋へと向かった。内廊下に傘だの三輪車だのを置いている住人はいない。生活感は感じられなかった。

角部屋の玄関に表札はなかった。父は部屋のキーを所持しているにもかかわらず、ドアフォンを押して待った。父はドアフォンのレンズにうなずいてみせた。日向はトカレフを握り直した。

室内から人が動く物音がした。ドアガードを外す音がし、ドアが勢いよく開かれた。

日向は思わず息を吞んだ。なかから現れたのは、二十代半ばくらいの美しい女性だ。グレーのプリーツワンピースを上品に着こなし、ダークブラウンの頭髪をショートに整えている。髪の色が暗めのせいか、肌の白さが際立ってみえる。

「よく無事で……」

女性は父の姿をまっ先に確かめ、安堵したように胸をなで下ろした。その手に武器らしきものはない。

「改めて紹介します。こいつが倅の直幸です」

父はかしこまった様子で、女性に日向を紹介した。傍若無人の塊みたいな父が丁寧語を使う姿に目を見張る。

女性に語りかけた。

「あなたでしたか。父の逃亡を手助けしていたのは」

「ええ、そうです」

女性はきっぱりと答えた。やはり、渡井将真の家の前で父を連れていったビッグスクーターの女だ。細身でたおやかな印象を持ったが、目には強い光がある。おまけに日向のトカレフを見ても驚かない。

部屋のなかに入った。玄関にはポプリが置かれ、バラの甘い香りがする。

広々としたリビングへと通された。もはや驚きはしなかったものの、その広さにため息が漏れそうになる。白を基調とした涼しげな部屋で、キャッチボールが悠々とできそうなほどだ。

今はカーテンが閉まっており、外はうかがえなかった。だが、ベイエリアを一望できる絶景が広がっているのは容易に想像できた。方角を考えると、ライトで照らされたレインボーブリッジもきれいに見下ろせるだろう。

リビングには、ダイニングテーブルセットと、くつろぐためのソファセットの両方が置かれているが、それでもありあまる空間がある。自分の部屋とはあまりに違いすぎ、ジェラシーすら湧かなくなっていた。冷房がしっかりと効いており、快適と感じられる温度だ。これほど部屋が広ければ、電気代は相当かかるだろうと、庶民的な考えが頭に浮かぶ。

日向らはソファを勧められた。父はいかにも疲労した様子で、革張りのソファに身体を預ける。息子の前で虚勢を張る余裕すらなくしている。

女性は顔を強張らせて、父のベースボールキャップを脱がせると、父の額に手を当てた。女性はますます張りつめた表情になり、携帯端末の液晶画面に触れた。

「先生を呼びます」

女性は電話をかけた。

電話の相手は懇意にしている医者らしく、話しぶりから察するに、医者はすでに父の身体を診た経験があるようだった。父は昭島市で覆面の男に刃物で肩を深々と刺されている。病院に行ける身分ではないため、治療にあたったのも、その先生なる人物と思われた。

「あなたは何者ですか」

女性が電話を終えたところで声をかけた。彼女は怪訝な顔をした。

「あの……お父様からは」

「なにも聞かされていません」

日向はトカレフをテーブルに置いた。顔を覆っていたマスクを取り、腫れあがった頬と唇を見せると、女性は驚いたように口を手で覆った。彼女も父からすべてを聞かされているわけではなさそうだった。

「今、医者を呼んでいます。あなたも診てもらいましょう」

「それには及びません。昨夜、治療してもらったばかりですから。それよりも、あなたが誰で、父とどのような関係にあるのかを教えていただけませんか」

女性は父をちらっと見やった。父が小さくうなずくのを確かめてから口を開いた。

「ご挨拶が遅れました。伴野朝海《ばんのあさみ》と言います。旧姓は豊永と」

「豊永」

思わずオウム返しで呟いた。

とっさに保険証券の写しが脳裏をよぎった。豊永佐代が夫にかけた高額な生命保険だ。

「ということは、豊永則明さんと佐代さんの」

「則明は私の父で、佐代さんは義母にあたる人です」

豪奢な部屋と美しい女性に面食らったが、日向の脳がフルに回転しだした。

朝海はトカレフを指さした。

「お話しする前に、こちら……よろしいですか？　おかしな真似はしませんので」

しばし考えてからうなずいてみせた。父のアジトに踏み込んだのだ。日向に危害を加える気なら、とっくにやっていただろう。

「トカレフは安全装置がないから、弾薬が入ったままだと危ないんです」

朝海はトカレフを握ると、マガジンを抜き取った。スライドを引き、薬室に入っていた実包を排出させる。薬室に弾が残っていないのを確かめ、スライドをホールドオープンさせたまま、テーブルに置く。熟練者の手つきだった。

日向は目を見張った。

「ただ者じゃないですね」

「すみません。もう少しだけ待ってください」

彼女は別室へと駆けた。日向は彼女の背中とトカレフを交互に見やった。

自分と同じ警察関係者かと思ったが、自動拳銃を扱えるのは、警備部などに属する一部の警官だけだ。刑事畑を歩んできた日向は、自動拳銃に触れたこともない。腹にワルサーPPKを差してはいるが、使い方などまるで知らなかった。

父の携帯端末に触れた。せめて渚紗に無事であると知らせたかった。しかし、電源を入れるとパスワードを求められた。父が好んで使う暗証番号〝0045〟を入力しても解除できない。

改めて室内を見回した。部屋のあちこちには観葉植物や絵画が飾られ、壁には六五インチはありそうな液晶テレビがある。高級マンションのモデルルームのようだ。

書棚に目をやった。女性向けのファッション誌や恋愛小説、画集などに交じり、明らかに異質な雑誌や書籍があった。暴力団の動向を追った実話誌や、有名ヤクザの評伝などが並んでいる。おどろおどろしい文字が躍り、表紙からコワモテの男たちが睨みを利かせている。洗練されたこの部屋とはあまりにそぐわない。しかし、トカレフを扱う朝海を見た後では驚くに値しない。

書棚にはフォトフレームが飾られてあった。着物姿の朝海と、スーツの中年男性が写っていた。太い眉が特徴の男前だった。

男は和やかな笑みを浮かべているが、目には独特の鋭さがあった。新宿署にいた人間なら知らぬ者はいない。関東の広域暴力団である印旛会《いんばかい》の幹部である伴野高徳《たかのり》だ。伴野自身も新宿に伴新会《ばんしんかい》という組を持つ親分でもある。スカウト会社や人材派遣、キャバクラなどの企業舎弟をいくつも持ち、都内の裏社会で名の通った男だ。羽振りのいいヤクザとその情婦といった関係と思われた。

朝海がタオルケットを持ってきた。彼女といっしょに父を介抱した。背もたれに身体を預けている父を寝かせた。

ジップアップパーカの下は、ミイラ男のように包帯を幾重にも巻いている。右肩のあたりには血が滲んでいる。包帯を新しいものに替えたいところだが、もうじき医者が駆けつけるという。下手に弄《いじ》るべきではなさそうだ。

額に触れると、たしかに熱を出しているとわかった。脂汗が掌にべっとりとつく。

父は苦しげに顔をしかめていた。もはや抵抗する力を失っている。正拳突きのひとつも叩きこんでやりたくはあったが、いちまつ事件を知る重要人物でもある父の容体を、これ以上悪化させるわけにはいかなかった。

朝海はキッチンへ走り、冷たいタオルを持ってきた。父の額のうえに載せる。

「寒くはないですか?」

父が小さくうなずく。朝海は父の手を握って励ました。

「もうすぐ、先生も来ますから」

「あいつは苦手だ」

「無理して外出した罰ですよ」

朝海は笑いかけた。

父と朝海のやり取りはひどく和やかに見え、強固な信頼関係が感じ取れた。

父が女性に敬意を払える男だとは。驚きとともに、怒りが腹のなかで渦巻いた。おそらく、彼女は財政面でも父の捜査をサポートしたのだろう。ふたりの話しぶりから、覆面の男に刺された後は、ここに逃れたのかもしれない。

母はそれ以上に父を支え続けていた。しかし、父は母に敬意の欠片さえ示さず、生きたサンドバッグとして扱い、息子にも容赦なく罵倒を浴びせ、暴力を振るい続けた。

「直幸さん」

ふいに朝海が言った。

「はい」

「かつて、直幸さんも新宿署にいらっしゃったと聞いてます」

会ったばかりの女性から名前で呼ばれるのは気恥ずかしかった。とはいえ、親子でいるからには仕方がない。

日向はフォトフレームに目をやった。

「伴野高徳の奥さんですね」

朝海がうなずいた。

彼女が拳銃に慣れている理由がわかった。伴野の兵器マニアぶりは有名だ。カンボジアまで行き、軍にカネを握らせて、戦車や軍用ヘリまで乗り回したという。日本国内でもクルーザーを借り、相模湾まで出ると、ブイやビーチボールを的にして、子分たちと射撃大会を催すほどだ。

「旦那さんが別荘に行ってる間に、こんなことをして大丈夫ですか」

日向はトカレフを指さした。いちまつ事件について、まっ先に尋ねたかった。とはいえ、物事には順序がある。

伴野は傷害罪で二年の懲役生活を送っている最中だ。おまけに大の警察嫌いで知られ、警官に情報を売った者はもちろん、口を利いただけでも処分対象になるという。反警察の姿勢を露にしている親分の女が、住処に元警官だのを出入りさせ、犯罪捜査に協力しているとなれば、朝海も無事では済まないだろう。

朝海はきっぱりと言った。

「問題ありません。伴野もこの件に関しては了承しています。なにしろ……私の父のことなのですから」

「お父さんの則明氏は、いちまつ事件が起きた二十二年前に死亡していますね。死因はアルコール性肝炎による肺炎ということになっており、あなたの義理の母にあたる佐代さんに多額の保険金が支払われた」

「そのとおりです」

佐代の名を出したとき、彼女は表情を曇らせた。

USBメモリにあったのは、保険証券だけではない。保険会社からの支払い調書の写しもあった。被保険者の豊永則明が死亡し、契約者の豊永佐代に三億円が支払われた証しだ。

「父は腕のいい鳶職だったらしいです。私が物心ついたときは、バブルが弾けて仕事にあぶれ、建設作業員から運送業まで、なんでもやっていたらしいですが」

朝海が打ち明けてくれた。

彼女の実の母親は、則明の収入が不安定になるにつれ、生活に不満を募らせるようになった。やがて母親はパート先のパチンコ店の店員とデキて、朝海らを残して去っていった。

妻に逃げられた則明の心を埋めてくれたのは、佐代が経営する小料理屋の『さよ』だった。もともと酒好きで、夜の店をハシゴする呑兵衛だったが、やがて『さよ』に毎日のように通いつめるようになった。

「それでも父は憎めない人でした。家は貧乏だったし、だらしない人でしたけど、いつも陽気で。ただ、母に去られたのがよほど堪《こた》えたんでしょう。私が十歳のときでした。父が女将だったあの人と再婚すると言ったのは。いちまつ事件が起きる前の年です」

「十歳……」

朝海の証言に内心ぎょっとした。

いちまつ事件が起きる前年、つまり二十三年前の話となる。そのとき小学四年だとすれば、彼女は現在三十過ぎということだ。どう見ても二十代半ばぐらいで、学生のように若々しい。自分よりも年下だと思っていた。

「父の再婚を、最初は歓迎していました。母に逃げられて酒の量も増えて、仕事も休みがちになっていたからです。支えてくれる人が傍にいてくれれば、きっと元気になるだろうと思いましたから」

「けれど、則明氏は健康を取り戻すことはなかった」

彼女が顔を伏せた。

「結婚後も、相変わらず小料理屋に出入りしていました。むしろ、結婚したことで、一気に体調を崩したというか。食は細くなるばかりで、まともに働きに行ける日のほうが少なくなりました。顔色はドス黒くなって、体重もみるみる落ちていくばかりで。佐代さんの店に行って、何度も酒を飲ませないよう訴えたけど、父も佐代さんも聞き入れてくれませんでした」

豊永則明は佐代と籍を入れてから、一年もしないうちに身体を壊して入院。病院に担ぎ込まれたときは手がつけられない状態で、黄疸や腹水などの症状が見られ、肺炎を起こして高熱に見舞われ、ついに帰らぬ人となった。彼が死亡したのは、いちまつ事件が起きる約一か月前のことだ。

朝海に尋ねた。

「彼にかけられた生命保険のことはご存じでしたか？」

彼女は首を横に振った。

「知りませんでした。高額な保険金のことも、佐代さんの背後で絵図を描いていた人たちがいたことも。すべてを教えてくれたのは……」

朝海はソファに横たわる父を見やった。

彼女にとって佐代は義理の母にあたるものの、一緒に生活した期間は短かった。則明が死亡した翌年、佐代は小料理屋を閉じ、朝海を残して姿を消している。朝海は祖父母がいる長野に引き取られた。

陽気で脇の甘いブルーカラーの労働者が、性悪な夜の女に誑《たぶら》かされ、酒を浴びるほど飲んで死んだ。彼女も周りの人間も、そう判断した。日向繁が現れるまでは。

朝海は残りの少女時代を長野で過ごした。再び大学進学のために東京へ出てきたが、そこで運命の男ふたりに出会うこととなった。

彼女は海外で働くことを夢見て、都内の外国語大学に進んだ。学費と生活費を稼ぐために新宿のクラブで働いた。接客の才能があったらしく、クラブではトップの売上を誇ったが、複数のストーカーにつきまとわれる羽目となった。

朝海に熱を入れていた客のひとりに、とりわけしつこいストーカーがいた。タクシーで尾行して自宅を割り出そうとし、GPS発信機入りのぬいぐるみをプレゼントして、クラブを出入り禁止になった。

ある日、朝海は店を出たところで、その出禁になった客に待ち伏せされ、危うく塩酸をかけられそうになった。窮地を救ってくれたのが伴野だったという。

伴野といい仲となり、大学も中退して、夜の道に生きる決意をした。彼の出資で六本木に出店し、ママとして店を切り盛りしているときに父がやって来た。二年前のことだ。

朝海はひっそりと笑った。

「最初は、日向さんを出入り禁止にしたんですよ。私の過去を知ってるだけじゃなく、もう思い出したくもない話を根掘り葉掘り訊きだそうとして。じっさい、佐代さんのことなんて忘れかけていたし、当時小学生だった私が知っていることなんて、ほとんどなかった。父に高額な保険金をかけられていたという話も、今さらどうでもよくて」

父は出禁になっても、それこそストーカー顔負けのしつこさで朝海に接触を図ろうとした。伴野の若い衆から脅され、袋叩きにされてもいたという。

「ではなぜ、今では協力者に？」

「日向さんの執念に根負けしたというのもありますけど……私、人より記憶力がいいみたいなんです。そのおかげで、一度会ったお客さんのことも、ずっと覚えていられて」

朝海は父をちらっと見やった。

「日向さんに保険証券だけじゃなく、『エルニド』のママさんの写真も見せられました」

「木村マリアですか？」

彼女はうなずいた。

「父の飲酒を止めさせたくて、『さよ』が店を開く前からじっと見張っていたことがありました。夕方くらいに焼酎のボトルを抱えて、『さよ』へ入っていくのを見たことがあったんです。マリアさんが漆戸さんの愛人なのはわりと有名な話でしたし、『さよ』は漆戸酒店からお酒を卸してもらっていたので、当時はマリアさんが出入りしていても疑問を抱きませんでした。でも、どこか人目を避けるように出入りしていたのを覚えていたんです」

「……保険金殺人だったというわけですね」

USBメモリのデータを見たときから、いちまつ事件の裏には、豊永則明の死が絡んでいると気づいてはいた。朝海の証言によって、より現実味が増したような気がした。

父に目をやった。熱に苦しんでいるが、意識はあるようで、ぼんやりと天井を見つめている。朝海と日向の会話も耳に入っているだろうが、異論を挟んでくる様子はない。

豊永佐代に後ろ暗い秘密があるとすれば、渡井義之のアリバイもいよいよ怪しくなる。父が長年追っていた元不動産屋で、フィリピンへの渡航歴があり、銃を撃った経験もある。

いちまつ事件から二十二年後、渡井の息子の将真が、謎の覆面の男たちに危うく身柄をさらわれそうになった。

二十二年前、漆戸泰治の愛人だった木村マリア、それに渡井義之はカネに飢えていた。豊永佐代も同様だろう。父の容体を心配する義娘の訴えを無視し、夫に高額の保険をかけて酒をひたすら飲ませて死に追いやり、ついに三億ものカネを手にした。

インターフォンが鳴った。朝海が慌ててトカレフを棚に隠し、玄関へと向かう。

彼女とともにリビングに現れたのは、頭を坊主に刈った老人だった。白カビみたいな髭を生やしている。往診用の黒カバンを手にしているが、黄色いTシャツに短パンという恰好で、下町のパチンコ屋あたりにたむろしていそうな男だった。

老人は日向の顔を不躾に見つめた。

「なかなか男前な顔だ。あんたかね。診てもらいたいのは」

「私じゃない」

ソファに横たわる父を顎で指した。

老人がむっつりとした表情で、父を見下ろした。往診カバンから白衣を取り出すと、Tシャツのうえから身にまとった。シミひとつない清潔そうな白衣を着用すると、一応医者らしくは見える。

老人は父のタオルケットを剝がすと、ジップアップパーカのチャックを下ろした。血に染まった包帯を見て、不愉快そうに口をへの字に曲げる。

「ざまあないな。安静にしてろと言ったはずだが？」

「冷やかしはいい。とっとと診てくれ」

父は脂汗を滲ませながら答えた。老人は鼻を鳴らして、朝海に言った。

「約束通り、治療代は二倍もらうぞ」

「わかりました」

「じゃあ、お嬢さん。バケツを持ってきてもらおうか。この洒落た部屋を血まみれにしたくなかったら」

老人に命じられ、浅海は洗面所へと駆けた。バケツを持ってリビングに戻ってくる。

老人は父と似たような臭いがした。偏屈で性格も悪そうではあるが、いくつもの修羅場を潜り抜けてきた気配を漂わせている。

「そこの男前、ぼうっと突っ立ってないで手伝え」

日向は老人の助手と化した。床のうえに防水シートを敷き、そのうえに父を寝かせた。往診カバンの薬品や道具を、命じられたとおりに渡す。なかには消毒液のビンや包帯、聴診器といった道具一式がつまっていた。医療関係者でなければ扱えないはずの医薬品がぎっしり入っている。

老人の手際はよかった。血に汚れた包帯を取り去ると、消毒用アルコールを浸したガーゼで父の肌を拭った。出血が見られる肩の傷口を改めて縫合する。

父の身体に真新しい包帯を巻きつけ、電気スタンドに薬剤入りのバッグを吊り下げ、父の腕に点滴静脈注射をした。

ひととおり治療を終えると、老人はすばやく道具をしまい始めた。朝海が声をかける。

「よろしければ、お茶でも一杯いかがですか?」

「遠慮しておくよ。ヤクザと警官は好きじゃないんだ」

老人は日向を横目で見やった。

「なぜ私が警官だと?」

「私の患者には不良警官が何人かいてね。どいつもこいつも危ない目つきをしてる。男前、あんたもそうだ」

老人は朝海から現金の入った封筒を受け取ると、再びTシャツ姿に戻って部屋を出た。捨てゼリフを残して。

「また懲りずに呼び出したら治療代は三倍だ」

日向は朝海に耳打ちした。

「なんともアクの強い先生だ」

「口は悪いですけど、いい人ですよ。ワケアリで病院に駆けこめない稼業人や、オーバーステイの外国人を積極的に診てくれて。貧乏な患者からはおカネも取らないんです」

再びソファに寝かされた父を見下ろした。相変わらず顔色は優れなかったが、点滴が効いたのか、顔つきが引き締まっていた。

父に話しかけた。

「そろそろ本題に入ろう。あんたがなにをしようとしているのかを教えてもらおうか」

父は問いに答えず、朝海に尋ねる。

「今……何時ですか」

「十時三十分を過ぎたころです」

「ぼちぼち、あいつも家に帰ったころでしょう。始めてください」

「はい」

朝海はノートパソコンをテーブルに置いて起ち上げ、壁にかけられた大型の液晶テレビのスイッチを入れた。

日向は朝海に訊いた。

「一体、なにを」

父が口を挟んだ。

「黙って見ていろ」

朝海はソファに座って、ノートパソコンを操作した。マウスがカチカチと音を立てる。大型の液晶テレビに、デスクトップピクチャやアイコン、マウスポインターが映し出される。ノートパソコンの画面と思われた。オンライン会議サービスのサイトにつながた。アカウントとパスワードを入力すると、連絡先の一覧が表示される。

連絡先のトップに、〝syoma〟とあった。渡井将真の顔が脳裏をよぎる。朝海はその

〝syoma〟を選んで通話ボタンをクリックした。呼び出し音が鳴って相手が応答する。

液晶テレビにやはり渡井将真が現れた。解像度は高く、画像は鮮明だった。ツーブロックに刈った髪型と、ほっそりとした顔立ちも判別できた。頭にはヘッドセットをつけている。

将真は半袖のワイシャツにスラックスという恰好だ。覆面の男たちに襲われた夜と変わらない。職場のカーディーラーから帰宅したばかりと思われた。額に汗が滴り落ちていた。

将真はひどく張りつめた顔をしており、職場で日向と会ったときよりもやつれて見えた。だいぶ頬がこけて、目が落ち窪んでいる。ケガをした父や日向ほどではないにしろ、万全なコンディションで毎日を送っているとは言い難い様子だ。

「将真君」

朝海がノートパソコンのカメラのレンズに向かって手を振った。将真は軽くうなずくだけだった。

彼女はノートパソコンのレンズを、ソファに横たわる父に向けた。父もレンズに手を上げてみせる。包帯だらけの父の姿を見て、将真はさらに顔を強張らせた。

日向はたまらず尋ねた。

「やっぱり彼も協力者か」

テレビ画面に映った将真の姿を見て、欠けていたパズルのピースが埋まったような気がした。

朝海がレンズを日向にも向けた。将真は椅子に腰かけていたが、日向を見てひどく狼狽した様子だった。液晶テレビのスピーカーから、椅子が床にぶつかる派手な音がする。

父がなだめるように将真に語りかけた。

「心配いらん。こいつはまだ刑事だが、今はただの冷飯喰いだ。なんの力もない」

日向は口を歪めて父を見下ろした。

なにが「力もない」だ。ケガをして拳銃さえ満足に持てず、高熱にうなされているくせに。そもそも、冷飯喰いに追いやったのは父自身だ。

朝海の隣に座ると、ノートパソコン越しに将真へ語りかけた。

「いちまつ事件で使われたスカイヤーズビンガムを、父に渡したのは君だな」

将真は画面の朝海にちらりと目をやった。彼女がうなずいてみせると、彼はようやく首を縦に振った。

「そうです」

将真の喉がゴクリと動き、彼は申し訳なさそうに頭を下げて打ち明けた。

「スカイヤーズビンガムは父がずっと持っていたものです。黙っていて、申し訳ありませんでした」

将真は頭を深々と下げた。

職場のカーディーラーで初めて会ったときこそ、頑なにシラを切っていたが、一転して日向に告白してくれた。

「渡井義之を……父をひそかに疑いながら生きてきました。あの事件を機に、父も暮らしも変わっていきましたから」

渡井義之は借金取りを辞め、その後も職を転々とした。怪しげな健康食品のセールス、キャバクラの雇われ店長だ。

「働きぶりは優秀だったそうです。ただ、酒の量が格段に増えて、深酒が原因で上司や客とトラブルを起こすこともよくありました」

欠勤や喧嘩沙汰で仕事をクビになり、職にありつけない期間もあったという。バブル崩壊でこさえた借金も残っているはずで、将真は子供ながらに中学を卒業したら、すぐに働くしかないと覚悟していた。

「そのことを父に告げると、カネの心配はいらないから高校に行けと言われました。借金もほとんど返済したからと。やっぱり父が酒を喰らっていたときでした。一体、どうやって返済したのかと尋ねましたが、口を滑らせたと思ったのでしょう。のらりくらりとはぐらかされました。父がよからぬ手段で大金を手にしたのではと疑ってるときに、日向さんと会ったんです。〝いちまつ〟から五年も経っているころでした」

まだ中学生だった将真に、父は義之についてあれこれ訊いた挙句に言い放った。お前の親父は人殺しだと。義之を疑いつつも、父親を人殺し呼ばわりされ、カッとなった将真は父に殴りかかった。少年の拳を父は避けることなく頬に浴びたという。

それから年に一回の頻度で、日向は将真の前に姿を現し続けた。〝いちまつ〟から十年経ち、十五年経ち、義之が脳梗塞で倒れ、三年前にこの世を去ってからも。

「父が心不全で死亡してから一年後、川崎市の物流業者からハガキが届きました」

その物流業者は貸しロッカーを運営しており、ハガキの内容は、月額の使用料の値上げを知らせるものだった。

将真は毎日の仕事に時間を取られ、義之の遺品の整理も満足にできずにいた。渡井親子は府中市の大國魂《おおくにたま》神社付近のアパートに住んでいた。父親の死をきっかけに、今のJR西府駅近くの部屋に引っ越しているが、リビングの大半は義之の遺品がつまった段ボールに占拠されていたという。

晩年の義之は慎ましい生活を送っており、趣味といえば映画や時代劇を見るくらいだったらしい。動画配信サービスやCSの有料放送と契約をしていた。介護用品のリースなどとともに、不要なサービスはすべて契約を解除したつもりでいた。

しかし、ハガキをきっかけに、義之の銀行口座から物流業者によって預金が引き落とされていることに遅まきながら気づいた。遺品が入った段ボールを漁ると、たしかに貸しロッカーのカードキーも出てきた。契約解除も兼ねて、そこに預けている私物を引き取りに向かった。

将真は暗い表情で語った。

「なにかよくないものに違いないとすぐに思いました。『父はあの事件と関係ない』と日向さんには言い張ってましたが、息子の自分にすら見せたくないものがあるんだと。そうでなければ、わざわざ遠い川崎のロッカーなんて使わないでしょうから」

果たして、ロッカーのなかからは、フリーザーバッグに入った拳銃と実弾が出てきた。

日向は言った。

「的中してしまったわけだ」

「ズバリです。身体がガタガタ震えて、ロッカーの前で泣きました」

父が濡れたタオルを投げつけてきた。額に載せていたもので、日向の胸に当たる。

「なにをする」

「もういいだろう。取り調べをさせるために、お前を連れてきたんじゃない」

タオルを父に投げ返した。

「うるさい。ケガ人はおとなしく寝ていろ」

父が身体を起こそうとした。タオルケットをはねのけ、日向に摑みかかろうと腕を伸ばす。

「日向さん。落ち着いて」

朝海が割って入り、父の身体にタオルケットをかけて、再び寝かせた。

父は朝海の言うことにはおとなしく従った。頑固老人が介護士になだめられている姿のように見え、この男が還暦をとっくに過ぎているのを思い出した。

将真は涙声で言った。

「けっきょく、日向さんの仰るとおりだったんです」

父がクッションに頭を乗せた。天井を見上げながら言った。

「将真、『けっきょく』もへったくれもない。特捜本部《チョウバ》がシロと判断しても、おれはずっと漆戸たちをクロと睨んでいた。幹部連中が強盗説に傾いていくなかで、おれだけ異を唱えて冷飯を喰わされた。渡井のアリバイとなった『さよ』の女将自体がクサいとわかったのは、ついにおれだけだったがな」

大型テレビに映る将真が、同意するようにうなずいた。

確かに父は調べ続けている。それも義之が死ぬまでではない。義之が死去してからも、彼の友人に近づくために、同じ職場に就職すらしている。

将真の頬を涙が伝った。

「〝いちまつ〟をやったのは父なんだと。すぐに通報すべきでしたが、どうしてもできなくて……それで日向さんに相談しました」

日向は相槌を打ってみせた。

将真が父親想いの男なのは、周りの証言から判明している。義之は不動産業に失敗し、莫大な借金をこさえながらも、様々な職に就いて息子を食べさせた。そんな父親が三人もの人間を射殺した極悪な人殺しとは思いたくなかっただろう。

将真はちり紙で涙を拭きながら続けた。

「父は迷っていたんだと思います。凶器の拳銃を処分もせず、今日に到るまで遺していたくらいですから。罪の重さに耐えきれるほど、ツラの皮が厚い人じゃなかった」

父は不愉快そうに鼻を鳴らした。

「お前ら親子はクソだ。親父をかばうことなく、さっさとおれに協力していれば、渡井に死に逃げされることもなかった。お前は〝いちまつ〟で殺された人間の血肉を喰らって生きてきた。おれに協力するのは当然のことだ」

日向は首を横に振った。

「なんでそうなる。クソはあんただ。警察に任せてくれればよかったんだ。将真君の気持ちを利用して、あんたはこんな愚かしい騒動を起こした」

「無能なお前らに代わって、やるべきことをやったまでだ。お前たちがあの拳銃を手に入れたところでなにができる。義之には死に逃げされて、その後ろにいる黒幕どもに引導を渡せるか？」

「だからと言って、まるでテロリストまがいにドンパチを繰り広げていいわけないだろう。バカげている」

日向は拳を握りしめた。怒りで身体が火照り、歯茎が痛みだす。父は鼻で嘲笑うだけだった。医者に診てもらい、薬や点滴が効いたらしく、だいぶ口は滑らかになっていた。

父の言葉には真実味があった。それだけに一層悔しさが湧く。

かりに将真が警察に通報し、特捜本部がこの〝いちまつ〟の拳銃を入手できたとする。捜査員は活気づくどころか、むしろ諦めのため息をつくだろう。もしかしたら、拳銃には義之の指紋もついているかもしれない。彼が犯人であるのを示す重要な証拠品となるのは間違いない。

ただし、断定にまでは到らない。義之が拳銃を保管していただけであって、いちまつを襲った証拠にはならないのだ。彼が生きていれば、拳銃を突破口に切りこめただろうが、すでに彼はこの世を去っている。

被疑者の死は、警察にとって敗北を意味する。拳銃以外に有力な証拠が見つかり、義之を犯人と絞りこめたとしても、死人を裁判にはかけられないのだ。検察が不起訴処分にして終わりとなる。

義之のアリバイをでっち上げた豊永佐代についても、夫の保険金殺人の嫌疑がかけられているが、二十二年経った今となっては逮捕できるだけの材料を集められるかわからない。佐代は商売上、漆戸とつながりがあり、彼の愛人も出入りしていたというが、いちまつ事件と関連づけるのは難しいだろう。消息も不明だ。

いちまつ事件に対して、従来の捜査ではもう本丸にはたどり着けない。少なくとも、父はそう決断したのだろう。

深呼吸をしてから父に話しかけた。

「〝いちまつ〟とは強盗殺人などではなかった。三億もの保険金殺人を隠すのが本当の目的だったんだな」

「そういうことだ。お前程度の木っ端には一生たどり着けなかった真相だ」

「そのために理佐以外の無関係な人間まで巻き込んで……撃ち殺したというのか」

朝海も将真もすでに真相を知っているらしく、日向らの会話に口を挟まず、重苦しい顔つきで聞いていた。

「不思議がることじゃない。絵図を描いた漆戸は、当時ヤバい筋からもカネをつまんで経営に行き詰まっていた。そうなればなんでもやる。豊永佐代とひそかに手を組み、豊永則明に風邪薬だの鎮痛薬だのを混ぜたカクテルをたらふく飲ませていたらしい。あの人殺しどもの論理からすれば、ひとり殺《や》ったからには、死体がその後どれだけ増えようが関係ない。連中にとってはカネと秘密厳守だけが重要だ。その性質は二十二年経っても変わっていない」

父は淡々と語った。

日向は唾を呑みこんだ。にわかには信じがたい。

かつて脚を叩き折られた父が、自分に復讐するため、壮大なホラ話をでっちあげているのではないか。そんな疑念さえ浮かんでくる。朝海も将真もグルになって、自分を陥れようとしているのではないかと。

「信じるかどうかは、お前の勝手だ。疑うのなら邪魔になる。とっとと家に帰って口を閉ざしてろ」

父が見透かしたように言う。

「信じないとは言ってない」

父の証言には信ぴょう性があった。想像を超える凶悪さに、特捜本部は裏を掻かれたのだ。

いくら科学捜査が発達し、時効が撤廃されようとも、事件が生物《なまもの》であるのは変わらない。強盗説を有力視し、道を間違えたまま突き進んでしまった。事件の風化は取り返しがつかないほど進行した。例えば義之の死がそうだ。

父は反則ともいえる手口で、事件を改めて掘り起こしたのだ。多摩川の河川敷で、〝いちまつ〟で使われた拳銃を土手に向けて発砲した。

その目的は、まだ生きている悪党を炙り出すためだ。案の定、覆面の男たちが姿を現して、あるときは将真の身柄をさらおうとし、またあるときは父を襲撃した。男たちが使ったのはウルシ興産の車だ。

日向のなかで疑問が少しずつ氷解していった。義之が凶器の拳銃をずっと保管していた理由も察せられる。自分の首を絞めるだけの証拠品をいつまでも隠し持っていたのは、万が一の保険のためだろう。共犯者の口封じから逃れる手段として。

漆戸の姿を思い出した。自己顕示欲がひどく強く、口がやけに達者な実業家だった。田舎や郊外によくいるタイプの名士だ。刑事が訪れても、堂々と応対していた。

多くの殺人犯とわたり合ってきた。殺人を犯す理由は様々であり、なかには虫も殺さぬように見えるおとなしい男もいた。一般人と大きな差異があるわけではなく、わかりやすく殺気をむんむんに漂わせているわけでもない。

ただし、警察人生を歩んでいれば、犯罪に向いているとしか言いようがない人間にたびたび出会うときがある。自分自身にも嘘がつけ、良心の呵責《かしやく》をいちいち覚えたりはしない。他人を陥れたとしても悪事と思わず、自分や家族、仲間たちを守るために必要だったと心の底から信じられる。罪悪感に苛まれたりはしないため、誰かに罪をうっかり告白したり、酒に溺れたりもしない。部屋に飾られていた大量のトロフィーや賞状を見て、漆戸はその典型のように思えた。

「あの覆面どもは？」

朝海が代わりに答えた。

「おそらく……日向さんを刺したのは、印旛会系の元組員ではないかと。立川市に本部がある武蔵野《むさしの》一家に、刃物をつねに持ち歩くケンカ屋がいたらしいのです。三野浦極《みのうらきわむ》といって、ヤクザからも疎まれる鼻つまみ者です」

彼女は大物極道の情婦だ。ヤクザの情報網は時に警察をも上回る。父は味方に恵まれていた。

三野浦はハードコアパンクのバンド活動を経て、武蔵野一家系の政治団体で軍事訓練を受けた武闘派だという。ケンカでは格闘家にも負けない強さを誇るが、組織の内外で面倒事を起こす無法者でもあった。

兄貴分の情婦を寝取ったうえ、制裁を加えようとした兄貴分と仲間たちを刃物で返り討ちにし、一家から破門となったうえに警察に売られて府中刑務所行きとなった。

今年の初めに満期出所すると、刑務所で知り合った仲間と徒党を組み、自分を売った武蔵野一家の幹部を襲撃してカネを奪うなど、手に負えない愚連隊グループを形成しているとの話だった。最近は法や条例でがんじがらめで身動きが取れないヤクザよりも、この手のはぐれ者のほうが危険といえた。

父も六十過ぎの老人とは思えないほど筋肉をつけ、覆面の男たちや現役刑事の息子を叩きのめすほどの力を持っていた。しかし、三野浦が朝海の言うとおり、格闘家顔負けの身体をした大男なのは、日向もこの目で見ている。一度目は将真のアパートで。二度目は防犯カメラの映像で。

覆面の男たちは暴力に慣れていた。すばやく動いては、躊躇せずに金属バットを振う。とくに三野浦と思しきリーダー格の男は、父の木刀攻撃をきれいにかわし、長大なナイフで刺した。訓練を受けた者の動きに見えた。

日向は中空を睨んだ。

「この三野浦という半グレどもを逮捕《パク》って、バックにいる人間を吐かせたとしても、父さんや将真君に対する暴行傷害の教唆でしか問えない」

「そんなのは織り込み済みだ。バカが」

すかさず父が割りこんできた。

父の口を滑らかにさせる方法を会得しつつあった。疑問をあえて口にし、バカなフリをすれば、父は罵倒しながらも口を開いてくれた。

日向は不愉快そうに口を歪めた。

「どうする気だ」

「やつらに情報を流す」

「なんの」

「黙って見ていろ」

朝海がノートパソコンを抱えて、カメラを父に向けた。父はカメラを通じて将真に語りかけた。

「君は明日も普段どおりにしていろ。警察がしばらく貼りついているだろうから、三野浦も簡単には手出しできない」

将真が張りつめた顔で尋ね返した。

「日向さんたちはこれからどうするんですか？」

「我々は翌朝、仙台に向かう。あいつの居場所が摑めた」

「仙台ですか」

将真が答える。

日向は眉をひそめた。黙って見ていろと言われたものの、父たちの意図がわからない。

朝海が耳打ちしてくれた。

「将真君の部屋には盗聴器が仕掛けられています。多摩川で発砲された弾が〝いちまつ〟と同じものだとわかってから、漆戸は彼をずっと監視していました」

「盗聴器……それじゃ昭島市の父のアジトがバレたのも」

朝海がうなずいてみせた。

彼女の説明で納得がいった。将真の部屋には未だに盗聴器が仕掛けられたままで、父たちは気づいていないフリをしていたのだ。逆に情報を意図的に流し、漆戸たちを誘いだそうとしているのだとわかった。

将真は額から大量の汗を噴き出させていた。口調がいささか硬く、ひどく緊張しているのが伝わってくる。彼も必死で戦っているのだと、今さらながらわかった。警察に見張られているだけでなく、手を血で汚した悪党たちにもつけ狙われているのだ。よほどの覚悟がなければ参ってしまうだろう。

将真はふいに大きな声をあげた。

「仙台に向かうって言っても、傷のほうは大丈夫なんですか。まだ動くのは無茶です！」

父は満足そうにうなずいた。

彼らの芝居は滑稽に見えなくもなかった。とはいえ、盗聴器を通じて聞き耳を立てているのが、ヤクザも手を焼く危険な犯罪グループや、保険金殺人で経営を立て直した鬼畜かと思うと、まったく笑えない。

朝海に小声で尋ねた。

「仙台になにがあるというんです」

朝海は静かに答えた。彼女の頬が紅潮していた。

「木村マリアが潜伏している場所です。あの事件のすべてを知る数少ない生き証人です」

22

日向たちは東北道を北上した。岩槻《いわつき》インターチェンジを通り過ぎる。

乗っているのは、父が使っていた国産のごついSUVだ。朝海の情夫である伴野の持ち物だった。

朝日が顔を出して、強い日差しが窓越しに飛び込んできた。天気予報によれば、今日も快晴で猛暑日になるらしい。朝五時を過ぎたばかりだったが、冷房を効かせる必要がある。昼間は暴力的な暑さが待っているという。

ハンドルは日向が握った。父は後部座席で身体を横たえ、タオルケットをかけて目をつむっていた。眠ってはいるが、不測の事態に備えてワルサーPPKを懐に入れている。

助手席には朝海が座り、前方をじっと見つめていた。薄手のパーカにジャージズボンという恰好で、ベースボールキャップを深々とかぶっている。運動に向いた衣服を身に着けていた。

彼女の左脇には不自然な膨らみがある。私服捜査官のようなショルダーホルスターをつけ、リボルバーを持っていた。

「傷は痛みませんか？」

「今のところは」

日向は答えた。マスクをつけているため、くぐもった声が出た。昨夜より痛みは弱まったものの、それでも唇や頬の腫れはまだ目立つ。

朝海は六本木でクラブを経営しているだけあり、細々と気を遣ってくれた。歯をへし折られた日向のため、出発前にゼリー飲料をたくさん用意してくれた。

彼女はグラブコンパートメントを開けた。なかにはティアドロップ型のサングラスがあった。レンズをハンカチで丁寧に拭いた。

「伴野が使っていたものですが」

日向は礼を言って受け取った。かけてみると、大きなマスクと相まってコンビニ強盗犯のように見えた。休憩所に寄るさいは外す必要があるが、陽光の眩しさから逃れられた。

「運転なら、いつでも代わりますから」

彼女の物腰は相変わらず柔らかだった。人当たりのよさそうな微笑も忘れない。

とはいえ、東品川のタワーマンションを出てからは、拳銃を所持していることもあり、凛然とした気配を漂わせていた。これから会いに行くのは、父親を死に追いやって保険金をせしめた連中のひとりなのだ。しかも、覆面の男たちも待ち受けている。

昨夜、父と将真は、覆面の男らを仙台へ誘い出すために一芝居打った。朝海の話によれば、いちまつ事件から三年後に、マリアは漆戸との関係を切り、知人のツテを頼って福島県郡山《こおりやま》市に移り住んだ。駅前の繁華街でカラオケスナックを経営していたらしい。

日向は疑問を口にしたものだった。

――漆戸は口封じのために、強盗殺人事件まで起こすような男だ。よく今日まで生き残れたものだ。

――いちまつ事件の翌年に、佐代さんは小料理屋を閉じて蒸発しました。私は漆戸らに消されたと思っています。木村マリアは、今度は自分が消される番だと感づき、用心に用心を重ねて生きてきたようです。

――豊永佐代が消された……それは本当ですか。

朝海は険しい表情で答えてくれたものだった。

――日向さんと知り合ってから、佐代さんの行方を知るため、なりふり構わず捜し続けました。腕のいい探偵を雇ったり、伴新会の情報ネットワークを駆使したりもしました。上部団体は関東最大の暴力団の印旛会です。女性ひとり捜し出すなど、本来は赤子の手をひねるよりも簡単なはずでした。木村マリアと違って、佐代さんの消息は今日に到るまで不明のままです。

一方の木村マリアは、漆戸と別れてからも警戒を怠らず、郡山に場所を移してからは、地元の奥州《おうしゅう》義誠会《ぎせいかい》という暴力団を頼ったという。

奥州義誠会は仙台を拠点とする独立組織で、南東北の歓楽街や温泉場に巣食う暴力団だ。

——だとすれば……極道の情婦《おんな》であるあなたの前では言いにくいが。

——構いません。漆戸の手からは逃れられても、マリアはろくな人生を歩めなかったということです。

朝海はきっぱりと言い切った。

後ろ暗い過去を持った女が、庇護を求めて暴力団を頼る。シノギが厳しいヤクザにとっては、ネギをたっぷり背負ったカモがやって来るようなものだ。よそ者からきっちりガードしてやったかもしれないが、手を替え品を替え、マリアからできるだけカネを搾り取ろうと動いたはずだ。

朝海によれば、木村マリアが郡山でやっていたカラオケスナックは、それなりに繁盛していたようだ。長年ナイトビジネスに従事しただけあって、中高年男性の心を摑むテクニックを知っていた。

ただし、暴力団の息がかかったリース会社から絵画や観葉植物を押しつけられ、乾き物のおつまみからミネラルウォーターに到るまで、暴力団の管理のもとで仕入れざるを得なくなった。

暴排条例が施行され、暴力団にとってますます厳しい時代がやって来ると、ヤクザたちは〝生かさず殺さず〟という定義をも捨て去った。奥州義誠会の組員が公然とタカリに現れ、二度にわたって放火騒ぎまで起きた。

当然ながらカタギの常連客は離れていき、約一年前にマリアは経営権を手放した。けっきょく、元暴力団員の中年のヒモとともに、郡山市内のアパートで隠遁生活を送ることになった。

――しかし、〝いちまつ〟の拳銃が、マリアの暮らしを一変させ、郡山からも姿を消さざるを得なくなった、ということですね？

――そうです。

日向が推論を述べると、朝海はノートパソコンの液晶画面を見せてくれた。画面には新聞記事が映っていた。

福島県の地元紙の記事をスキャンしたものだった。ごく最近のニュースで、マリアのヒモが何者かに殴打され、意識不明の重体となって病院に運ばれたという内容だった。郡山駅近くの繁華街で、夜中に集団に襲われたのだという。

マリアは同居人の容体を確かめることなく、その夜のうちに姿を消している。福島県警も事情を聴くために行方を追っているが、現在まで明らかになっていなかった。

二十二年という年月を経て、いちまつ事件の拳銃が急に現れたのだ。犯行に関与していた者らにとっては、亡霊が前触れもなく現れたように思えただろう。

ヒモへの暴行事件が起きたのは、拳銃の線条痕が〝いちまつ〟のものと一致したと騒がれてから、三日後のことだ。日向らが府中署の特捜本部に向かい、いちまつ事件に着手していた裏で、漆戸や父やマリアたちはそれぞれの目的に向かって暗躍していた。漆戸は事件の隠ぺいを図るため、三野浦というならず者を雇い、共犯者だったマリアを消そうとし、同時に拳銃の在処を探るために将真の拉致を実行した。

昨夜はテレビ電話で、将真に尋ねてもいる。

――このまま行けば、父親の過去の凶行が世間に知られることになるが、君はそれでもかまわないのか？

〝芝居〟を終えた後、将真とは筆談で会話をした。

――かまいません。覚悟はできているつもりです。うちはたしかに貧乏でしたが、僕自身はとくに不自由を感じたことがないんです。身を粉《こ》にして働いてくれた父を、僕は尊敬していました。

――しかし、君は貸しロッカーで拳銃を発見してしまった。

――……あのまま海にでも捨ててしまえば、父の罪は永遠に隠し切れたでしょう。

将真は涙を流しながら真意を語ってくれた。

――父はきれいな人生を歩んできたわけではありません。借金を返すため、汚い仕事をやってきました。一時期は高利貸しの取り立て屋となって、債務者の職場や自宅に居座り、糞尿を撒き散らしたり、動物の死骸を置いたり、嫌がらせを散々繰り返して回収していたそうです。その後も、怪しげな健康食品のセールスだの、キャバクラの雇われ店長だの。父に感謝する一方で、ずっと負い目を感じてきました。誰かの苦しみを糧に生きてきたと思うと。ましてや、人の命を奪っただなんて。

たとえあの世の義之が望んでいなくとも、人殺しの息子と呼ばれて将来を棒に振ろうとも、いちまつ事件の真相を暴く覚悟を決めているという。

日向は片側三車線の道路にSUVを走らせながら、隣の朝海の横顔を見やり、バックミラーで瞑目している父に目をやった。

ある者は父の無念を晴らすために、またある者は父親の罪を清算するために、いちまつ事件と苦闘している。

日向は父を憎み続けてきた。今も気持ちは変わらない。共闘するフリこそしているが、いざとなれば、彼から手柄を横取りするつもりでいた。靴のGPSを通じ、上司の岳たちも朝海の存在を知り、日向らが東北に向かっているのを把握しているだろう。

かりに父らが漆戸たちに引導を渡せたとしても、その先に待っているのは苦難の道だ。いちまつ事件を追うためとはいえ、一般人である彼が証拠品の拳銃を隠れて所持するのは銃刀法違反にあたり、発射までしたとなれば、無期または三年以上の有期懲役が科せられる。すでにお尋ね者の身分でもある。

また、警官時代に知り得た情報をUSBメモリに保存するなど、地方公務員法をも堂々と破っている。今度は一転して犯罪者となり、刑務所のなかでクサいメシを食うことになるだろう。返り血を浴びてでも、漆戸たちの罪を白日の下にさらすつもりでいるようだった。将真や朝海も同じだった。朝海は拳銃を懐に入れ、将真もお尋ね者の父を匿ったとして犯人蔵匿罪に問われかねない。

日向も他人事ではなかった。このまま行けば暴力沙汰が待っている。いくら上司の岳が認めてくれたとはいえ、今の日向が取っている行動は危険極まりなかった。父たちの違法行為に手を貸した廉《かど》で、警察から追い出されてもおかしくない。

その父は医者による治療のおかげもあり、顔色は冴えないが、体力を取り戻したようだった。

——おれの指示に従ってもらう。妙な絵図を描けば、ためらわずに引き金を引く。

父は東品川のマンションを出るさい、さっそくワルサーの銃口を向けて脅したものだった。昨夜は将真とやり取りをした後、父はすぐに休息を取った。熱も下がったらしい。

東品川を出発してから約四時間が経った。夏休みの後半とあって、平日にもかかわらず、子どもを乗せたミニバンや、キャンピングカーが走っている。

日向らが乗るSUVは、昨夜のドライブもあって、もともとガソリンが少なかった。都内で給油していたが、燃費がよくないこともあり、いよいよ宮城県に近づいたときには再び、タンクの残量が少なくなっていた。

それまで黙っていた父が、国見《くにみ》サービスエリアに寄るように指示した。

「寄れ。燃料をつめた後は、運転を朝海さんに任せろ」

「襲われるかもしれないぞ」

今の父の立場を考えれば、警官が目を光らせる駅や空港に寄れず、車での移動しかできない。宮城県付近の主要な道の駅やサービスエリアには、三野浦たちが監視している可能性が高い。

「連中は悪知恵が働く。こちらが木村マリアの隠れ家にたどり着くまで、じっとどこかからうかがっているはずだ」

「白昼堂々、アジトを急襲されたのを忘れたのか？　あのならず者どもの考えなどわかったもんじゃない」

日向は首を横に振りながらも、国見サービスエリアへと続く側道に入った。

サービスエリアの駐車場を徐行する。まだ昼飯時を迎えてはいないが、多くの客でごった返していた。

通路にはまっ黒に日焼けした子どもたちがはしゃぎ、観光バスに乗っていた老人の集団がゆっくりと歩いていた。慎重にSUVを走らせ、一台分の空きを見つけて駐車スペースに停めた。

日向はエンジンを止めた。途端にエアコンも停止し、車内は瞬く間にうだるような暑さに包まれる。

周囲を見回した。駐車場はほぼ満杯で、数えきれないほどの車があった。覆面の男たちが使ったワンボックスカーと同型のものも見かける。

施設の前のベンチでは、ガタイのいい若者が饅頭やアメリカンドッグを食べていた。

夏休みの旅行を楽しんでいる学生のように見えるが、敵が手ぐすね引いて待っているかと思うと、三野浦の仲間に見えてしまう。

父と朝海はSUVを降り、施設のほうへと歩き出した。日向も仕方なしに車を出た。サングラスを外して父の後を追う。

一気に東北へ北上したといっても、暑さが和らぐわけではなかった。アスファルトの熱が、靴底を通じて足にまで伝わる。

父の足取りはしっかりしていた。とはいえ、とっさの暴力に抵抗できるほどの力を取り戻したとも思えない。日向は護衛のごとく、ぴったりと貼りつく。

「びくびくするな。連中はおれたちを泳がすのが目的だ。暑苦しい。もっと離れろ」

父に手で押しのけられた。めげずに傍に寄る。

「そもそも、おれには理解できない。せっかく木村マリアの隠れ家を摑んだのに、どうしてその情報《ネタ》を漆戸たちに流さなければならない」

父が呆れたように口を開けた。

「バカだとは思っていたが、まさかそこまで愚かだったとはな」

「その台詞は聞き飽きた。バカでもグズでも好きに罵ればいい。木村マリアは〝いちまつ〟のキーマンだぞ。このまま行けば、おれたちが火傷するだけじゃなく、キーマンのマリアさえ失いかねない。すべてが水の泡となる」

父は足を止めた。

「じゃあ訊くが、かりにマリアと会って、どうやって口を開かせる。菓子折りでも持って、自白してくださいと土下座でもしてみるか。相手は二十二年も口を閉じてきた札つきだ。漆戸と同じで、煮ても焼いても食えやしない」

「三野浦たちをぶつけるつもりか。正気の沙汰じゃない」

「それ以上、ぐだぐだ言うのならここでお別れだ」

父は懐に隠したワルサーを見せ、日向を牽制してきた。

正気の沙汰でないのは今に始まったことではなかった。父が河川敷でスカイヤーズビンガムをぶっ放したときから、あるいはもっと前から狂気が渦巻いていた。

木村マリアはいちまつ事件の真相を知る数少ない生存者だ。かといって、素直に自白するようなタマではないのも確かだ。署に呼び出して連日のように事情聴取を行っても、容易に口を開くとは思えない。正攻法で攻め続けるには、あまりに長い年月が経ち過ぎていた。彼女を陥落させるほどの決定的な証拠を摑めているとは言い難い。

マリアを追いつめるためには、敵の刺客まで利用する。魔物と化した未解決事件に対し、禁じ手を用い続けた父ならではの考え方だった。

日向らは施設内に入った。軽食コーナーからソバつゆとカレーの匂いがする。日向は自販機で栄養ドリンクを買った。マスクをずらして、甘い液体を口に含み、周囲をそれとなく警戒した。

施設の利用客の多くがラフな恰好をしていた。Tシャツにハーフパンツという姿が多く、サングラスをかけている者もいれば、ふくらはぎや腕に入れたタトゥーを見せびらかす者もいる。

緊迫した状況のせいか、真夏らしいファッションをしているだけだというのに、自分たちを狙う愚連隊に見えてしまう。

夏休みの旅行で興奮した子供たちが、ソフトクリームを手に走り回っている。

ふいに子供時代を思い出す。クラスメイトの家族旅行や海水浴を楽しんだといった自慢話を耳にしては、そのたびに暗い気持ちになったものだ。他の家の父親は、むやみに子供をぶん殴ったりはせず、むしろ旅行に連れていくと知って、ひどく驚きもした。日向家にとって、旅行など夢のまた夢だったからだ。

父の実家がある那須塩原には、母とともに二回くらい行った覚えがある。父の代わりに法事や祝い事に参加するためだ。

そこでの居心地がよかったとは言い難い。母は父のDVを親戚に告げ口したりはしなかった。日向も同じだった。そんなことが父の耳に入れば殺されかねない。

母と日向がいくら口を閉じていても、顔や身体に残った痣や傷痕は雄弁で、祖父母や伯父たちから憐れみの目を向けられた。前歯が欠けた母に向かい、祖母は申し訳ないと頭を下げた。日向のことも腫れ物にでも触るように扱ってきた。菓子やおもちゃを山ほどもらったが、祖父母たちとの距離は縮まらなかった。

——おれに恥掻かせるために顔出したのか！

いくら無言を貫いても、けっきょく父の暴力癖は親戚たちの知るところとなり、母は肋骨を折られ寝込むほど痛めつけられた。日向も激しく蹴飛ばされた覚えがある。

そんな経緯もあり、日向と母は父の実家にも顔を見せなくなり、遠出もしなくなった。そんな機会があるとすれば、自分が大人になったときで、殺害した父を車のトランクに放りこみ、山奥に埋めに行くときぐらいだろうと、少年時代は半ば本気で考えたものだった。

売店でガムや飲み物などの買い物を済ませると、父とともにトイレで用を足した。小便をしていると、父が無遠慮に日向の下半身を覗きこんできた。

「貧相なうえに縮み上がってるな。それでよく嫁さんを満足させられるもんだ」

「呆れたな。なんにでも因縁つけやがって。チンピラか」

「縮こまる必要はないだろう。お前の位置情報はお仲間が摑んでる。いつでも応援が駆けつけてくれる身分だ」

父は日向の靴を見やった。日向は絶句した。

「知ってたのか——」

「ただ私刑《リンチ》がやりたいのなら、漆戸に銃弾を叩きこんで終わりだ。おれや朝海が望むのは、〝いちまつ〟の真相を世に知らしめ、やつに拘置所暮らしを送らせたうえで、十三階段を上らせることだ。無能なお前たちに代わり、証拠と証言をきっちり集めたうえで引き渡す。そのためにお前を引き入れた」

「捜査情報を誰から仕入れている」

「さあな。おおかた窪寺あたりを疑っていたんだろうが、あいつはそんなガラじゃないとだけは言っておく。もっと出世欲の強い男だ」

「捕まるのは漆戸たちだけじゃないぞ。父さん、あんたたちも」

「ナメるな。お前とは腹のくくり方が違う」

父は四ケタの数字を口にした。〝0718〟。いちまつ事件が起きた日で、携帯端末の暗証番号だった。小便を終えると、勝ち誇ったような笑みを浮かべ、手洗い器へと向かった。すべてお見通しだと言わんばかりの態度だった。古巣の警察組織に刃向かうかのように、無軌道に暴れまくりながらも、この男の心はやはり刑事なのだとわかった。人としては最低であっても。

父の携帯端末の暗証番号を入力しながらトイレを出た。施設の隅に移動し、岳にメールを送った。父のバックには伴新会の情婦がおり、仙台の山奥に木村マリアが潜伏していると。父を襲った連中も同地に向かっており、危険が差し迫っていることも。

運転を朝海に代わってもらい、宮城県に入ってからは自分たちの存在をアピールするように寄り道を繰り返した。

東北道をさらに北上し、蔵王《ざおう》や菅生《すごう》のパーキングエリアにも立ち寄ると、やはり用を足すフリをし、スナックコーナーで一服しながら仙台へと向かった。

仙台宮城インターを降りると、朝海は仙台駅や県庁などがある市街地ではなく、山形県との県境が近い閑地のほうへとハンドルを切った。

国道48号線を西に走った。マンションや大型スーパーが並び、地方都市の郊外らしき風景が広がっていたものの、コンビニや集合住宅も見かけなくなり、濃緑の山々しか目に入らなくなる。

「こんな山奥に」

日向は思わず呟いた。

国道の傍には小さな集落が点在していた。農家らしき大きな日本家屋や、夏野菜の畑。消費者金融の看板が貼られた農作業小屋などが見えた。SUVの窓は閉め切っているが、セミの鳴き声が耳に届く。

「このあたりは空き家が多くて、二束三文で売りに出されてるんです」

朝海がハンドルを握りながら答えた。カーナビで目的地を設定しており、迷うことなく車を走らせている。

彼女によれば、熊やニホンザルが畑を荒らすだけでなく、空き家に勝手に住みこむ者もいるという。その手の話は、河田夫妻の息子が埋められた秩父の山奥でも耳にした。

もはやマリアが非道な悪事で貯めた軍資金も、底を尽きかけていると見てよかった。付近には秋保《あきう》温泉や作並《さくなみ》温泉といった有名な温泉地があり、あと三か月もすれば息を呑むような紅葉の美しさに出会えるという。しかし、このあたりで生きるには馬力のある車が必須で、冬ともなれば雪の量も並みではないらしい。

日向は背後に注意を払った。道路はひどく空いており、SUVを尾けてくる様子は見られない。胸をなで下ろすべきか、憂慮すべきか、心境は複雑だ。

作並街道を外れてカーブが続く山道に入った。目的地の約一キロ手前に、白の軽自動車が停まっていた。大倉ダムという県営ダムが見える路側帯に停車している。仙台でも猛暑が続いたらしく、ダムの水位はだいぶ低く、ひび割れた地肌が露になっている。

日向たちのSUVがスピードを落として近づくと、軽自動車からひとりの男が降りた。髪の薄くなった中年男で、ワイシャツにスラックスという姿だった。首から身分証明書のようなものを下げている。町の役人か訪問販売の営業マンに見えた。うまく化けているが、目に独特の鋭さがある。朝海が軽く手をあげると、彼は軽く一礼した。伴新会系の関係者と思われた。

「在宅中のようです」

朝海はSUVのスピードをあげた。

目的地のマリアの隠れ家は、県道263号の半ばにあった。県道とはいっても、車一台がようやく通れる程度の山道だった。広い庭がついた平屋建ての日本家屋だ。建物の前には、ヤマメだのがいてもおかしくない清流があり、川が流れる涼やかな音がした。林を切り開いて設けたと思しき駐車スペースが二台分あり、ベンツのセダンが停まっていた。ベンツの隣にSUVを停める。

ハイブランドの外車とはいえ、二十年くらい前の古めかしいCクラスだった。きちんとメンテナンスする余裕がないのか、バンパーにはへこみがあり、シルバーのボディのあちこちの塗装が剝がれ落ち、錆による腐食が進んでいた。

ＳＵＶから降りた途端に、濃厚な青臭さが鼻に届いた。自然にあふれた山奥とあって、初秋の訪れを感じさせる涼風が肌をなでた。とはいえ、快適な環境とは言い難い。無数の藪蚊がたかってきたからだ。

マリアの家の敷地は荒れ放題だった。庭と思われた一角は、雑草が生えっぱなしで、日向の身長並みに伸びたものもあった。もはや草原と形容すべきで、うっかり足を踏み入れれば、肌がかぶれそうだった。

日本家屋はベンツ以上に年代モノで、傷みも激しかった。雨樋は腐食が進んで穴がいくつも空き、縁側は壊れたままだ。トタンの屋根には、半ば堆肥と化した木々の葉っぱが積もっている。掃出し窓は、鉄の雨戸で閉めきられていた。事情を知らない者が見れば、人が住んでいるとは思わないだろう。

隣には似たような形の家があった。そちらは明らかに人が住んでいないようで、やはり庭は荒れており、駐車場の屋根がぺしゃんこに潰れていた。雪の重みに耐えきれなくなったらしい。廃材と化した屋根にも夏草が生い茂っていた。

日向らは、草原のような庭に歩を進めた。大量の藪蚊が顔に当たり、目や鼻の穴に入りこんでくる。手抜かりのない朝海も、さすがに虫除けスプレーなどは持参しておらず、雑草と藪蚊の大群にうんざり顔になった。

玄関に呼び鈴の類はない。父が引き戸を開けようとしたが、施錠されているようでドアは開かなかった。父は荒っぽく引き戸をノックした。

「木村さん、警視庁の日向です。私のことは覚えてるでしょう。急で申し訳ないんだが、少しだけ時間をいただけませんか」

父は怒鳴るような声を張り上げた。

家のなかの反応はなく、しんと静まり返っている。外も同じだった。セミの暑苦しい鳴き声が響き渡っている。

「木村さん、いらっしゃるでしょう！」

父は意に介さず、引き戸を掌で叩いた。アルミとガラスでできた扉がガシャガシャと派手な音を立てる。

家のなかからは物音ひとつしない。朝海の手下が見張っていなければ、不在と思いこむところだ。

「いいか、よく聞けよ！　あんたはうまく隠れたつもりだろうが、一介の刑事《デカ》に嗅ぎつけられるくらいだ。バレバレだぜ。連中がやって来るのは時間の問題だ。みすみす、ぶち殺されるのを指くわえて待つつもりか」

朝海が藪蚊を払いながらうなった。

「ぶち破っちゃいましょうか。トランクに工具箱があります」

「ダ、ダメですよ」

日向が諌めようとしたときだった。建物内で物音がした。ドア越しに人の姿が見え、玄関の鍵が外れる音がする。

引き戸のドアが開くと同時に、家のなかから槍のようなものが突き出された。

「なっ――」

日向は朝海の身体を抱いて、とっさに後ろへと下がった。父は予期していたように身をかがめて攻撃をかわす。

姿を現したのは、ひとりの小さな老婆だった。身体は痩せ細り、艶のない白髪だらけの頭髪が肩まで伸びている。大きな目と褐色の肌で、かろうじて木村マリアだと判別できた。

彼女は一メートル五〇センチほどの鉄棒を両手で握っていた。槍に見えたのは、棒の先に出刃包丁をワイヤーでくくりつけていたからだった。鉄棒は物干し竿をカットしたもののようだ。

「帰れ、クソ警官《ポリ》！」

マリアが叫んだ。長年、酒場を切り盛りした者独特のしゃがれた声だ。手製の槍で突きを繰り出し、日向らを威嚇した。

ワイヤーで幾重にもグルグル巻きにされた出刃包丁の柄に、ノコギリで切断されたと思しき物干し竿。ハンドメイドでこしらえた武器から危うい気配を感じ取った。

気性の激しい女とは聞いていた。捜査本部にあった身上調査書にも目を通している。

貧しい父子家庭で育ち、郷里の郡山では暴行沙汰を何度も起こして補導されている。上京してからは新宿や立川のスナックで働いていたが、ツケを払わずにいた客をアイスピックで刺して逮捕もされた。

そんな彼女が東北の山奥にまで追いつめられたのだ。手負いの獣と化し、凶暴な攻撃を仕かけてくることも想定はしていた。しかし、想像以上に手を焼きそうな相手だった。

彼女は化粧をしておらず、眉毛がないために般若のようだ。紫色のタンクトップにハーフパンツという薄着だったが、最近になって急に痩せたためか、皮膚にたるみが見られ、衣服のサイズが身体に合っていなかった。身体の手入れもおろそかになっているらしく、灰色の腋毛が嫌でも目に入る。まだ五十代のはずだが、父よりも老けて見える。晩年の母のようだった。

父は両手を軽く掲げた。

「はるばる東京から駆けつけたんだ。そのヘンテコな武器《エモノ》を捨てて、話ぐらいさせてくれ」

「帰れったら！」

マリアは父の脚を薙ごうとした。出刃包丁が雑草にあたり、切れた草が飛び散る。父も後退を余儀なくされる。

居留守を見破ったのはいいが、いつまでも暴れ回られるわけにはいかなかった。

日向は大袈裟に胸を張って前に出た。マリアを威圧的に睨み下ろすと、彼女は顔面目がけて槍を突いてきた。すかさず半身になって刃をかわし、鉄棒を右手で掴み取る。

槍を手前に引っ張ると、マリアは庭の雑草に足を取られ、地面を転がった。生い茂った雑草がクッションとなり、ケガをした様子は見られなかった。

槍を遠くに放り投げながら安堵した。話がまったく通じないほど、彼女の精神は壊れているかのように映る。しかし、繰り出してきた槍の突きには殺気がこもっていなかった。本気で突き刺そうという気迫までは感じられない。

「ちくしょう」

マリアが立ち上がった。雑草の汁で衣服が汚れ、頭髪には葉っぱがついた。息を弾《はず》ませながら、家のなかに戻ろうとする。

朝海がマリアのタンクトップを掴んだ。背中の生地が伸び、マリアが血相を変えて振り返る。

「放せ!」

朝海の手がすばやく動いた。マリアに強烈なビンタを喰らわせる。かんしゃく玉が破裂したような音が鳴り、マリアはがくりと膝をつく。

「追い返すことないでしょ。落ち着きなさい」

朝海が冷やかに告げた。

音量こそ控えめだったが、迫力のある声色だ。彼女はベースボールキャップを取った。

「誰よ……あんた」

「あんたらに父親を殺された娘」

「ひっ」

マリアは悲鳴を上げて目を丸くした。豊永則明の死に関与したと告白しているような反応を見せる。

「い、いちゃもんはよしてほしいね。警察を呼ぶよ」

「警察官《サツカン》ならここにいる。邪魔するぞ」

父と朝海はずかずかと屋内に入った。マリアが立ち上がって引き留めようとする。

「なにが警官《ポリ》なもんか。あんた、とっくに定年退職して、今はただのすっカタギだろうが」

「安心したよ。頭はしっかり回ってるようだな。手作りの槍なんかぶん回しやがって。原始人にでもなっちまって、会話もままならないのかと思ったぞ」

「帰れ！　本当に通報するよ」

父は頭を掻いて踵を返した。

「そんなに言うのなら帰ってやる。だがな、あんたのヒモを病院送りにした札付きどもが、もうじきここへやってくるぞ。たぶん、駐在所のおまわりさんよりも早い。あんたひとりで勇敢に立ち向かうんだな。手作りの槍を持って」

「なっ――」

マリアは怯んだように唇を震わせた。

日向も後に続いて玄関を潜った。引き戸のドアを閉めて施錠する。

途端に異臭が鼻を襲う。アルコールと生ゴミを練り合わせたような甘酸っぱい腐敗臭だ。それに古い日本家屋が持つカビ臭さが混ざり、顔を背けたくなるほどの悪臭が漂っていた。

荒れ果てた敷地を見るかぎり、屋内の様子もおおむね予想できた。追いつめられたマリアの心境を表すかのように、部屋や台所は混沌としていた。和室が複数あり、柔道の稽古ができそうなほど広かった。

茶の間と思しき広間には、燃えないゴミが入ったポリ袋が山積みになっていた。中身のほとんどはチューハイのロング缶で、悪臭の原因のひとつと思われた。焼酎やミネラルウォーターのペットボトルが散乱し、足の踏み場がまるでない。漂着物でゴミだらけになる冬の砂浜を思わせた。

広間の中央には、小さなちゃぶ台があった。そのうえに置かれたクリスタルの灰皿は吸い殻で山をなし、スナック菓子やツマミの袋が散乱している。テーブルの周りの畳には、タバコが原因と思われる焦げ跡がいくつもある。

茶の間にはエアコンがあったが、居留守を使うために稼動させてはいなかった。カンカン照りの外よりは涼しいものの、べったりとした湿気が身体にまとわりついてくる。

父と朝海はごく当たり前のように土足で上がりこんだ。マリアが声を荒らげる。

「靴脱ぎなさいよ！　嫌がらせしに来たの？」

父は空のペットボトルを蹴飛ばした。マリアの注意を無視して、台所へと向かう。朝海も土足で後に続く。

マリアは靴べらを手に取って振り上げた。日向がすかさず靴べらを奪い取ると、血走った目で睨まれた。

「あんたは誰よ」

「私のボディガード。危害を加えようとする者には、誰であっても容赦しない」

朝海が紹介しながら、日向にウインクをしてみせた。警官であることは、まだ告げるべきではない。下手をすれば、マリアは貝のように口を閉ざすおそれがある。日向も靴のまま上がった。

台所では、父が冷蔵庫のドアを次々に開けて、中身を確かめていた。なかはチューハイの缶とペットボトルの水が大半を占めていた。それらを外に放り捨てると、冷蔵庫のコンセントを抜いた。

「おい！」

マリアが声を荒らげると、父は彼女を手招きした。

「わめく元気があったら手伝え。玄関にバリケードを築く」

「急に来たあんたらを信じろっての？」

「あんただって、連中が来ると思ってるから、こんな山奥にこもって槍なんかこさえたんだろう」

冷蔵庫は日向の身長ほどの大きなサイズだった。

マリアもしぶしぶ手を貸し、四人で冷蔵庫を玄関の扉の前まで運んだ。台所には、まとめ買いされたミネラルウォーターやチューハイの段ボールが山積みになっていた。それらを冷蔵庫の横に積み上げた。さらに茶の間にあったテレビ台やタンス、洗面所の洗濯機などを後ろに置いた。

玄関の引き戸自体は、何度か蹴りを入れれば壊れそうな代物だった。ただし、冷蔵庫や段ボール、家具などで補強されて、容易に外から侵入できないような壁ができた。大の男が体当たりしてきても耐えられそうな厚みがある。

エアコンはスイッチを入れれば室外機も稼動し、なかに人がいるのがバレてしまう。父はかまわずにリモコンのボタンを押して室内を冷やした。マリアは抗議しようとはしなかった。

腐臭漂うゴミ屋敷のなかで、巨大な電化製品や荷物を運び、全員が汗まみれになった。骨にヒビが入った左腕が痛みを訴えたため、日向は鎮痛剤を水道水で呑み下した。

バリケードを築きあげると、日向たちは茶の間のテーブルを囲んで座った。冷房が効きだしたとはいえ、不快な場所には変わらない。

マリアは土足で上がりこむ父たちを怒鳴ったが、部屋の床は靴を脱いで上がるほど清潔ではない。埃がうっすらと積もり、畳のうえは砂でざらざらしていた。ハウスダストに弱い人間なら、とても留まれないだろう。いるだけで身体が痒くなりそうだ。

転倒防止のために、床に転がるゴミやペットボトルを拾い集め、ポリ袋に放りこんだが、あくまで応急処置に過ぎず、繁華街の路地裏のような甘い腐敗臭がした。

朝海が口を開いた。

「時間もないことだし、単刀直入に訊くわ。豊永則明。私の父をどうやって殺したの?」

「そんな人、知らないよ」

朝海がジップアップパーカのチャックを下ろし、ショルダーホルスターからリボルバーを抜き出した。スミス&ウェッソンM29の六・五インチだ。映画の『ダーティハリー』で有名になった大型拳銃だ。銃口を無造作にマリアへと向ける。

「時間がないと言ったでしょう」

朝海がリボルバーの撃鉄を起こした。ガチリと固い金属音がする。

彼女の声は冷静ではあったが、凄まじいほどの怒気が全身から噴き出ていた。父や日向のケガの手当をしてくれた女性と同一人物とは思えない。武闘派ヤクザの妻らしく、大型拳銃を扱う手つきも堂に入っていた。

マリアが悲鳴をあげて身体をのけぞらせる。

朝海は人差し指を唇にあてて、静かにするように命じた。マリアの喉が大きく動く。

「あんた……なんなのよ」

「あなたは利口な人よ。支払いのしぶい保険会社の目を欺いて、二十二年間も警察をも煙に巻いた。キャーキャーわめきながらも、自分が置かれてる状況を理解している。いつまでもしらばっくれたところで、もう逃げ道なんかないことに」

父が携帯端末を取り出した。録音アプリを起動させて、テーブルのうえに置く。録音機能が作動しているらしく、液晶画面には時刻や録音レベルメーターが表示されている。

「おれからも訊きたいことがある。『エルニド』で北尾理佐になにをやらせていた」

マリアは唇を震わせながら父たちを睨みつけた。

「ちくしょう。あんたは、昔からタチの悪いストーカー野郎だった。府中でも郡山でもちょろちょろ嗅ぎ回ってた。こうして人が崖っぷちに立たされてるからって足元見るんじゃないよ。自白《うた》えば、漆戸から守ってやるってか。ふざけんな」

「そいつは違うな。守るだけじゃなく、救いに来たんだ」

父は顔の汗をハンカチで拭った。疲労の色が濃い。昨夜はケガと高熱で寝たきりだったのだ。長いドライブとバリケード作りで疲れているのがわかった。

「二十年以上も隠し通そうと踏ん張って、けっきょくあんたはなにを得られた。幸福な人生だったか。漆戸から分け前を受け取れても、ヤクザやヒモ野郎に目をつけられて巻き上げられ、漆戸の影に怯え続けただけだろう」

マリアはタバコの箱を手にした。百円ライターで火をつけると、急《せ》いた調子で煙を吐き出した。

「人に拳銃なんか向けながら、救いに来たもへったくれもないもんだ。小娘、撃ちたきゃ撃ってみなさいよ」

マリアのタバコは小刻みに震えていた。精神的にも窮地に追い込まれているのは確かだが、意地が彼女を支えているようだった。

マリアが父を指さした。

「あんただね。〝いちまつ〟の拳銃なんてぶっ放したのは」

「おれ以外に誰がいる」

マリアは薄笑いを浮かべた。

「どうかしてる。あたしが漆戸の影にずっと怯えていたというのなら、二十年以上も追い続けたあんたの人生もひどいものね。嫁さんや子どもはさぞ苦労したでしょう」

「とっくに三行半《みくだりはん》をつきつけられてる」

父はマリアのタバコの箱に手を伸ばした。勝手に一本拝借してタバコを吸った。

「すべてを終わりにする最後のチャンスだ。漆戸たちを塀のなかに叩きこんで、あんたは枕を高くして眠れる」

マリアは鼻を鳴らした。

「そして、あたしも塀のなかに叩きこまれるってわけかい。死刑の日を迎えるまで、残りの人生を拘置所で過ごせっての？」

「このまま消されるよりはマシだろう。漆戸はあんたをゴミのように処分し、今後も地元の名士として、大きな顔をして余生を送る。それに死刑になるとは限らない。漆戸にあらかた罪をおっかぶせればいい。じっさい、あいつが絵図を描いたんだろう。こんなところでビクビクしながら生きるのなら、刑務所《ムシヨ》のほうが自由に感じられるはずだ」

マリアはうつむいた。父の言葉がわずかに浸透しているのか、必死に考えをめぐらせているのがわかった。朝海が怨念をこめて攻め、父がマリアに生きる道をアドバイスする。ふたりは有能な取調官のように追いこんでいた。

マリアはタバコを灰皿にきつく押しつけた。

「……話す気はないよ。だって、そうだろ。なんのために人生かけて大博奕をやったのか、二十年以上も黙ってきたのか。今さら……喋れるはずがないじゃない」

朝海が睨みつけた。

「なにが博奕よ。勝手なことを」

「撃ちなさいよ。撃ってみなよ。あんたの親父はアル中のろくでなしだった。肝臓がカチカチになるまで呑んだくれただけの――」

発砲音が轟き、マリアの声がかき消された。

朝海がトリガーを引いたのだ。実弾はマリアの顔の横をかすめ、背後の壁にめりこんだ。漆喰《しっくい》が剝がれ落ちる。室内は硝煙が立ちこめ、タバコとは異なる煙で視界が濁る。

マリアが畳に両手をついてへたりこんだ。本当に撃つと思っていなかったのか、畳に手をついて身体をよろめかせた。

「撃ち殺したりはしない。殺させもしない。死に逃げなんかさせるものか」

朝海は暗い目つきで再び撃鉄を起こした。

日向は護衛らしく無表情を装ったが、発砲による轟音で鼓膜に痛みを覚えていた。耳の穴に針を突っこまれたようで、ひどい耳鳴りがした。

携帯端末の震動音がした。朝海に電話がかかってきたらしく、ポケットから携帯端末を取り出してテーブルに置いた。彼女は画面をタッチし、スピーカーフォンに切り替える。

男の野太い声がした。急いた調子で告げる。

〈姐《ねえ》さん、そっちに怪しい連中が向かってます。作業服姿で七、八人。全員ガタイのいい野郎ばっかです!〉

軽自動車で見張っていた朝海の若い衆と思われた。声には焦りがにじみ出ていたが、朝海は拳銃をマリアに向けながら、あっさりと答えた。

「ありがとう。来なくて大丈夫。牛タンでも食べて、先に帰ってて」

朝海は通話を切った。

「あんた……伴新会の親分の女《レコ》なんでしょ。なんで助けを呼ばないの」

マリアは顔を強ばらせた。理解できないといわんばかりに口を開けながら。日向も心穏やかではなかった。毒を喰らわば皿までだと己に言い聞かせる。

朝海は対照的に笑顔を見せた。

「やっぱりとぼけてたのね。私が誰なのかもちゃんと知ってる。その調子で父と義母のことも打ち明けて」

「あんたら……本当に三人しかいないの？　あたしを嵌めるためのブラフなんだろ？」

父が呆れたように首を横に振った。

「お利口さんで用心深いんだか、気楽で脳天気なんだか、わからなくなってきたな」

若い衆が言うとおり、車の走行音が近づいてきた。あっという間に、この家の敷地にたどり着く。エンジンが切られ、複数のドアが閉まる音がした。

日向は窓辺に近寄り、雨戸の隙間から外の様子をうかがった。若い衆の報告通り、一台のワンボックスカーから男たちがぞろぞろと降り立った。

漆戸側は、父と渡井将真との小芝居をきちんと耳にしていたらしい。高速道路のサービスエリアをうろつく日向たちの姿も抜け目なくチェックしていたのだろう。

父の意図は理解しているつもりだった。途方もなくバカげた手段だと思いながらも。

彼が予測していたとおり、マリアは意地を見せて、容易に話そうとはしなかった。彼女が人生に疲れ果てているのは一目瞭然だったが、完全犯罪を成し遂げようと必死に足《あ》掻《が》いている。その一方で、生への執着が見られた。

父たちはマリアに迫っていた。漆戸の愚連隊を利用し、マリアの口をこじ開ける気でいた。外が騒がしくなっているというのに、ふたりは岩のように動かない。

上司の岳の動きが気になった。彼らも近くで待機していなければならない。暴力沙汰になるのは織り込み済みで、宮城県警と連携して一帯を包囲していると信じたかった。

日向は裏手の台所へと回った。勝手口があったものの、出入りができないように打ちつけられていた。土間には錆びた家電製品だの古びたバッテリーだのが山積みとなっており、スクラップ工場の敷地のようだった。裏口からも容易には侵入できないようにバリケードが築かれてあった。

携帯端末を取り出すと、岳に電話をかけた。口を手で覆い、小声で話しかけた。

「もしもし、日向です」

〈木村マリアのほうはどうだ〉

岳が早口で尋ねてきた。

彼の息は激しく乱れており、ぜいぜいという音が耳に届いた。日向たちも危機に陥っているが、岳のほうでもトラブルが起きたのだと悟る。

「もう少しです。ですが、例のならず者どもが現れました」

〈やられたよ。おれたちもそっちに向かってるが、少しだけ時間が要る〉

「なにがあったんです」

〈トラックだ。あの悪党ども、県道の山道に二トントラック停めて、道を塞ぎやがった。今、徒歩で向かってる〉

「なんと――」

日向が言葉を失っているとき、表玄関のほうで激しい物音がした。外の男たちは問答無用で襲いかかる気でいるらしかった。強い力でドアを開けようと試みている。鍵を破壊しようとするかのように、ドアがさらにガタガタと激しく鳴る。

〈熱中症でくたばりそうだ。詳しい事情は後でゆっくり聞く。とにかく木村マリアを守り切れ〉

「はい」

日向は通話を終えると、再び茶の間に戻った。

マリアは明らかに怯えていた。腰を浮かせ、気が気でない様子で玄関を見やっている。一方で父と朝海は無表情のまま座っていた。

マリアが朝海の膝にすがった。

「な、なにボヤっとしてんのよ。その鉄砲で追い払いなさいよ。あたしが死んだら、〝いちまつ〟のことも、あんたの親父のこともみんな闇のなかよ！」

「そっちが先。今話して」

「あんたたち……どうかしてる。わかったわ。どうせ、こんなのやらせなんでしょ。あたしをビビらせるための。表の連中はあんたの若い衆でしょう」

マリアが歯をカチカチ鳴らした。

父たちがやっているのはチキンレースだ。マリアが死ぬまで意地を貫きとおすか。それとも父たちが彼女に自白させるか。正気とは思えない我慢比べをやっていた。

父がテーブルを突いた。

「もう一度尋ねる。豊永則明をどうやって殺した。北尾理佐を始末した理由はなんだ」

「知らないったら！　汚い真似しやが――」

外で銃声が轟き、引き戸のガラスが砕け散った。

朝海の拳銃の乾いた音とは異なり、腹にまで響くような音だった。マリアが耳障りな悲鳴をあげる。バリケード用に積まれた段ボールにまで穴が開いたらしく、なかからミネラルウォーターがしみ出していた。相手は散弾銃かライフルまで持っているらしい。

外の連中は割れたガラスの間から、細い鉄の棒を差し込み、引き戸のロックを外そうとしている。

父らは動かなかった。外の騒動などないかのように振る舞い、マリアと静かに向き合っている。

父が問いを繰り返した。

「小料理屋の『さよ』で、酒のボトルを抱えたあんたの姿が目撃されている。中身はなんだったんだ。豊永佐代をどこにやった」

「みんな嘘っぱちだ。どうせ全員グルなんでしょうが」

引き戸のロックが外れ、ドアが開け放たれた。冷蔵庫も倒されて、紺の作業着姿の男たちが見えた。顔をやはり目出し帽で覆っている。積まれた段ボールも突き崩そうとする。

「直幸」

父が無造作にワルサーＰＰＫを放り投げた。

黒色の自動拳銃を受け取った。玄関前の廊下に立つと、スライドを引いて、グリップを両手で握る。

警察官として働いてきたが、拳銃を人に向けるのは初めてだった。自分も一線を越えてしまうのを実感しつつ、引き戸に向けてトリガーを引いた。

ワルサーが発砲音とともに弾丸を吐き出した。二十二口径の小型拳銃とはいえ、手のなかではね上がった。

弾は引き戸のうえに当たったが、侵入しようとする覆面どもを怯ませる効果はあった。男たちは身を屈め、玄関から後退する。

壊れた引き戸とバリケードの隙間から、雑草が伸びた庭と覆面の男たちの姿が見えた。手には金属バットや特殊警棒がある。

男たちのなかに、ひときわガタイのいい大男がいた。覆面で顔を隠しているが、父をナイフで刺した三野浦だとひと目でわかった。今の彼はナイフではなく、二連式のショットガンを抱えていた——。

日向はその場でとっさに伏せた。顎を床に打ちつけ、唇に痛みが走る。前歯で派手に嚙み切り、口内に血の味が広がる。

伏せたと同時に、再び散弾銃の発砲音がし、いくつもの散弾が引き戸や冷蔵庫に衝突する硬い音がした。ガラスや木片が身体に降り注ぐ。

マリアが叫び声をあげ、座布団を頭に抱えこんだ。

ばかりに目を輝かせる。

「もう止めて！　止めて」

もはや戦場と化しつつあるというのに、父は尋問を止めなかった。むしろ、ここぞとばかりに目を輝かせる。

「都合のいいことを抜かすな。いちまつの被害者も命乞いをしたが、無慈悲に頭に弾を撃ちこまれた。ようやく、お前の番がめぐってきたのさ」

うずくまるマリアの襟首を摑み、朝海が冷えた顔で無理やり引き起こすと、リボルバーを頰に突きつける。

「父をどうやって殺《や》ったの」

マリアがなにかを呟いたようだった。

日向のいる位置からは聞こえない。なにより銃声による耳鳴りで、聴覚がだいぶ鈍くなっていた。父がマリアに命じる。

「もっと大きな声だ」

「風邪薬だよ！　大量に仕入れちゃ、酒に混ぜて佐代に渡してた。特製の酒を作ってるところを、バイトの理佐に見られた。そういうことだよ！」

マリアが涙を流しながら打ち明けた。

日向はワルサーを構え直した。覆面の男たちが再び玄関へとなだれこんでくる。

覆面の男たちがロックの外れた玄関の引き戸に手を伸ばした。散弾によってガラスは滅茶苦茶に砕け、サッシは折れ曲がっている。

男たちが引き戸を荒々しく開けて殺到した。段ボールや冷蔵庫で築いたバリケードを押しのけようと体当たりをかます。

父たちは落城寸前だというのに、まだマリア相手に尋問を続けていた。

「理佐に見られたあんたはどうした。続きを言え」

「そんなことより、あの連中をなんとかしなさいよ！」

「話せ。救われたかったら」

マリアの喉が大きく動いた。父や朝海が死をも覚悟していると、改めて理解したらしい。彼女は口を震わせながら言った。

「……漆戸に相談したに決まってるじゃない。あいつが酒に混ぜる風邪薬の量まで決めていた。最初にまっとうな酒を豊永に飲ませて、酔いが回って味がわからなくなったところで薬入りのに切り替えさせた。それを何日も繰り返していれば、どんなに頑丈な肝臓でもダメになる。顔色がドス黒くなってからもひたすら飲ませて、手の施しようがなくなってから、病院に連れていった」

「医者の目をどうやってごまかした」

「コレだよ。診てもらったのは、立川の村山《むらやま》病院だったから。風邪薬もそこから仕入れてた」

マリアは指を丸めてカネのサインを作った。修羅場にもかかわらず、聞き入りそうになる。

彼女は重要な証言をした。ただし、ここから生き延びて安全な場所へ移れたら、頭も冷えて平気で証言を覆すことだろう。父たちに乗りこまれ、銃器を突きつけられて自白を強要されたとでも訴えるかもしれない。そうした状況での証言に、証拠能力などあるはずもなかった。

ただし、マリアに証言を覆させないよう、父は粘りに粘って外堀を埋めた。マリア以外にも、事件を知る人間が出てきたのだ。確かにあの村山病院であれば、カネ次第でどうとでもなったのかもしれない。

立川市の村山病院は札付きの医療施設だ。十一年前、院長や病院関係者が逮捕されている。長年にわたって、生活保護受給者の診療報酬を不正に受給していた。

不正受給だけではない。元暴力団員とつるんでホームレスを入院させ、必要もないのに心臓カテーテル手術を何度も行った。事件が発覚する前から、地元では〝ヤクザ病院〟として知られていた。

院長には詐欺と業務上過失致死の罪で実刑判決が下され、すでに病院も閉鎖されている。マリアに大量の風邪薬を売った人間や、〝ヤクザ病院〟の関係者を見つけ出し、マリアや漆戸の逃げ道を塞ぐ必要がある。

マリアの自白を聞いていたかったが、覆面たちがそれを許さない。ミネラルウォーターが入った段ボールの一角が突き崩された。覆面が顔を覗かせる。ここから生きて出なければ、貴重な証言も無駄になってしまうのだ。

日向はあたりを見回した。玄関の靴棚収納に鉄棒が立てかけられてあった。マリアが手製の槍を作ったさいにカットされた物干し竿のようだ。特殊警棒ほどの長さがあった。ワルサーを左手に持ち替えて、右手で鉄棒を握った。

覆面のひとりがバリケードを乗り越えようとしていた。顔面に鉄棒で突きを喰らわせた。手加減をする余裕はない。頬骨の硬い感触が手首にまで伝わり、ゴツッという重い音とともに、覆面が転がり落ちる。

ひとりを打ち倒しても、別の覆面がバリケードに貼りつき、金属バットを派手に振り回した。冷蔵庫に当たり、耳障りな金属音を立てる。相手の表情はわからないが、目つきがなにやら怪しい。興奮作用のあるドラッグを摂取していてもおかしくはなかった。素面であれば、拳銃を持った相手に襲いかかろうとは思わないだろう。

鉄棒を正眼に構え、崩れかけたバリケード越しに覆面の額や横顔を連続して叩いた。鉄棒が飴細工のように歪むほど強く打ったが、敵の威勢は衰える様子がない。

覆面の手に鉄棒を全力で振り下ろした。手の甲が砕ける感覚が伝わり、覆面が痛みに耐えかねて金属バットを取り落とした。絶叫しながらその場に崩れ落ち、のたうち回りながら玄関から後退する。

「どんどん行け！　芋引く野郎は、おれがぶっ殺す」

三野浦が覆面を脱ぎ取った。

金髪の坊主頭で口ヒゲを生やしたヤカラ風だ。汗だくになりながらも、この混沌を愉しんでいるのか、目を輝かせながら笑っている。

憎帽筋の発達が著しく、やたらと首も太かった。筋肉増強剤をやっているのかもしれない。暴力を心から信奉していそうな厄介なタイプだ。岩石のようなコワモテで、眉は剃り過ぎ、極細でほとんど消えかかっている。類は友を呼ぶというやつで、邪悪な顔を持つ漆戸がいかにも頼りにしそうな男に思えた。

三野浦は散弾銃に二発の弾薬を装填していた。銃口を無造作に玄関へと向ける。日向と三野浦の手下も、鈍器を振り回す手を止め、床や地面に伏せる。

また散弾銃がぶっ放された。拳銃とは異なる重い発砲音がし、散弾を喰らった冷蔵庫の破片や部品が頭に降り注いだ。段ボールが中身まで貫かれ、なかのペットボトルからミネラルウォーターが噴き出す。

廊下の床にパチンコ玉ほどもある散弾が転がっていた。シカ撃ち用のバックショットだ。まともに浴びたら、身体を粉々にされかねない。

三野浦は二発目を撃った。積まれた段ボールの上部が吹き飛び、床に伏せていた日向の背中に落ちた。粉砕されたペットボトルごと、ミネラルウォーターを浴びてずぶ濡れになった。

「行けよ！　まとめて弾かれてえか」

三野浦の号令が効いたのか、覆面らの勢いが増した。武装した日向に向かってくる。

鉄棒で右手を砕かれた覆面も起き上がり、冷蔵庫を押し倒そうと踏ん張る。

拳銃の乾いた銃声がし、覆面の肩が弾けた。朝海が大きなリボルバーを構えながら玄関に近寄る。

撃たれた覆面の男は手に続いて肩をやられ、痛みにもがき苦しんだ。日向のワルサーと違って、大口径のS&Wの威力は強く、覆面の肩がグシャグシャに歪んでいた。男がひいひいとわめきながら、血が噴き出る銃創に手を押し当てた。

男は首に鯉のタトゥーを入れたスキンヘッドで、三野浦と同じく物騒なツラをしていたが、銃弾を浴びたのがショックだったのか、涙で顔をずぶ濡れにした。

「替わります」

朝海は半壊したバリケードの前に大股で立ち、大型拳銃を覆面たちに向けた。

「しかし、あなたひとりじゃ――」

言葉を途中で呑みこんだ。取り調べに立ち会う機会を譲ってくれたのだ。

彼女にワルサーを渡した。残りの弾数が七発なのを告げたうえで言った。

「致命傷は避けて。こんなヤカラどものために、長い懲役に行くことはない」

「難しい注文です」

彼女は苦笑しながらワルサーを腹に差した。

日向の鉄棒と朝海の拳銃で倒されたのがふたり。敵は三野浦を含め、まだ五人もいた。目を血走らせた物騒な男たちばかりだ。

朝海は冷蔵庫の陰に身を潜め、ウィーバースタンスで狙いをつけた。半身になって利き腕を伸ばし、もう片方の腕は曲げて下から拳銃を支える。アメリカの捜査官などがやっているのを映画で見るが、特殊部隊などを除けば、日本の警官にはなじみのない撃ち方だ。

朝海の構えは本格的だった。努力もしてきたのだろう。警官よりも銃に慣れていそうだった。

茶の間の畳にも散弾が一発喰いこんでいた。いつ被弾するかもわからないというのに、父は玄関に背を向けながら尋問を続けていた。マリアはテーブルの下に潜ったまま自供している。

「あの娘は……理佐は豊永専用の酒を口にしてしまった。あたしがこそこそ作ってるのを見て、なにか秘伝の特製ドリンクでもこしらえてると、無邪気に勘違いしていたようだった。絶対に飲むなと言っていたのに。ひどい味に目を白黒させてた。妙に勘のいい娘でね。どういう目的で作られた酒なのか、なんだか勘づいたみたいだった」

「それで〝いちまつ〟に到ったわけか」

父が尋ねると、マリアが小さくうなずいた。日向は朝海のボディガードという嘘の立場を忘れ、彼女に顔を近づけて問いただした。

「なぜ強盗に見せかけた。なぜ三人もの命を奪い取った！」

「あたしは関わってない！　理佐に因果を含めなきゃならないって、漆戸に相談しただけ。まさか……あんな大事件を起こすなんて。誰が思うもんか！」

朝海がリボルバーを発砲し、至近距離で撃たれた男の悲鳴が上がった。太腿を撃たれた覆面が、冷蔵庫に頭から突っ込んで倒れる。

マリアは畳に爪を立てて抗った。

「嘘じゃない！　三人も殺《や》るなんて聞いてなかった」

父がマリアの顔をじっと見つめた。

「漆戸にも訊きはしただろう。なんで三人まとめて殺したんだと。あの男はなんと言った」

「い、一石二鳥で済んだと……」

「どういう意味だ」

「ご、強盗に見せかければ、警察の目も欺けるうえに、売上金も手に入るし、理佐の口も封じられると。渡井は忠実に実行してた……小さな息子を人質に取られていたから」

マリアは堰を切ったように打ち明けた。

漆戸は小学生だった将真を人質に取り、当時のウルシ興産が経営するゲームセンターで遊ばせていたという。渡井が言いつけどおりに仕事をこなせば、傷ひとつつけずに解放し、報酬を支払うという約束だった。

その約束は果たされ、将真は今日まで無事に育ち、父親想いの自動車整備士となった。

日向は深々とため息をついた。マリアがすべて真実を打ち明けているかはわからない。

ただし、三野浦たちが血眼になって父を捜し、残虐性を露にして暴れ回っている。その姿を見るかぎり、当時の不況下でのたうち回る漆戸らが、鬼畜な犯行に手を染める姿を容易に想像できた。

警察の捜査は、漆戸の読みどおりに翻弄された。彼らのアリバイ偽装を見抜けず、特捜本部は強盗説を支持し、〝いちまつ〟の裏に保険金殺人があったことも見抜けなかった。

漆戸にとって誤算だったのは、イカれた元刑事が事件に執着し続け、実行犯の渡井が保険のために、凶器をずっと所持し続けたことだった。

父は携帯端末に触れた。録音を停止する。

「けっこうだ。これらの証言を基に、『エルニド』の元従業員や村山病院の関係者の口を開かせる」

「あんたら全員くたばりやがれ！」

マリアは畳を這って奥の仏間へ逃げ込んだ。押入れのなかへと潜る。

外で散弾銃の発砲音がし、バリケードの冷蔵庫に被弾した。何度も撃たれたために、冷蔵庫はただの樹脂と金属の塊と化している。上部の冷凍庫のドアにはソフトボールほどの穴が開いていた。

二発目が撃たれ、冷蔵庫の後ろにいた朝海がとっさに顔を手で押さえた。破片でも喰らったのか、朝海の顔から血が流れだす。

「朝海さん！」

日向は鉄棒を持って立ち上がった。しかし、父に鉄棒を引ったくられる。

「お仲間はどうした。なぜ来ない」

「必死で山を登ってる。道をトラックで塞がれたんだ」

父は眉間にシワを寄せた。

「まったく。最初から最後まで、連中にやられっぱなしだな。踏ん張り通すぞ」

「ああ」

日向はうなずいてみせた。父とともに玄関へ向かう。

三野浦たちも退こうとしない。天井近くまで積み上げていた段ボールは突き崩され、今は腰ほどの高さしかない。

朝海は右目のあたりを負傷したらしく、手で傷を押さえている。顔面を血で濡らしながら、弾切れしたリボルバーを腹に差し、ワルサーを発砲していた。その姿は鬼気迫るものがある。

しかし、相撲取りのように太った覆面が、ガラクタと化した冷蔵庫に激しい体当たりを喰らわせた。冷蔵庫が音を立てて倒れ、朝海は後退を余儀なくされる。

太った覆面が冷蔵庫を踏み越え、手にしていた特殊警棒を振り上げた。ケガをした朝海に襲いかかる。

父が玄関に寄り、鉄棒で太った覆面の脛を払った。ゴツンと硬い音がしたかと思うと、太った覆面が叫び声をあげて床を転がった。さらに父は足を振り上げ、太った覆面の顔面を蹴飛ばした。日向の歯を叩き折ったときと同じで、無慈悲な一撃だった。太った覆面は床に倒れたまま、ぐったりと動かなくなる。

朝海が血に濡れた手でリボルバーに弾をこめていた。ポケットからスピードローダーを取り出す。弾薬を素早く交換する道具で、リボルバーの排莢《はいきょう》を済ませると、六発分の弾薬をまとめてシリンダーに装塡した。彼女は父にリボルバーを渡す。

「大丈夫ですか」

日向は朝海に訊いた。

朝海は何度もうなずいた。しかし、やはり右目を痛めたらしく、小さな鉄片が眼球にまで刺さっている。決して大丈夫な状態ではなく、激痛に耐えている。

「あなたは後ろへ」

朝海に後方へ下がるように指示した。彼女が玄関を指さす。

「危ない！」

ふたりの覆面が迫っていた。どちらも殺傷力の高い両刃のダガーナイフを手にしている。ひとりは段ボールを踏み越え、ジャンプをしながら右手のダガーナイフで日向の腹を突こうとする。

警察官になってから、何度か刃物で襲いかかられた経験がある。妻に逃げられて興奮したDV野郎や、ケンカで頭に血が上ったチンピラ、覚せい剤でヨレて被害妄想に陥ったシャブ中などだ。制服姿の警察官に臆し、脅し目的で刃物を抜いただけで、大抵の者は腰が引けていた。

目の前の覆面は違った。刃に殺気がこもっていた。半身になって刺突を避けるが、腹部に冷たい痛みを感じた。シャツごと腹を切り裂かれたらしく、ドライアイスを押し当てられたように痛む。

背筋が冷えた。傷の具合を確かめたかった。渚紗の顔が脳裏をよぎる。

臆している暇はなかった。刺突をかわされた覆面が、目をぎらつかせながら振り向こうとする。

空手で鍛えた拳を固めた。もともとは父を殴り倒すために鍛え抜いた武器だった。覆面の横っ面に正拳突きをまともに放った。右拳を加減なしで突き出す。

覆面の目が虚ろになるのを見ながら、さらに右拳を急所の鳩尾に叩きこんだ。胸骨がきしむ感触が伝わり、覆面が膝から崩れ落ちた。ダガーナイフをもぎ取ろうとしたが、粘着テープでぐるぐる巻きに固定しており、無力化することができない。

傍でリボルバーの銃声が轟いた。父は、もうひとりの覆面の膝と脛を撃ち抜いていた。脚を壊された覆面が転倒する。冷静に迎え撃っていたが、倒れた覆面に続いて、リーダー格の三野浦が迫っていた。

三野浦は散弾銃を捨てていた。しかし、得意の武器である長大なシースナイフを握っている。

やつの実力はすでに防犯カメラの映像で確認済みだ。手下たちと違って暴力を熟知している。

「父さん」

右手に鋭い痛みが走った。

父たちに目を奪われている間に、床に倒れた覆面がナイフを振り回していた。右手を切り裂かれ、前腕部の包帯が血を吸って赤く染まる。

手加減なしの正拳突きで痛めつけても、日向が満身創痍のためか抵抗力を奪いきれない。覆面は床に仰向けになりながらナイフを闇雲に振り回す。

「くそったれが！」

力をこめて鳩尾を蹴飛ばした。激しい怒りが湧いたものの、日向の蹴りは木製バットをへし折れるだけの威力を持つ。

リボルバーの発射音が何度もした。覆面の動きに注意を払いながら、父たちの攻防に目をやる。

父は至近距離から三野浦の胸に銃弾を撃ちこんだ。三野浦の作業服に穴が開き、膝から崩れるようにして倒れる。

「おい――」

日向は息を呑んだ。三野浦はいちまつ事件を解き明かすためには欠かせない被疑者だ。生け捕りにしなければならないのは、父が一番知っているはずだ。

「慌てるな。人の心配をしてる場合か」

父がなおも三野浦に銃口を突きつけた。

三野浦は土間に倒れたまま、ぴくりとも動かなかった。ただし、出血も見られない。

父が三野浦に告げる。

「頭を弾かれたくなかったら、持ってる武器をとっとと手放せ」

三野浦が舌打ちした。悪戯がバレた悪ガキのようにペロっと舌を出すと、握っていたシースナイフを手放した。

日向がシースナイフを拾い上げ、奥の台所へと放った。父が口角を上げる。

「てめえだけ防弾ベストなんか着やがって。図体でかいわりには、キンタマの小さい野郎だ」

「そうは言うけどよ。そんなでけえ銃で撃たれりゃ、めちゃくちゃ痛えんだぜ。アバラがイカれちまった」

三野浦は減らず口を叩きながら笑った。バケツの水をかぶったかのように汗まみれだったが、人を食ったような笑みを浮かべる。

「両手を頭にやれ」

父は三野浦に命じた。

父の顔色が悪かった。もっとも、昨夜まで高熱に苦しめられていた人間が、こんな真夏に悪党たちとぶつかって、体調が悪くならないはずがない。わき腹の傷の具合も心配だった。

父のほうに目をやった。三野浦は両手を後頭部に乗せている。父は右手でリボルバーを握りながら、ズボンから手錠を取り出した。やつの両腕に嵌めようと身を屈める。

そのときだった。三野浦が襟首に右手を伸ばし、作業着のなかからなにかを取り出した。背中に折り畳みナイフを隠しているとわかったとき、すでにやつはナイフの刃を親指で広げていた。父の下腹を二度突く。

父は後方によろめいた。刃は父のジャージを突き破り、肉体にまで達したようだった。三野浦の右手が血で濡れそぼつ。

「こいつ！」

身体が勝手に動いていた。段ボールを担ぎ上げた。十八キロ分のミネラルウォーターが入っている。

三野浦もまた日向に標的を変えていた。土間を這いながら、日向の太腿を刺そうとナイフを突き出す。

重量のある段ボールを三野浦の頭に投げ落とした。段ボールが重力を伴って、三野浦の後頭部に衝突した。底のボール紙が破れ、ペットボトルのミネラルウォーターが散乱する。

三野浦の折り畳みナイフは、日向の太腿にまで届かず、右腕の動きも止まった。段ボールを頭に叩きつけられて失神したように見える。

三野浦の右手を踏みつけた。ナイフを奪い取りたかっただけだが、加減がわからず、右手の骨が砕ける感触が靴底を通じて伝わってきた。三野浦の手からナイフが離れる。

日向はすばやくナイフを拾い上げると、父のもとへと近づいた。父は床に尻をつき、壁に背を預けていた。

日向は息をつまらせた。腹を押さえる父の手は血に濡れている。刃に開けられたジャージの穴から血が流れ出ている。おびただしい出血量だ。

救急箱は外のSUVにつんだままだ。取りに行こうとするが、父が赤く濡れた左手を向けて待ったをかけた。

「よせ」

父の右手には血に濡れた手錠があった。かすれた声で文句をつける。

「犯人《ホシ》を放って、どっかに行くバカがいるか」

言いあっている暇はなかった。血の臭いがする手錠を受け取り、三野浦の腕を取った。死んだフリも辞さないクソ野郎だ。注意を払いながら後ろ手に手錠をかける。

外から人の気配がした。岳が必死に大声を張り上げている。早く来てほしかった。父の顔はまっ白だった。

「グズなやつだ。お前が捜査一課《ソウイチ》とは。人材不足にも程がある」

「口を閉じてろ。手錠《ワッパ》がもうひとつ欲しいよ。犯人《ホシ》はあんたもだろうが」

朝海が駆け寄ってきた。手にはバスタオルがある。家のなかから見つけてきたらしい。

日向は父のジャージのチャックを下ろした。

思わず目を見張る。出血しているのは折り畳みナイフで刺された箇所だけではない。負傷していた肩の傷も開き、包帯とシャツが血でぐっしょりと濡れている。

父は浅い呼吸を繰り返した。

「必ず逮捕《パク》れ」

「うるさい。また脚を折られたいのか」

憎まれ口が返ってこない。顔に目をやる。

父の呼吸が止まっていた。瞳孔も開いていた。

エピローグ

右手がすっかり強張り、前腕はくたびれきっていた。

日向は汗まみれになりながらテニスボールを握り続けた。必死に渚紗の臀部《でんぶ》をテニスボールを使ってマッサージする。陣痛がわずかに和らぐ気がするという。

彼女はベッドの鉄柵に摑まり、激しく絶叫していた。出産に苦痛が伴うのは知っていた。しかし、想像以上に壮絶だ。ガッツの塊のような彼女が、これまで耳にしたことのない悲鳴やうめき声をあげる。

彼女によれば、鼻の穴からスイカを出すくらいに痛むという。そんな激痛と闘って四時間が経つ。彼女の苦しみに比べれば、マッサージで手がくたびれるのなど、痛みのうちにさえ入らない。替わってやりたいくらいだった。

ここしばらくは、義母が自宅に泊まり込み、渚紗の面倒を見てくれた。だが、孫の誕生に張り切りすぎたらしく、渚紗を市内の病院に連れていくころになって熱を出した。今も自宅で寝こんでいる。

陣痛の間隔がいよいよ短くなり、助産師が渚紗を分娩室《ぶんべんしつ》へと連れていった。病院の方針で、病院関係者以外の者が出産時に分娩室へ立ち入るのは許されていない。出産の瞬間をビデオカメラに収める夫婦もいるというが、とてもそんな気にはなれない。ただ渚紗の無事を祈り、助産師に最敬礼をした。

病院の廊下の椅子で待ち続けた。マッサージから解放されたが、じっとしているほうが苦痛だ。分娩室から渚紗の悲鳴が聞こえた。痛みにもがき苦しみながらも、産まれてくる赤ん坊に酸素を届けるために深呼吸を繰り返している。

母の姿が頭をよぎった。母も自分を産むさい、渚紗と同じく苦闘を経たのだろうか。一度も訊いたこともなければ、考えたことさえない。

廊下で待機してから九十分。渚紗の声が耳に届かなくなり、代わりに医師や助産師たちの歓声があがった。赤ん坊の泣き声も聞こえる。

助産師から分娩室への立ち入りを許された。初産にしては、さほど手のかからないスピード出産だという。あれで手のかからないほうなのかと慄然とする。

赤い肌をした産まれたての子供を目にして涙があふれた。生命の誕生の尊さを目の当たりにして熱い感情に襲われた。生命が消えゆく瞬間は数えきれないほど目撃したが、生まれるのを見るのは初めてだ。

身体をきれいに拭いてもらいベビーブランケットに包まれた赤ん坊を抱かせてもらった。生まれる前から男の子だと判明している。おれの女をこんなに苦しめやがって。愛おしさと憎らしさの両方が湧く。

分娩台に寝ている渚紗に声をかけた。

「頑張ったな」

「なんか恥ずかしい。ゴリラみたいだったでしょ」

「そんなことない」

微笑を浮かべてみせた。ゴリラなどとは思わなかったものの、猛獣のような咆哮におじけづいたのは事実だった。

「みんなに知らせて。なんとか死闘を制しましたって」

「任せろ」

医師や助産師に礼を述べて病院を出た。

真夜中とあって空気がひんやりしている。秋物のカーディガンを羽織っているが、それでも汗が冷えたためか寒く感じられる。事件の後始末や父の葬式、さらに渚紗の出産と、多くのことが重なりすぎ、季節の移ろいを感じる暇がなかった。

首をすくめながら携帯端末を取り出し、SNSとメールで一斉に報告をした。約三千グラムの男児が無事に誕生し、母子ともに健康であると。

メッセージの送り先は義父母と渚紗の友人を始めとして、休みを与えてくれた上司の地域課長、日向不在のなかで交番の勤務体制を維持してくれている部下、古巣の捜査一課の面々だ。

日向はいちまつ事件の捜査が終結した後、日野署地域課へ異動となった。

今は府中市の自宅から日野署に自転車で通勤している。日野署管内の交番所長となった。事実上の左遷人事だった。

二十二年もの間、コールドケースとなっていたいちまつ事件は、一気に進展を見せて世間を騒然とさせた。

仙台の山奥で愚連隊を撃退し、襲撃者の三野浦を逮捕した。この凶徒は病院に運ばれると、自分可愛さに雇い主である漆戸をあっさり売った。

捜査一課は逮捕状を請求し、漆戸を殺人教唆の容疑で逮捕した。その一方、銃刀法違反容疑で追われていた父は、日向や朝海が懸命に救命活動を行ったものの、息を吹き返すことはなかった。

捜査本部はマリアから聞きだした情報をもとに、村山病院の病院関係者を任意で引っ張った。彼らは捜査員の厳しい追及に折れ、大量の風邪薬を処方し、漆戸の意向に沿う形で豊永則明らの死亡診断書を書いたことを認めた。

マリアは予想に反して、取り調べに素直に応じ、保険金殺人やいちまつ事件について自供した。自分を抹殺しようとした漆戸に反撃するためか、父や朝海の奮闘に圧倒されたのか、彼女なりに良心の呵責に耐えきれなくなったのか、理由はわからない。いちまつ事件では、実行犯の渡井義之のアリバイが崩れ、目的は強盗ではなく、北尾理佐の口封じにあったことも打ち明けている。

渡井義之の息子の将真は、父らが三野浦と死闘を繰り広げた同日、府中署の捜査本部に出向き、父から受けとっていたスカイヤーズビンガムを提出した。職場のカーディーラーには退職願を出していた。

銃刀法違反で逮捕された彼は、父親がずっと凶銃を管理していたのを告白した。朝海や父とともに、漆戸らに揺さぶりをかけるために計画を練ったことも。義之の悪行がさらされ、自分もまた罪を犯す羽目になったが、それでも真相を知りたかったと語っている。

朝海も同じだった。漆戸らに復讐するためだと明確に語った。ワルサーやS&Wなどの銃器を用意し、父のバックアップをしたと。彼女は仙台市内の病院に運ばれて治療を受けたが、視神経を散弾の破片が傷つけ、右目の視力を失ったうえ、銃刀法違反や傷害の罪で逮捕された。

三大未解決事件のひとつに進展があり、共犯者と思しき女が自白したうえ、愚連隊と元刑事が激しく衝突した。

メディアは事件を大きく取り扱った。漆戸のウルシ興産は電話回線がパンクし、社長が逮捕されて開店休業状態に追いこまれた。

二十世紀末に発生した事件を一気に進ませたことは、本来ならば、警察庁長官から記章をもらえるほどの大手柄のはずだった。

だが、日向に待っていたのは監察の調査だった。漆戸やマリアたちを取り調べるどころの話ではなく、監察官から尋問を受ける立場となった。

仙台での戦いで三野浦に手錠をかけながらも、いちまつ事件には関われないだろうと腹をくくっていた。捜査はとても適正と呼べるものではなかったからだ。法を無視して暴走する父を逮捕するどころか、ヤクザの情婦と連れ立って、仙台まで繰り出し、マリアに拳銃を向けて供述を引き出したのだ。

上司の岳がかばってくれた。父の懐に潜るように命じたのは自分であり、日向は指示に従っただけだと。しかし、その彼も厳しい調査を受けた。なにより特捜本部にとって痛手だったのは、いちまつ事件を熟知していた父の死だった。

発砲事件をきっかけに、三野浦一派と衝突を繰り返した父の罪は決して軽いものではない。古巣の警視庁のメンツを潰し、府中市や昭島市一帯の治安を脅かした。いちまつ事件の犯人と同じく、絶対に捕まえなければならない被疑者だった。だが、好き放題に暴れ回った挙句、父はあの世へ逃走してしまった。

クビをも覚悟していたが、上司たちの働きかけもあり、日向は警察社会に残ることを許された。

もっときつい処分が下されたのは、府中署の署長だった。捜査会議で情報を漏らすような裏切り者は許さないと激しい口調で訓示を述べていたが、女性署員との不倫を父に知られ、内部情報を売るように脅されていたのだ。

特捜本部の捜査によって、父と署長が電話をしていた事実が発覚。監察の調査により、不倫や情報漏えいも明らかになった。停職処分を喰らった署長は辞表を提出している。

世間は容疑者の漆戸やマリアに強い関心を抱いているが、彼らや警察を敵に回した父にも熱い視線を向けている。日向親子の関係を知った記者らが、マンションを取り囲み、父の実像を知るために元同僚や、那須塩原の伯父のところにも出没したという。父の名は伏せられて報道されていたが、ネットの世界ではすでに広く知れ渡っていた。

このまま日向を警察社会から追い出して、手記でも出されたらかなわない――上層部が腫れ物扱いしているという噂を耳にした。本当かどうかは不明だ。わかっているのは、刑事に戻れる日はこないことぐらいだろう。父は息子のキャリアをも潰してこの世を去った。

携帯端末がずっと震動していた。子供の誕生を祝うメッセージがぞくぞくと寄せられていた。熱で寝こんでいる義母から、なぜ赤ん坊の写真も添付してこないのかと叱られた。

病院の駐車場に一台のセダンが入ってきた。日向は頭を下げて敬礼をした。

ハンドルを握っているのは元上司の岳だ。彼も仙台での戦いの後、日向と同じく所轄に飛ばされている。今は多摩中央署の副署長として、署員に小言を述べる毎日を送っている。

岳は車を病院の玄関先にまでつけると、親指を助手席に向けた。日向は軽くうなずいて、セダンに乗りこんだ。

「ほれ、おめでとうさん」

日向が乗りこむなり、岳は祝儀袋を渡してきた。

「わざわざ、すみません」

「帰り道だったんでな。タイミングがよかった。職場には慣れたか。所長さん」

「なんとか。切符の切り方すら忘れていたんで、ルーキーに戻った気分でやっています。こうして妻の出産にも立ち会えましたし」

「そりゃよかった。おれはもうケツを割りそうだよ。長いこと、殺人《コロシ》ばかりやっていたからな。署員に怒鳴り散らす一方で、周りからバカにされんよう勉強地獄だ。ちょっとは暇ができて、趣味に時間を使えると思ったら大間違いだな」

岳のボヤキをひさびさに聞いた。

ほんの二か月前まで、毎日のように顔を合わせていたというのに、捜査一課に籍を置いていた日々がやけに遠く感じられる。

「ご迷惑をおかけしました。祝ってもらえるような資格なんて……」

「よせよ。あれはおれの凡ミスだと言っただろう。お前をかばいきれなかったし、親父さんを死なせちまった」

岳は顔をしかめた。

父は息子だけでなく、この上司の警察人生も狂わせた。父の身柄を生きて確保できていたら、監察や上層部の態度も違っていたかもしれない。三野浦の動きにもっと注意を払っておけば。もっと早く現場に到着していれば。それぞれ悔恨を抱いている。

岳は自分の頭を小突いた。

「いけね。湿っぽい話をしに来たんじゃねえ。吉報を持ってきたんだ」

「なんです？」

「なんと、あの漆戸が自白したそうだ」

「本当ですか！」

岳の横顔を見つめた。渚紗をマッサージした疲労が吹き飛ぶ。

漆戸はやはり一筋縄ではいかない相手だった。はるか昔のいちまつ事件や保険金殺人はもちろん、三野浦との関係すら否認し、父についてもシラを切った。

いくらマリアが喋ったとはいえ、いちまつ事件の実行犯が死亡した現在となっては、自分の罪を立証するなど不可能——漆戸はタカをくくり、取り調べに対しても余裕すら見せていたという。

「一体、どうやって」

日向が尋ねると、岳は小指を立てた。

「やつの女房さ。あの男も調子に乗り過ぎた。過去に情婦《イロ》と結託して、保険金殺人だの強盗殺人をやってただの、寝こんじまいそうな話でてんやわんやのうえ、逮捕寸前まで調布の若い女に宝石だのバッグだのをじゃんじゃん買い与えていたと聞けば、いい加減見切りもつけたくなるだろう。貸金庫に隠していた秘蔵の裏帳簿を差し出した」

当時の漆戸は金融業を通じ、渡井義之と交流があった。漆戸はいちまつ事件後、渡井義之に何回かに分けて報酬を支払っていた。総額は五千万にものぼるという。裏帳簿には、豊永佐代に四千万円の分け前を支払ったことも記されてあった。

裏帳簿を突きつけられた漆戸は、血の気を失って取り調べ室のテーブルに嘔吐したとのことだった。

現在も取り調べが続いているらしく、いちまつ事件の翌年、分け前の少なさに憤慨した佐代の首を絞め、この世から〝失踪〟させたこともポツリポツリと話し始めているという。

岳が病院の建物を見やった。

「つまり女房は大切にしろってことだ。他人事《ひとごと》とは思えんよ。おれは三度とも立ち会えやしなかった」

「はい」

「男の子だってな。警察官《サツカン》にするのか」

日向は苦笑した。

「まだ名前すら決めてませんよ」

岳は車のエンジンをかけた。シフトレバーをドライブに入れる。

「ちょっとだけ、ドライブにつきあってくれ。時間は取らせない」

「わかりました」

日向は即答した。行き先がどこなのかは見当がついた。目と鼻の先だ。

岳はハンドルを握ってセダンを走らせた。

「親父さんのことだけどな。拳銃ぶっ放すわ、お前に仕返しのキックをぶちかますわ、昔の職場に泥を塗りまくるわで、とんでもなくクレイジーな爺さんだと思ってたんだが、最近になって考え直すようになった。お前を巻きこんで大暴れしたのは、あの人なりの罪滅ぼしだったんじゃないかとな」

「まさか」

日向は口元を歪めた。岳が小さくうなりながら頭を掻いた。

「お前を仙台まで連れていった理由がわからない。あのヤクザの姐さんと、その子分どもを連れていけば充分だっただろう。墓場にあったUSBメモリの件にしても、靴に仕込んだGPSにしても、親父さんはみんな見抜いていた。なんだってケガした身体にムチを打って、お前を連れていったんだ。いっしょに〝いちまつ〟を解決したかったんじゃないかってよ。一種の愛情表現だ。ツンデレってやつか」

日向は黙るしかなかった。

同じ考えを抱いてはいた。同時に受け入れ難い解釈でもあった。今さら愛情などと言われたところで、母は生き返りもしなければ、忌まわしい幼少時代の記憶も消えたりはしない。

将真や朝海の姿が脳裏をよぎった。将真は父親の犯した罪を、朝海は餌食になった父親の死因を突き止めるため、父に手を貸していた。

「とにかく、いい父親になれ」

「はい」

日向はうなずいた。

すくすくと育つかもわからない。ただ、息子がそれなりの年齢になったなら、父と過ごしたこの夏の話をしようと思う。

岳が駐車場に車を停めた。病院から一キロも離れていない。府中市内の住宅地で、スーパーいちまつの跡地だった。

目撃情報を募る府中署の立て看板がまだ残っており、その周りにはたくさんの花や缶ジュースやペットボトル、お菓子が供えられてある。初めてこの場所を訪れたときとは様子が異なる。

岳と日向は立て看板の前で掌を合わせた。毒牙にかかった被害者たちを想い、そして冥土《めいど》にいる父のために祈った。

解説

細谷正充（書評家）

作者らしい物語だ。深町秋生の作品を読むと、いつもそう思う。簡単にいってしまえば、作家としての個性が伝わってくるということであろう。では、その個性とは何か。ひとつのヒントになるのは、本格的なデビュー作となった『果てしなき渇き』の選評だ。

深町秋生は、一九七五年、山形県に生まれる。専修大学経済学部卒。趣味で小説を書いていた父親を見て、幼い頃から漠然と小説家を志した。製薬メーカー勤務の傍ら、山形市で開催されている市民講座「小説家になろう講座」（現「山形小説家・ライター講座」）に通う。二〇〇三年、佐藤広行との共著『小説自殺マニュアル』を、赤城修史名義で出版。そして二〇〇四年、古川敦史名義で応募した『果てなき渇きに眼を覚まし』で、第三回『このミステリーがすごい！』大賞を受賞した。水原秀策の『スロウ・カーヴ』（出版に際して『サウスポー・キラー』と改題）と、同時受賞であった。翌二〇〇五年二月、ペンネームを深町秋生、タイトルを『果てしなき渇き』と改め、受賞作を刊行。六十万部を超えるベストセラーとなり、二〇一四年には本書を原作とした中島哲也監督の映画『渇き。』が公開された。

さて、その『果てしなき渇き』の選評で、選者のひとりである大森望は、

「話の発端は、これまでに百回読んだような古典的ハードボイルドのパターンだが（元刑事の主人公が失踪した娘の行方を追う）、そこから破滅型ノワールへと転調し、やがて不在の娘・加奈子の影がしだいに大きくクローズアップされてくる。既成のフレームを使いながら微妙にずらしてゆく語り口は堂に入ったもの」

といっている。この〝既成のフレームを使いながら微妙にずらしてゆく語り口〟が、深町作品の個性を捉えているといえるのではないか。まあ、その後の作品も読んでいると、微妙にずらしてゆくというよりも、〝はみ出す〟という言葉を使いたくなる。そして警察小説やハードボイルドなど、読者のイメージが固定化しやすいジャンルの作品こそ、物語のはみ出し方がはっきりと分かるのである。一例として「組織犯罪対策課 八神瑛子」シリーズを挙げよう。三年前の悲劇から、暴力や犯罪組織との癒着も厭わず、ただ真実だけを追うヒロインは、警察の内部にいながらはみ出した存在である。悪徳警官物とも違う、独自の逸脱が魅力的な警察小説になっているのだ。そしてそれは、本書も同様である。

本書は、「刑事たちの刹那」のタイトルで、「小説推理」二〇一八年十二月号から二〇二〇年一月号にかけて連載。二〇二一年一月にタイトルを『鬼哭の銃弾』に改め、双葉

社より単行本が刊行された。

府中市内で起きた発砲事件。弾丸の線条痕の鑑定により、使われた銃が、二十二年前の事件で使用された可能性が出てきた。未解決事件だ。スーパー「いちまつ」で店長・パート・バイトの三人が射殺され金が奪われた、この一件の捜査を任されたのが、幼児虐待死事件を解決したばかりの、警視庁捜査一課殺人犯捜査三係の日向直幸である。日向班を引き連れ府中署の特捜本部に乗り込んだ直幸。だが特捜本部とは温度差があり、さらに何者かによって事件の情報がマスコミにリークされた。

最初から困難な状況に陥りながら、それでも捜査を進める直幸。ところが発砲事件の容疑者として浮上したのは、直幸の父親で元鬼刑事の繁だった。過去のDVにより父と縁を切っていた直幸。行方の分からない繁を捜すうちに、父親がかつて捜査に携わっていた〝いちまつ事件〟を、追っていることに気づくのだった。

本書のメインの謎は〝いちまつ事件〟である。ある年代以上の読者なら、モデルになった実在の事件を想起することだろう。一九九五年に東京の八王子市のスーパーの事務所で起きた強盗殺人事件である。スーパーの閉店後、事務所で働いていた女子高生二人を含む女性従業員三人が殺された。事件の詳細は省くが、現在も未解決であることと、戦後犯罪史のターニングポイントともいえる拳銃を使用した事件であったことは指摘しておきたい。

もちろん本書はフィクションであり、いろいろな部分を変えてある。その〝いちまつ事件〟を直幸が捜査するのだが、とにかくストーリーの運びが上手い。まず幼児虐待死事件の犯人の醜悪な肖像を描きながら、直幸が今もトラウマになっている父親のDVを思い出す。摑みは上々だ。その後の発砲事件も直幸の近所で起こっており、読者の興趣を深める。最初から強い牽引力で、ページを捲らせるのである。

しかも、主人公の父親の謎が加わることで、物語が予想外の膨らみを見せる。もともと暴力的だった繁だが、〝いちまつ事件〟の捜査を外されたことで、直幸たちへのDVが激しくなっていた。つまり直幸も〝いちまつ事件〟の、間接的な被害者なのである。

だからこそ直幸は、父親が事件を追っていることを知って心が揺れる。妻の渚紗が妊娠九ヶ月という設定が、それを際立たせる。刑事の仕事にのめり込むなど、自分の性格に父親と似たところがあることを理解しているので、妻子への対応を間違ってしまうかもと、悩んでしまうのだ。また、ついに現れた父親との関係にも苦しむ。だが、だからこそ本書は面白い。最後まで読めば本書が、警察小説というだけでなく、父と子の物語になっていることを納得してしまうのである。

そういえば『果てしなき渇き』の選者のひとりである香山二三郎は、受賞作を鬼畜系暗黒活劇といい、

「個人的には主人公の暴走ぶりといおうか、ギリシア悲劇も真っ青の、因果応報家庭内悲劇へと転じていくその力業にも感服しましたが、さすがに万人向けと主張する勇気は

ない」

と述べている。深町作品は、直接間接を問わず、家族へのこだわりが感じられる作品が少なからずある。乾いているようで時にウエットな印象は、ここに起因するのであろう。

さらに繁が登場する場面になると、バイオレンス・ノベル風になるのが愉快。自分の息子であろうと、邪魔だと思えば徹底的に叩き潰す。まるで狂犬のような繁に嫌悪感を抱きながら、いつの間にか惹きつけられてしまうのだ。もし繁が主人公だったら、法や社会通念を無視し、己のルールにしか従わないアウトロー・ヒーローとして、物語の中央に屹立したのではないか。激しいクライマックスは、この男がいたからこそ成立したのだ。さらに、終盤で明らかになる事件の真相にも驚かされた。読みどころが満載。まさに作者でなければ書けない、はみ出した警察小説なのだ。

なおハードボイルドの〝はみ出し〟具合を知りたい読者は、山形を舞台に、シングルマザーの私立探偵・椎名留美が遭遇する事件を描いた『探偵は女手ひとつ　シングルマザー探偵の事件日誌』『探偵は田園をゆく』を読むといいだろう。ハードボイルドは都市文学であるといったようなジャンルの認識が、いかに固定観念（そのような一面があることは間違いないが）に捉われているか、このシリーズを読むとよく分かるのである。レッテルを剝がせ、ジャンルを揺さぶれ。はみ出したからこそ、語れる世界がある。それを常に実行してくれるから、私たちは深町作品を読み続けるのだ。

・本書は二〇二一年一月に単行本刊行されました。

双葉文庫

ふ-35-01

鬼哭《きこく》の銃弾《じゅうだん》

2024年7月13日　第1刷発行

【著者】
深町秋生《ふかまちあきお》

【発行者】
箕浦克史
【発行所】
株式会社双葉社
〒162-8540 東京都新宿区東五軒町3番28号
［電話］03-5261-4818（営業部）　03-5261-4831（編集部）
www.futabasha.co.jp（双葉社の書籍・コミックが買えます）
【印刷所】
大日本印刷株式会社
【製本所】
大日本印刷株式会社
【カバー印刷】
株式会社久栄社
【DTP】
株式会社ビーワークス

【フォーマット・デザイン】
日下潤一

ISBN978-4-575-52766-7 C0193
Printed in Japan